여름으로 가는 문

THE DOOR INTO SUMMER

여름으로 가는 문

The Door into Summer

로버트 A. 하인라인 장편소설 | 김창규 옮김

아작

일러두기

모든 주석은 옮긴이의 것입니다.

A. P.와 필리스,

믹과 아네트,

그리고

고양이를 사랑하는 모든 이에게

차례

제 1 부

1

'6주 전쟁'이 시작되기 직전의 겨울, 내가 키우는 수고양이인 '우아한 심판관' 피트로니어스*와 나는 코네티컷에 있는 오래된 농장에 살았다. 그 농장은 근접 핵폭격을 당한 맨해튼 지역의 경계에 있었고 당시 오래된 건물들은 전부 종잇조각처럼 불타버렸으니, 지금도 남아 있을지는 모르겠다. 설사 있다 해도 방사성 낙진 때문에 임대하기 좋은 상태는 아닐 것이다. 하지만 그 시절 우리는, 그러니까 피트와 나는 그 농장이 좋았다. 배관 설비가 열악해 집세가 쌌고, 원래 식당으로 쓰이던 공간에는 북향 창문이 있어 제도판을 놓고 쓰기에 채광이 적절했다.

단점이 하나 있다면, 그 집에는 실외로 나가는 문이 열한 개

---

* '심판관' 가이우스 페트로니우스의 이름을 붙인 것. 페트로니우스는 네로 황제 집정 시절에 법정 조신으로 활동했고 소설 《사티리콘》의 저자로 추정된다.

나 있었다.

피트가 전용으로 사용하는 것까지 포함하면 문은 총 열두 개였다. 나는 가급적 항상 피트가 쓸 전용문을 만들어주었다. 그 집에서는 쓰지 않는 침실의 창문에 나무판을 끼우고, 피트의 수염이 걸리지 않을 만한 크기로 구멍을 뚫어 고양이용 격자문을 달았다. 나는 살면서 고양이에게 문을 만들어주느라 너무 많은 시간을 허비했다. 언젠가 계산해봤더니 문명의 여명기부터 987명의 사람이 지금까지 일한 시간과 맞먹었다. 내 말이 믿기지 않는다면 계산 과정을 보여줄 수도 있다.

피트는 사람용 문을 열어서 나를 괴롭히길 즐겼는데, 그럴 때를 제외하면 보통 전용문을 이용했다. 하지만 땅에 눈이 쌓이면 전용문을 열지 않았다.

잔털에 뒤덮여 앵앵거리던 새끼 고양이 시절, 피트는 단순한 철학에 따라 움직였다. 숙소와 식량과 날씨는 내가 책임지고 피트가 나머지 모든 것을 담당하는 식이었다. 그런데 피트는 특히 날씨에 관한 책임을 엄격하게 물었다. 코네티컷 지역의 겨울 날씨는 크리스마스 카드에 옮겨 그릴 때를 빼면 인생에 전혀 도움이 되지 않았다. 겨울이 되면 피트는 정기적으로 전용문을 점검하고, 희고 불쾌한 물체가 그 너머에 있다는 이유로(피트는 바보가 아니니까) 통과하기를 거부하고, 사람이 쓰는 문을 열어달라고 나를 귀찮게 굴었다.

피트는 여러 문 가운데 여름 날씨로 인도하는 것이 반드시 있으리라고 믿었다. 따라서 나는 피트와 함께 집 안을 돌며 열한 개의 문을 하나씩 열고는 그 문이 겨울로 통한다는 사실을 피트에게 확인시키고 다음 문으로 이동했다. 실망이 쌓일수록 내가 날씨를 잘못 관리했다며 피트가 퍼붓는 비판도 더 신랄해졌다.

그리고 실내에서 버티다가 몸속 수압이 올라가 어쩔 수 없는 지경이 되면 밖으로 나갔다. 돌아온 녀석의 발바닥에 얼음이 붙어, 나무로 된 바닥을 두드리면서 작은 나막신 같은 소리를 냈다. 녀석은 나를 노려보면서 비난을 쏟을 만큼 다 쏟아내고 나서야 가르랑거렸고… 다음에 또 똑같이 나가야 할 때까지는 나를 용서하곤 했다.

그래도 피트는 포기하지 않고 여름으로 가는 문을 찾아다녔다.

1970년 12월 3일에는 나도 마찬가지였다.

피트와 마찬가지로, 내 탐색 역시 코네티컷에 1월이 찾아올 때쯤까지도 절망적인 상황이었다. 남부 캘리포니아의 눈은 스키 타는 사람들을 위해 산 정상에나 조금 남아 있었고, 로스앤젤레스 번화가에서는 눈을 아예 찾아볼 수 없었다. 어차피 스모그를 뚫고 지상으로 내려올 수도 없었겠지만 말이다. 하지만 내 마음속에는 겨울 날씨가 남아 있었다.

(누적된 숙취를 제외하면) 건강은 나쁘지 않았다. 서른 살이 되기까지는 아직 며칠가량 남아 있었고, 파산을 걱정할 상태도 아니었다. 경찰이나 어떤 유부녀의 남편에게 쫓기고 있지도 않았다. 나를 찾는 법원 집행관도 없었다. 내가 가벼운 기억상실증을 앓고 있었다면 또 모르겠지만. 그래도 내 마음속 계절은 겨울이었고 나는 '여름으로 가는 문'을 찾고 있었다.

내가 극심한 자기연민에 빠진 사람처럼 보인다면 옳은 판단이다. 이 행성에는 나보다 힘든 상황에서 살아가는 사람이 족히 20억 명은 된다. 그래도 그때 나는 여름으로 가는 문을 찾고 있었다.

내가 당시에 확인해봤던 문은 거의 다 여닫이문이었다. '무사태평 바 그릴'이라는 간판이 붙은 가게의 정문도 그랬다. 나는 안으로 들어가서 통로 안쪽 자리를 고른 다음, 들고 있던 여행가방을 얌전히 의자에 올려놓고, 그 옆으로 미끄러져 들어가서 종업원을 기다렸다.

여행가방이 말했다. "어디냐양?"

내가 말했다. "진정해, 피트."

"싫다오옹!"

"웃기지 마. 방금 들어갔잖아. 조용히 해. 종업원이 온다고." 피트가 입을 다물었다. 나는 탁자 위로 몸을 기울인 웨이터를 보고 말했다. "스카치 더블샷으로 한 잔, 물 한 잔, 진저에일 반 병 주세요."

웨이터가 당황한 표정으로 물었다. "진저에일이라고요? 스카치와 함께?"

"진저에일이 없어요?"

"음, 그게, 물론 있긴 하지만…."

"그럼 주세요. 마시려는 게 아니라 보고 비웃을 거거든요. 접시도 주시고요."

"알겠습니다, 손님." 웨이터가 탁자 위를 닦았다. "스테이크도 작은 거로 하나 드릴까요? 오늘은 가리비 요리도 아주 괜찮은데요."

"저기요, 가리비 요리를 안 갖고 오겠다고 약속하면 팁을 드릴게요. 그냥 주문한 것만 주시고… 접시도 잊지 마세요."

웨이터는 입을 다물고 사라졌다. 나는 피트에게 작전이 절반은 성공했으니 진정하라고 한 번 더 말했다. 웨이터는 자존심을 꺾고 접시 위에 진저에일 병을 얹어 갖고 왔다. 나는 그에게 병을 열어달라고 한 다음 스카치와 물을 섞었다.

"진저에일을 담을 잔도 갖다 드릴까요, 손님?"

"난 진짜 카우보이거든요. 병나발 불 거예요."

웨이터는 입을 다물고 술값과 팁을 받았다. 가리비 요리 팁도 잊지 않았다. 나는 웨이터가 가버린 뒤 접시에 진저에일을 붓고 여행가방의 위쪽을 두드렸다. "수프 나왔다, 피트."

가방 입구는 열려 있었다. 피트가 들어가 있으면 나는 절대로 가방을 잠그지 않았다. 피트는 다리로 가방을 벌리고, 얼굴을 내밀더니 잽싸게 주변을 살폈다. 그리고 상반신을 반쯤 세우곤 앞발을 탁자 모서리에 얹었다. 나는 내 몫의 술잔을 들고 피트와 마주 보았다. "짝찾기 경쟁을 위하여! 피트, 짝을 만나고 나면 잊어버려!"

자신의 철학과 똑같았기 때문에 피트는 고개를 끄덕였다. 녀석은 우아하게 고개를 숙이고 진저에일을 핥아먹기 시작했다. "그럴 수 있으면 그러라는 말이야." 나는 말을 덧붙이고 술을 들이켰다. 피트는 대답하지 않았다. 녀석은 타고난 독신주의자였다.

술집 창문 너머로 계속 변화하는 간판 문구가 보였다. 처음 문장은 이랬다. '자면서 일하세요.' 다음 문장은 이랬다. '걱정거리는 꿈속에서 날려버리세요.' 그다음에는 두 배 크기의 글자들이 번쩍거렸다. '상호보증회사'.

나는 별다른 생각 없이 그 세 문장을 여러 차례 읽었다. 수명보존에 대해 내가 아는 바는 다른 사람들과 별반 다르지 않았다. 관련 소식이 처음 발표됐을 때 사람들이 많이 공유한 기사를 읽은 적이 있었다. 그 뒤로 일주일에 두세 번씩 아침 메일로 보험사 광고가 날아왔다. 내 입장에서는 립스틱 광고와 큰 차이가 없어 보였기 때문에 그 광고에는 눈길도 주지 않고 던져버리곤 했다.

무엇보다 냉동수면에 관한 뉴스를 듣기 직전까지만 해도 내겐 그만한 비용을 지급할 능력이 없었다. 냉동수면은 비싼 서비스였다. 게다가 나는 일을 즐기고 돈도 벌고 있었다. 수입이 늘어날 가능성도 크고 사랑하는 사람과 결혼을 앞둔 내가 자살이나 다름없는 짓을 할 이유가 없었다.

혹시 불치병에 걸렸는데 다음 세대쯤 돼서야 의사들이 치료해줄 것으로 예상된다면, 그리고 의학이 그 병의 해결책을 찾아낼 때까지 수명보존에 드는 비용을 댈 능력이 있다면, 냉동수면은 나름대로 논리적인 선택일 수 있었다. 또는 화성 여행을 꼭 하고 싶은 나머지 자신의 인생이라는 영화에서 한 세대를 들어내서라도 그 표를 살 생각이라면, 그 역시 논리적인 해답이라 하겠다. 카페 마니아인 연인 한 쌍이 결혼을 하자마자 시청에서 웨스턴월드 보험회사의 수면 성소로 직행했다는 뉴스가 있긴 했다. 그들은 행성간 정기우주선에서 신혼 첫날밤을 보내는 시대가 될 때까지 깨우지 말라고 요청했다고 한다. 하지만 그 얘기는 아마도 보험회사에서 만들어낸 우스개일 테고, 두 사람의 이름 역시 책임을 피하기 위해 지어낸 가명일 것이다. 동태가 되어 신혼 첫날밤을 보낸다니 진심일 리가 없지 않은가.

보험사들은 그보다 더 보편적이고 이해하기 쉬운 경제적 매력을 내세웠다. "자면서 돈을 버세요." 가만히 누워서 은행 예금을 목돈으로 불리라는 뜻이었다. 현재 55세이고 은퇴했으며 매월 2백 달러를 연금으로 받는다고 치자. 나이는 그대로 55세인데 한 달에 받는 연금이 천 달러로 늘어난다면야 몇 년 자는 게 대수겠는가. 깨어난 뒤에 더 건강한 몸으로 매달 천 달러씩 받으면서, 더 오래 살 수 있는 희망찬 미래가 놓여 있다는 것은 두말할 필요도 없다. 투자 신탁을 운용하는 보험회사들은 자사가 선택한 주식이 누구보다 더 빨리 더 많은 수익을 낸다면서 반박할 여지가 없는 수치를 들이밀고, 냉동수면의 해당 측면을 집중적으로 홍보했다. "자면서 돈을 버시라니까요!"

하지만 나는 전혀 끌리지 않았다. 55세도 아니었고 은퇴할 생각도 없었으며 1970년대에 아무 불만이 없었으니까.

적어도 얼마 전까지는 그랬다는 말이다. 지금 나는 내 뜻과 상관없이 은퇴했다(사실 그러고 싶지 않았다). 그리고 신혼 첫날밤을 맞이하는 대신 허름한 술집에서, 어디까지나 순수하게 마취되고 싶다는 마음에 스카치를 마시고 있었고, 사랑스러운 아내 대신 상처가 많고 입맛이 까다로워 진저에일을 찾는 수고양이와 함께 있었다. 당장 마음 내키는 대로 했다면 진저에일을 진한 상자로 바꿔놓고 모조리 비워버렸을 것이다.

그래도 파산한 상태는 아니었다.

나는 코트 안주머니에 손을 넣어 봉투를 꺼내고 열어보았다. 내용물은 두 가지였다. 하나는 지급 보증된 수표로, 일시불로는 난생처음 받아보는 큰 금액이 적혀 있었다. 또 하나는 가사도우미 주식회사의 기명 주식이었다. 두 가지 모두 조금 구겨져 있었다. 받고 나서 지금까지 품고 다녔기 때문이다.

좀 그러면 어떤가.

고개를 묻어 문제를 외면하고 잠들어버린다고 문제 될 게 있을까? 그러는 게, 외인 용병부대에 들어가기보다는 더 기분 좋고, 자살하는 것보다는 더 깔끔했다. 게다가 내 인생을 망친 사건과 사람으로부터 완전히 떠날 수 있을 텐데. 그러면 된 것 아닐까.

나는 부자가 될 기회에 목숨을 거는 사람은 아니었다. 아, 물론 H. G. 웰스의 《잠든 이들이 깨어날 때》는 읽어보았다. 보험사들이 그 책을 공짜로 나눠주기 전에, 아직 보통의 고전소설이었던 때에 말이다. 복리 계산과 주가차액보상이 무슨 뜻인지도 이미 알았다. 하지만 내가 가진 돈으로 장기수면 비용을 내고 쓸 만한 투자신탁 계약을 할 수 있을지는 자신이 없었다. 그보다는 다른 면에 더 관심이 쏠렸다. 코하고 잠들었다가 완전히 다른 세상에서 깰 수 있다는 점이었다. 더 나은 세상을 만날 수도 있지 않은가. 예를 들어서 보험사를 믿을 수 있는 세상이라든지…. 물론 더 나쁜 세상일 수도 있겠지만. 어쨌든 다른 세상임에는 틀림없을 것이다.

나는 그 세상에 아주 중요한 차이점을 한 가지 만들 수 있었다. 벨 다킨과 마일스 젠트리가, 그중에서도 특히 벨 다킨이 확실히 존재하지 않을 때까지 잠들 수 있을 테니까. 벨이 죽어서 땅에 묻혀 있다면 그녀를 잊고, 그녀가 내게 한 짓도 잊고… 그녀가 수 킬로미터밖에 떨어지지 않은 곳에 있다는 사실 때문에 심장을 쥐어짜는 대신 그녀가 내게 남긴 것들을 상쇄할 수 있다.

보자, 그러려면 얼마나 오래 자야 할까? 벨은 스물셋이었다. 적어도 그렇다고 주장하긴 했다(1945년에 사망한 루스벨트가 대통령이었던 게 기억난다고 말했던 걸 분명 기억하지만). 어쨌든 벨은 20대였다. 따라서 내가 70년 동안 자고 나면 그녀는 이 세상에 없을 것이다. 확실히 하려면 여유 잡아 75년이면 충분했다.

그때 노인의학이 빠르게 발전한다는 사실이 떠올랐다. 의사들은 '평균' 수명을 125세까지 늘릴 수 있다고 말했다. 그게 사실이라면 백 년 동안 자야 했다. 하지만 그렇게 긴 기간을 보장할 보험사가 있을지 확신할 수가 없었다.

그다음엔 몸을 덥혀오는 스카치의 온기에 영감을 얻어, 온화하면서도 사악한 계획이 떠올랐다. 꼭 벨이 죽을 때까지 잘 필요는 없었다. 그 정도면 충분하고 남았다. 벨이 늙었을 때 내 젊은 모습을 보여주는 거야말로 딱 어울리는 복수였다. 그녀가 지난날을 떠올리며 괴로워할 만큼 젊기만 하면 되니까, 30년이면 충분할 것 같았다.

눈송이처럼 보드라운 동물의 발이 내 팔을 건드렸다. "더줘 어옹!" 피트가 말했다.

"욕심 많은 녀석." 나는 그렇게 말하고 진저에일을 한 접시 더 따라주었다. 피트는 공손히 기다리면서 감사를 표한 다음 할 짝거리기 시작했다.

하지만 피트 때문에 즐겁고 비열한 상상의 나래가 끊기고 말았다. 도대체 피트를 어떡하면 좋단 말인가.

고양이는 개처럼 아무에게나 입양시킬 수 없다. 그런 상황을 참지 못하니까. 가끔 집에 남는 고양이도 있지만 피트는 달랐다. 피트에게 나는 9년 전 제 어미와 떨어진 뒤로 변해가는 세상에서 유일하게 그대로인 존재였다. 나는 심지어 군에 있을 때도 피트를 가까이 두었다. 그러기 위해서 정말이지 대단한 재주를 부려야 했다.

피트는 건강 상태가 좋았고, 피부에 흉터가 있긴 해도 쭉 건강할 것 같았다. 오른쪽 앞발을 먼저 내밀어 공격하는 습관만 고칠 수 있다면 최소한 5년 동안은 전투에서 이기고 새끼도 낳을 수 있을 것이다.

(생각도 하기 싫지만) 피트가 죽을 때까지 위탁 사육시설에 맡길 돈은 있었다. (이 역시 생각하긴 싫지만) 피트에게 클로로포름을 사용할 수도 있고, 그냥 버려두고 가는 방법도 있었다. 고양이와 사는 인간이 선택할 길은 결국 그렇게 요약된다. 한번 고양이를 맡으면 끝까지 책임지든지, 아니면 그 불쌍한 동물을 포기

하고, 야생으로 내몰고, 영원한 진심을 향한 신뢰를 파괴하든지.

벨은 바로 그렇게 내 신뢰를 부숴버렸다.

그러니 엉뚱한 생각은 하지 말자. 설사 내 인생이 오이 피클처럼 시큼해지더라도 완전히 버림받은 고양이와 맺은 계약을 어기겠다는 생각일랑은 꿈에도 하지 말자.

철학적인 진실을 깨달은 바로 그 순간 피트가 재채기를 했다. 녀석의 코에서 작은 거품이 솟아올랐다. "몸조심해." 내가 말했다. "너무 빨리 마시지 말랬지."

피트는 내 말을 무시했다. 제 식탁 예절이 나보다 나은 편이라는 사실을 잘 알고 있었으니까. 음식을 나르는 웨이터는 그때까지 계산대 근처를 어슬렁거리면서 지배인과 잡담을 하고 있었다. 점심시간이 지난 터라 다른 손님이라고는 바에 앉은 한 사람이 전부였다. 웨이터는 내가 피트에게 몸조심하라는 소리를 듣고는 나를 쳐다보더니 지배인과 말을 나눴다. 두 사람은 우리에게 시선을 던졌고, 마침내 지배인이 바의 간이 출입구를 통과해 우리에게 다가왔다.

나는 속삭였다. "피트, 헌병이 온다."

지배인이 내 주위를 살피다가 몸을 숙여 가방을 들여다보았다. 나는 가방 입구를 오므렸다. 지배인은 더 가까이 다가서서 탁자에 몸을 기대고 좌석을 샅샅이 살폈다. "미안합니다만." 그가 단호하게 말했다. "고양이는 가게에서 내보내셔야겠는데요."

"고양이라뇨?"

"접시에 먹을 걸 담아준 그 고양이 말입니다."

"금시초문인데요."

지배인이 몸을 숙여 탁자 밑을 들여다보았다. "저 가방에 들어 있잖아요." 그가 비난하는 투로 말했다.

"가방에요? 고양이가?" 나는 놀란 표정으로 되물었다. "이보세요, 과장하는 버릇이 있으신 모양인데요."

"뭐요? 대충 얼버무릴 생각은 하지 마세요. 가방 안에 고양이가 있잖습니까. 열어보세요."

"수색 영장 있으세요?"

"뭐라고요? 정말 이렇게 나오실 겁니까?"

"이상하게 나오는 건 그쪽이죠. 수색 영장도 없으면서 가방을 열어보라고 했으니까. 수정 연방헌법 제4조 모릅니까. 전쟁도 여러 해 전에 끝났잖아요. 이해가 됐으면 아까 왔던 웨이터에게 같은 거로 하나 더 달라고 전해줘요. 아니면 직접 갖다주시든지."

지배인은 고통을 참는 것 같았다. "이봐요, 개인적인 감정이 있어서 이러는 게 아니란 말입니다. 엄연히 허가증이란 게 있다고요. '개, 고양이 입장 금지'라고 저쪽 벽에 분명히 적혀 있잖아요. 가게를 위생적으로 운영하려는 겁니다."

"그럼 운영이 시원찮네요." 나는 컵을 집어들었다. "여기 립스틱 자국 보이죠? 지금 손님의 짐을 수색하는 것보다 식기 세척기 점검이 더 급한 문제일 텐데요."

"립스틱 자국은 안 보이는데요?"

"내가 거의 다 닦아냈으니까요. 그러면 보건국에 연락해서 박테리아 개체수를 세봅시다."

지배인이 한숨을 쉬었다. "배지 좀 보여주시죠."

"없는데요."

"그럼 피장파장이군요. 가방은 안 뒤질 테니 보건국에 연락도 하지 맙시다. 대신 술이 더 필요하면 바에 와서 마셔요. 내가 서비스로 드릴 테니. 하지만 이 자리에서는 못 마십니다." 지배인은 몸을 돌리고 걸어갔다.

나는 어깨를 으쓱했다. "어차피 나가려던 참이었어요."

자리에서 떠나 계산대 앞을 지나가는 순간 지배인이 나를 바라보았다. "화나신 건 아니죠?"

"안 났어요. 하지만 원래 말을 타고 한 번 더 올 생각이었는데 마음을 바꿨어요."

"그거야 원하는 대로 하세요. 보건법에 말 얘기는 없으니까. 그런데 하나만요, 그 고양이가 정말 진저에일을 마셔요?"

"수정 연방헌법 제4조 얘기 잊어버렸어요?"

"고양이를 확인하겠다는 얘기가 아니라 그냥 궁금해서 그러는데요."

"흠." 나는 그의 질문을 받아들였다. "녀석은 비터스*를 한 방울 첨가한 걸 좋아해요. 그럴 수 없는 상황이면 스트레이트로 마시죠."

"그러면 신장이 상해요. 잠깐 여기 좀 보세요."

"뭘 보라고요?"

---

* 쓴맛이 나는 알코올성 식물 추출물

23

"몸을 뒤로 젖혀서, 여기 내 눈이 있는 위치에 머리를 둬요. 그리고 각 탁자 자리의 천장 쪽에 있는… 실내장식 위의 거울을 보라고요. 난 처음부터 고양이가 있다는 걸 알고 있었어요. 눈으로 봤으니까요."

나는 고개를 젖히고 그가 시키는 대로 쳐다보았다. 싸구려 술집 천장에는 잠동사니 같은 장식품이 잔뜩 붙어 있었다. 장식품 중에는 거울이 많았다. 그 가운데 상당수가 조형품인 것처럼 위장한 채, 계산대를 담당하는 지배인이 자리를 뜨지 않아도 잠망경을 쓰듯 아래쪽을 볼 수 있도록 각도가 맞춰져 있었다. "어쩔 수가 없어요." 지배인이 사과조로 말했다. "손님들이 자리에서 무슨 짓을 하는지 알면… 충격을 받을 겁니다. 그래서 감시하는 거예요. 슬픈 세상이죠."

"아멘." 나는 그렇게 대꾸하고 가게 밖으로 나갔다.

밖으로 나온 다음 가방 입구를 열고 손잡이를 쥐었다. 피트가 고개를 내밀었다. "피트, 너도 들었지? 슬픈 세상이란다. 친구끼리 얌전히 술을 마셔도 감시당하는 세상이라니, 슬픈 정도가 아니야. 다 끝난 거지."

"지금 할 거야?" 피트가 물었다.

"네가 그러자고 한다면야. 어차피 할 거라면 시간 끌어서 좋을 게 없지."

"지금 하자!" 피트가 힘주어 대답했다.

"찬성이야. 바로 길 건너에 있거든."

나는 상호보증회사의 접수원에게 영업사원을 만나고 싶다고 말했다.

"앉아서 기다려주세요. 상담 가능한 고객 담당 임원이 있는지 알아보겠습니다." 접수원은 내가 앉기도 전에 덧붙였다. "당사의 파웰 씨가 기다리고 있습니다. 이쪽으로 오시죠."

이 회사의 파웰이란 사람이 차지하고 있는 사무실을 보니 상호보증회사의 운영상황이 아주 좋을 거라는 생각이 들었다. 파웰은 축축한 손으로 악수를 하고 자리를 권한 다음, 담배를 내밀며 가방을 건네받으려 했다. 나는 가방을 놓지 않았다. "고객님, 어떻게 도와드릴까요?"

"장기수면을 하고 싶은데요."

파웰의 눈썹이 위로 치솟으면서 태도가 더 공손해졌다. 상호보증회사는 7달러만 내면 카메라를 유동자산으로 취급하는 보험증서도 기꺼이 만들어주는 회사였다. 하지만 장기수면은 얘기가 달랐다. 장기수면 계약이 성사될 경우 회사는 도톰한 앞발로 고객의 자산 전부를 두드릴 수 있었다. "아주 현명한 결정입니다." 그가 경건한 어조로 말했다. "저도 회사에 묶인 몸만 아니라면 장기수면을 하고 싶으니까요. 그런데… 아시다시피 가족부양의무란 것이 있어서요." 그는 손을 뻗어 양식지를 집었다. "수면 고객께서는 대개 마음이 급하시죠. 시간과 수고를 절약하기 위해서 문서 작성은 제게 맡기시고… 건강진단도 지금 즉시 예약하겠습니다."

"잠깐만요."

"예?"

"하나만 물어보죠. 고양이를 냉동수면 시키는 설비도 있나요?"

파월은 놀랐다가 기분이 언짢아진 모양이었다. "농담이시죠?"

내가 가방 입구를 열자 피트가 머리를 밖으로 내밀었다. "이 녀석은 내 인생의 동반자입니다. 부탁이니 그냥 대답만 해주세요. 대답이 '아니요'라면 나는 센트럴밸리 책임보험으로 곧장 이동할 겁니다. 그 회사 사무실도 이 건물에 있죠?"

파월은 이제 겁에 질린 것 같았다. "저기, 어, 고객님 성함을 안 여쭤봤군요."

"댄 데이비스입니다."

"댄 데이비스 고객님, 일단 문을 열고 들어오신 고객님은 상호 보증회사에서 선의로 제공하는 보호를 받게 됩니다. 따라서 그냥 센트럴밸리로 가시게 둘 순 없죠."

"날 어떻게 막을 겁니까? 유도 기술이라도 거실 건가요?"

"무슨 말씀이세요!" 파월은 주위를 두리번거리다가 흥분하는 것처럼 보였다. "저희 회사는 사회윤리를 준수합니다."

"센트럴밸리는 안 그런다는 뜻인가요?"

"저는 그렇게 말한 적 없습니다. 고객님께서 하신 말씀이죠. 고객님, 그럼 저한테 위임하지 마시고…."

"안 그럴 건데요."

"두 회사에서 제공하는 계약서 예문을 받아보시고요. 변호사도 대동하시죠. 어의론(語義論) 전문가 자격증을 소지한 변호사면 더욱 좋습니다. 저희가 제안하고 실제로 제공하는 바를 검토하시고 센트럴밸리가 내거는 조건과 비교해보십시오." 그는 또 주위를 살피더니 내게 다가왔다. "원래 고객께 말씀드리면 안 되는 거니까 저한테서 들었다고는 하지 마세요. 센트럴밸리는 심지어 표준 통계 자료도 사용하지 않는다니까요."

"그 대신 고객의 사정을 잘 봐줄지도 모르죠."

"예? 친애하는 고객님, 저희 회사는 발생한 이익을 전부 배당합니다. 저희는 그 점을 약관에 명시하고 있는데… 반면에 센트럴밸리는 '주식회사'입니다."

"그 회사의 주식을 사야 할지도 모르겠군요. 흠, 파웰 씨, 시간 낭비하지 마시죠. 상호보증회사는 여기 내 친구를 받아줄 건가요, 말 건가요? 안 받아준다면 난 벌써 시간을 많이 낭비한 셈인데요."

"저 생물을 산 채로 저온보존하는 비용을 내시겠다는 말씀인가요?"

"우리 둘이 함께 장기수면을 받겠다는 뜻입니다. 그리고 '저 생물'이라는 말 쓰지 마세요. 이 녀석 이름은 피트로니어스니까요."

"죄송합니다. 질문을 바꾸겠습니다. 고객님께서는 두 분, 그러니까 고객님 본인과, 음, 피트로니어스가 저희 성소에 신병을 맡기면서 발생하는 위탁 비용을 지급할 용의가 있으십니까?"

"예. 하지만 표준 요금 2인분을 내지는 않을 거예요. 물론 추가 요금은 내야겠지만, 우리 둘을 같은 관에 넣을 수 있을 거 아니에요. 솔직히 피트에게 성인 한 명과 동일한 요금을 적용하는 건 너무하죠."

"이건 아주 예외적인 상황인데요."

"당연히 그렇겠죠. 하지만 비용 협상은 나중에 하죠. 아니면 센트럴밸리와 흥정할 수도 있고요. 지금 당장은 제가 원하는 바를 들어줄 수 있는지가 궁금해요."

"으음…." 파웰이 책상을 두드렸다. "잠깐만 기다려주세요." 그는 전화를 집어 들고 말했다. "오팔, 베르퀴스트 박사 좀 연결해줘요." 그 뒤에 이어지는 대화는 들을 수 없었다. 그가 보안장치를 가동했기 때문이다. 그는 잠시 뒤 전화를 내려놓고 부유한 삼촌이 세상을 떠나면서 유산이라도 물려준 것처럼 미소를 지었다. "희소식입니다, 고객님! 고양이 장기수면 실험이 처음으로 성공했다는 사실을 제가 깜빡했습니다. 고양이와 관련된 기술 요소 및 위험 요소는 완전히 해결된 상태입니다. 20년째 저온보존 상태로 살아 있는 고양이가 아나폴리스 해군연구소에 있다고 합니다."

"해군연구소는 워싱턴이 탈취당할 때 파괴된 줄 알았는데요."

"그건 지상 건물 얘기고 지하 깊은 곳에 있던 대피소는 그렇지 않았답니다. 그 고양이는 2년 남짓 자동기계가 돌본 것을 빼면 추가 치료를 받지 않았는데도 아직 살아 있고, 달라진 점도 없고, 나이도 먹지 않았습니다. 고객님도 저희 상호보증회사를 위임사로 결정하시는 경우 그 고양이와 마찬가지로 원하는 기간만큼 살게 되실 겁니다."

나는 그가 이마와 가슴에 십자가를 그릴지도 모르겠다고 생각했다. "좋아요. 알겠으니까 이제 가격 협상을 해보죠."

고려할 요소는 네 가지였다. 첫째, 동면하는 동안 요금은 어떻게 지급할 것인가. 둘째, 수면 기간은 어느 정도로 결정할 것인가. 셋째, 냉동실에 들어가 있는 동안 내 돈은 어떻게 투자할 것인가. 마지막으로 내 생명활동이 정지하고 다시 눈을 뜨지 못할 경우에는 어떻게 할 것인가.

나는 결국 2000년에 깨어나기로 결정했다. 꽤 깔끔한 숫자인 데다가 30년 뒤이니 그리 긴 시간도 아니었다. 그보다 더 나중에 깨어났다가는 시대에 완전히 뒤처질까 봐 겁이 났다. 지난 30년 동안(내 나이와 같은 기간이다) 세상은 말 그대로 눈이 튀어나올 정도로 달라졌다. 큰 전쟁이 두 차례, 작은 전쟁이 십여 차례 발발했고, 공산주의가 몰락했고, 대혼란 시기가 있었고, 인공위성이 등장했고, 발전 설비가 원자력 기반으로 대체되었다. 내가 어릴 때는 압전식 멀티모프 진동기조차 없었는데 말이다.

서기 2000년에 깨어나면 심한 혼란에 빠질지도 모른다. 하지만 그 정도는 건너뛰어야 벨이 환상적인 주름살을 만들어낼 수 있을 것이다.

돈의 투자처를 고를 때 나는 국채 같은 보수적인 투자를 제외했다. 우리나라의 재정 체계에는 인플레이션의 위험이 내재되어 있었다. 나는 내가 세운 가사도우미 주식회사의 지분을 계속 유지하고, 발전 가능성이 있어 보이는 추세에 중점을 두면서 현금으로 다른 일반주를 매입하기로 했다. 자동화 산업은 성장할 수밖에 없었다. 추가로 샌프란시스코 비료 회사도 선택했다. 인구가 매년 늘어나고, 스테이크값은 더 떨어질 수 없을 만큼 떨어진 상태인데 그 회사가 효모와 식용 해조류를 실험하고 있었기 때문이다. 남은 돈은 상호보증회사가 운영하는 신탁 펀드에 넣으라고 지시했다.

진짜 중요한 부분은 내가 동면 중 사망한 경우였다. 상호보증회사는 내가 30년 동안 냉동수면을 하고도 살아 있을 확률이 70퍼센트보다 높다고 단언했다. 그리고… 회사는 30퍼센트와 70퍼센트 양쪽에 모두 돈을 걸 것이다. 이 경우 확률과 배당은 정확히 반비례하지 않는다. 나도 그럴 거라고 예상하고 있었다. 속임수가 없는 도박이라면 예외 없이 장소 제공자에게 위험부담금을 지급해야 한다. 봉에게 최대 이익을 뽑을 수 있을 거라고 장담하는 도박사는 사기꾼이다. 그리고 보험은 합법적인 도박이다. 전 세계에서 가장 먼저 설립되었고 명망이 높은 런던 로이드 보험사는 그 사실을 숨기지도 않는다. 로이드사의 공범들은 실패와 성공 양쪽에 돈을 걸었다. 하지만 경마보다 높은 승률은 기대하지 말아야 한다. 누군가는 파웰이 입고 있는 맞춤 양복값을 내줘야 하기 때문이다.

따라서 내가 사망할 경우 내 돈은 모조리 상호보증회사의 신탁 펀드에 넣기로 결정했다. 파웰은 그 얘기를 듣자 내게 입을 맞추려고 달려들었다. 그 꼴을 보아하니 70퍼센트라는 수치가 그리 높지 않은 거라는 생각이 들었다. 그래도 결정을 바꾸지는 않았다. 내 생각이 맞는다면 (내가 살아남을 경우) 나와 같은 선택을 했던 (그리고 죽은) 사람들의 돈을 내가 물려받는 셈이기 때문이었다. 말하자면 생존자가 칩을 전부 가져가는 러시안룰렛과 같았다. 그리고… 늘 그렇듯 상호보증회사는 하우스비를 긁어갈 것이다.

나는 모든 결정에 있어 예상되는 최대 이익이 가장 큰 쪽을 골랐고, 오판에 대비한 손실 대책은 준비하지 않았다. 파월은 제로 게임에 계속 참가하는 봉을 사랑하는 도박판 물주처럼 나를 사랑했다. 내가 소유한 부동산의 처리 방법까지 결정하고 나자 파월은 피트에게 드는 비용을 적극적으로 깎아주었다. 그와 나는 피트의 동면비용을 인간 요금의 15퍼센트로 합의했고, 피트용 계약서를 별도로 작성했다.

남은 것은 법원의 승인과 신체검사였다. 신체검사는 크게 걱정하지 않았다. 내가 죽는 쪽에 상호보증회사가 돈을 걸 수 있도록 자격을 부여하고 나면, 흑사병에 걸려 죽기 직전이어도 건강하다는 결과를 내줄 거라는 예감이 들었기 때문이다. 하지만 판사가 승낙하기까지 오래 걸릴 수도 있다는 생각은 들었다. 냉동수면 상태인 고객은 법적으로 볼 때 살아 있지만 매우 불리한 처지에 놓이므로 그 과정은 반드시 필요했다.

결론적으로 말하면 쓸데없는 걱정이었다. 파월은 19쪽짜리 계약서 원본을 네 부 만들었다. 나는 손가락이 시큰거릴 때까지 서명하고 신체검사를 받으러 갔다. 그동안 심부름꾼이 문서를 들고 냅다 뛰어다녔고, 나는 판사의 얼굴조차 볼 수 없었다.

신체검사는 딱 한 가지만 빼면 뻔하고 지루했다. 검사가 끝날 때쯤 검진을 맡은 내과 의사가 내 눈을 꼼꼼하게 들여다보고 말했다. "이봐요, 이렇게 퍼마신 지는 얼마나 됐어요?"

"퍼마셨다고요?"

"퍼마셨는데요."

"선생님, 뭘 보고 그렇게 생각하시죠? 저는 선생님과 똑같이 멀쩡한데요. 간장 공장 공장장은 강 공장장이고…."

"헛소리하지 말고 대답이나 하세요."

"흠, 2주 정도 됐을 거예요. 조금 넘을 수도 있고요."

"습관적으로 음주하시나요? 이렇게 목숨 걸고 마신 게 몇 번이죠?"

"음, 사실 이번이 처음이에요. 그러니까…." 나는 벨과 마일스가 내게 무슨 짓을 했으며 왜 그랬는지 얘기하기 시작했다.

의사가 손을 내밀어 내 말을 막았다. "그만. 나도 걱정거리가 많은 사람이고, 게다가 난 정신과 의사도 아니에요. 농담 아니고, 내가 관심 있는 건 검사 받는 사람을 섭씨 4도 상태에 두었을 때 심장이 그 충격을 견딜 수 있는가 하는 것뿐이에요. 내가 보기엔 버틸 것 같군요. 그리고 난 원래 멍청한 사람이 구덩이로 기어들어 가서 입구를 막아버리는 이유에 대해 신경 쓰지 않아요. 땅에 묻히는 바보가 한 명 줄었다고 생각할 뿐이죠. 하지만 직업적인 양심이 아직 희미하게 남아 있다 보니 어떤 사람이든, 인간으로서 얼마나 실격인 사람이든, 뇌가 알코올에 푹 젖은 상태에서 저 관짝에 들어가지는 않도록 막는 거죠. 돌아서세요."

"예?"

"돌아서라고요. 왼쪽 엉덩이에 주사를 놓을 테니까." 시키는 대로 하자 의사가 주사를 놓았다. 아픈 곳을 문지르는 동안 그가 계속 말했다. "이제 이걸 마셔요. 20분쯤 지나면 한 달 전 상태보다 더 정신이 멀쩡해질 거예요. 그다음에는, 솔직히 의심스럽긴 하지만 상식이란 게 있거든 현 상태를 돌아본 다음 결정하세요. 문제점을 내버려두고 도망칠지… 아니면 용감하게 맞서 싸우든지."

나는 의사가 준 약을 마셨다.

"끝났어요. 가서 옷 입으세요. 서류에 서명은 하겠지만, 마지막 순간에 내가 거부권을 행사할 수 있다는 건 잊지 마세요. 이제부터 술은 한 방울도 안 돼요. 저녁은 가볍게 드시고 아침은 먹지 마세요. 내일 정오에 와서 마지막 검진을 받으시고요."

의사는 등을 돌리고 잘 가라는 말도 하지 않았다. 나는 옷을 입고 밖으로 나왔다. 종기라도 난 것처럼 몸이 아팠다. 파웰은 모든 서류를 준비해놓고 있었다. 서류를 집자 그가 말했다. "원하시면 서류를 여기 뒀다가 내일 정오에 가져가셔도 됩니다. 물론… 성소에 갖고 들어가실 서류를 말하는 겁니다."

"나머지 문서는 어떻게 되죠?"

"한 부는 우리 회사가 보관합니다. 고객님께서 입소하시고 나면 한 부를 묶어서 법원에 보내고 남은 하나는 칼즈배드 기록 보관소에 둡니다. 저기, 의사가 식사 관련 주의 사항은 말씀드렸죠?"

"확실하게 얘기해주던데요." 나는 귀찮은 내색을 하지 않으려고 서류들을 흘끗 쳐다보았다.

파웰이 서류에 손을 뻗었다. "밤새 아무 일 없도록 보관하겠습니다."

나는 서류를 잡아끌었다. "나도 잘 보관할 수 있어요. 투자 종목에 관해서 생각이 바뀔지도 모르고요."

"저기, 그러시기에는 조금 늦었는데요, 댄 데이비스 고객님."

"다그치지 마세요. 변경 사항이 있으면 내일 조금 일찍 오죠." 나는 가방을 열고 피트 옆에 있는 주머니에 서류를 집어넣었다. 전에도 거기에 중요한 서류를 보관한 적이 있었다. 칼즈배드 캐번스에 있는 공공 기록보관소보다는 위험하겠지만, 그 주머니는 생각보다 안전했다. 언젠가 소매치기가 거기서 무언가를 가져가려 한 적이 있었다. 그 작자에게는 피트의 이빨과 발톱 자국이 아직 남아 있을 것이다.

2

차는 오늘 이른 시각에 주차했던 그대로 퍼싱스퀘어에 있었다. 나는 주차장 직원에게 요금을 내고, 서쪽 간선도로에 올라탄 다음 피트를 가방에서 꺼내어 좌석에 앉혔다. 그런 다음 긴장을 풀었다.

아니, 긴장을 풀려고 했다. 로스앤젤레스의 차들은 너무 빠르고 운행이 심하게 거칠어서 나 같은 사람은 자율주행에 맡겨놓고 마냥 행복할 수가 없었다. 교통 시설 전체를 재설계하고 싶었다. 지금의 교통 체계는 진정한 의미로 현대적인 '무결점'이라 볼 수 없었다. 웨스턴 애비뉴 서쪽으로 진입해 수동 운전이 가능해질 때쯤엔 신경이 곤두서서 한잔하고 싶다는 생각이 들었다.

"피트, 저기 오아시스가 있다."

"갑자아기?"

"코앞이야."

하지만 차를 세울 곳이 없었다. 로스앤젤레스는 침공당할 일이 없을 것이다. 침략자들이 주차공간을 못 찾을 테니까. 주차공간을 찾는 동안, '술에 손도 대지 말라'는 의사의 지시가 떠올랐다.

그래서 나는 의사의 지시 사항을 어길 시 무슨 일이 벌어질지 피트에게 힘주어 말해주었다.

그다음엔 거의 하루가 지난 뒤에도 의사가 음주 여부를 가려낼 수 있을까 궁금해졌다. 예전에 읽었던 의학 기사를 떠올리려 했지만, 나는 원래 그런 유형이 아니라 자세히 읽어보지도 않았다는 사실이 떠올랐다.

젠장. 의사는 내가 냉동수면을 하지 못하도록 막을 권한이 있었다. 술을 포기하고 신중히 행동하는 게 좋을 듯했다.

"지금 마실 거냐옹?" 피트가 물었다.

"나중에 마시자. 대신에 드라이브인 식당으로 갈 거야." 불현듯 진심으로 술을 원한 건 아니라는 사실을 깨달았다. 내게 필요한 건 음식과 제대로 된 수면이었다. 의사 말이 맞았다. 근 몇 주간 지금처럼 정신이 멀쩡하고 기분 좋은 적이 없었다. 의사가 내 엉덩이에 찔러 넣은 것은 단순히 비타민B$_1$일 수도 있었다. 그게 뭐가 됐든 제트 엔진이라도 달린 것처럼 신속하게 작용하고 있었다. 우리는 드라이브인 식당을 찾아냈다. 나는 내가 먹을 적당한 닭요리와 피트가 먹을 하프 파운드 햄버거 및 우유를 주문한 다음, 음식이 나올 때까지 피트를 데리고 차에서 나와 잠시 산책

했다. 피트를 반복적으로 숨겼다가 꺼낼 필요가 없었기 때문에 녀석과 나는 드라이브인 식당을 자주 이용하곤 했다.

30분 뒤, 나는 차가 복잡한 구간에 휩쓸려 다니도록 내버려 두었다가 멈추고는 담뱃불을 붙이고, 피트의 턱밑을 만져주며 생각에 잠겼다.

댄, 너 인마. 그 의사 말이 맞아. 넌 지금 술병의 목 아래쪽에 뛰어들려고 애를 쓰는 거라고. 머리는 뾰족하니까 들어가겠지만 어깨까지 넣기에는 입구가 너무 좁아. 이제 술 기운도 완전히 빠졌고, 음식으로 배도 잔뜩 채웠고, 며칠 만에 처음으로 위가 편히 쉬고 있잖아. 기분도 좋고.

그럼 다른 문제는? 의사가 했던 나머지 말도 맞는 걸까? 난 버르장머리 없는 아기일까? 실패에 맞설 배짱이 없는 걸까? 냉동수면을 하려는 이유가 뭘까? 모험심 때문에? 아니면 단순히 어머니 자궁으로 기어들어 가려고 애쓰는 부적격 전역자처럼 자신으로부터 도피하려고?

나는 그래도 냉동수면을 하고 싶다고 자신에게 말했다. 서기 2000년이라잖아!

그래. 냉동수면은 하고 싶다 치자. 그렇다고 지금 눈앞에 있는 불만도 해결하지 않고 뛰어들어야 해?

알았어. 알았다고! 그런데 어떻게 해결하지? 벨과 다시 만날 생각은 없어. 나한테 그런 짓을 했는데. 그럼 뭐가 있지? 두 사람을 고소할까? 그건 바보짓이야. 증거가 없으니까. 설사 있더라도 법정 다툼에서 이기는 건 변호사들뿐이라고.

피트가 말했다. "그래애? 잘 알고 있네!"

나는 와플처럼 생긴 흉터가 있는 피트의 머리를 내려다보았다. 피트는 그 누구도 고소하지 않을 것이다. 만약 다른 고양이의 수염 모양새가 마음에 들지 않으면 불러내 밖으로 나가서 고양이답게 싸울 것이다. "네가 옳다고 생각해, 피트. 난 마일스를 찾아가서 한쪽 팔을 잡아 뽑고 그놈이 입을 열 때까지 머리를 두들길 거야. 장기수면은 그다음에 해야지. 하지만 먼저 그자들이 우리에게 정확히 무슨 짓을 했는지, 사기를 친 건 누구인지 확인해야 해."

주차장 뒤쪽에 전화 부스가 있었다. 나는 마일스에게 전화를 걸어 그가 집에 있다는 사실을 확인하고, 꼼짝 말고 거기 있으라고 당부하고는 밖으로 나왔다.

아버지는 내게 대니얼 분 데이비스라는 이름을 붙였다.* 아버지 나름대로는 개인의 자유와 자립을 선언하는 행위였다. 나는 1940년에 태어났다. 개인의 시대는 끝나가고 미래는 대중의 것이라고 모든 이가 말하던 시절이었다. 아버지는 그 말을 거부했고, 내 이름을 이렇게 지어 저항을 표했다. 아버지는 자신의 주장을 끝까지 관철하다가 북한에서 사상개조를 당하던 도중 돌아가셨다.

6주 전쟁이 발발할 당시 나는 기계공학 학위를 받은 후 군에 있었다. 나는 학위를 이용해 장교로 임관하려고 애를 쓰지 않

---

* 대니얼 분은 미국 켄터키와 미주리 지역을 탐험한 전설적 개척자이다.

았다. 아버지가 내게 아주 강렬한 열망을 물려주셨기 때문이다. 그 열망이란 스스로 결정하고, 어떤 명령도 하거나 따르지 않고, 미리 정해진 일정에 맞추지 않겠다는 의지였다. 나는 그저 복무 기간을 다하고 전역하고 싶었다. 냉전이 심화될 당시 나는 뉴멕시코에 있는 샌디아 무기센터에서 기술부사관이었다. 원자폭탄 속에 원자를 집어넣으며, 전역 후 할 일을 계획하고 있었다. 샌디아가 사라지던 날엔 댈러스에서 독일의 민간인 공격 정책 때문에 다시금 겁을 집어먹었다. 샌디아에 떨어진 낙진이 오클라호마시티 쪽으로 흘러간 덕분에 나는 살아남아서 군인 월급을 받을 수 있었다.

피트도 비슷한 이유로 살아남았다. 내게는 군에 재징집된 마일스 겐트리라는 친구가 있었다. 마일스는 딸이 있는 미망인과 결혼했는데, 다시 군에 들어갈 때쯤 부인이 사망했다. 그는 의붓자식인 프레데리카에게 가정을 마련해주기 위해 영내가 아닌 앨버커키에서 어떤 가족과 함께 지냈다. 리키는(우리는 단 한 번도 그 아이를 '프레데리카'라고 부르지 않았다) 나 대신 피트를 돌봐주었다. 고양이 여신인 부바스티스의 가호였는지, 마일스와 리키, 그리고 피트는 그 무시무시했던 주말에 72번 고속도로를 따라 먼 곳에 나가 있었다. 리키는 댈러스로 피트를 데려갈 수 없었던 나를 대신해 녀석을 맡아주었다.

툴레를 포함해 아무도 의심하지 않았던 지역에 다수의 아군 사단 병력이 숨어 있었다는 사실에 나도 다른 이들처럼 깜짝 놀랐다. 인간의 신체를 거의 모든 활동이 정지할 때까지 얼릴 수 있다는 사실은 1930년대부터 알려져 있었다. 하지만 그건 어디까지나 실험적인 시도나 최후의 치료법으로 쓰였다. 6주 전쟁이 일어나기 전까지는 그랬다. 군사 연구라는 분야는 돈과 인력을 투입하면 결과가 나오는 법이다. 10억 달러를 더 찍어내고 과학자와 기술자를 1천 명 더 고용하면, 놀랍고도 비효율적이며 보편적이지 않은 해결책이 나온다. 정지상태, 냉동수면, 동면, 저온보존, 신진대사감축 등은 결국 모두 같은 뜻이었다. 병참-의약연구팀은 사람을 장작처럼 쌓아놓고 필요할 때마다 꺼내어 쓰는 방법을 개발했다. 우선 대상에게 약물을 주사하고, 마취시키고, 체온을 떨어뜨린 다음 정확히 섭씨 4도를 유지한다. 섭씨 4도는 물의 밀도가 최고에 달하면서 결빙이 생기지 않는 온도다. 그 대상을 급히 사용할 일이 생기면 전기투열 요법을 행하고 후최면암시로 삽입했던 명령을 내려 10분이면 소생시킬 수 있다(알래스카의 놈에 있는 실험실에서 7분 만에 성공한 기록이 있었다). 하지만 그렇게 급속으로 진행하면 조직이 노화하고 그 순간부터 실험 대상의 지능이 조금 저하할 수 있었다. 급한 경우가 아니라면 최소 2시간은 들여야 했다. 직업 군인들은 신속한 해동 방법을 '예상된 위험'이라고 불렀다.

적군은 그 전술이 얼마나 무서운지 예상하지 못했다. 덕분에 나는 전쟁이 끝난 뒤 숙청당하거나 포로수용소에 가는 일 없이 전역했고, 보험사들이 냉동수면을 팔기 시작할 무렵 마일스와 함께 사업을 벌였다.

우리는 모하비 사막에 가서 공군이 쓰지 않는 건물에 작은 공장을 세우고 가사도우미를 만들기 시작했다. 기술은 내가 맡았고 마일스는 법률문제 및 경영을 담당했다. 그렇다. 가사도우미와 이후 모델들, 예를 들어 '창문닦이 윌리' 등을 발명한 사람은 바로 나다. 비록 제품 설명에서 내 이름을 찾을 순 없지만 말이다. 군에 있는 동안, 나는 기술자가 뭘 할 수 있는지 진지하게 고민했다. 스탠더드 정유사나 듀폰 화학이나 제너럴 모터스에 취직하면 될까? 그러면 30년 뒤 그간의 헌신에 감사하는 저녁 만찬에 참석하고 연금을 받을 수 있겠지. 밥은 꼬박꼬박 먹을 테고 회사 전용기를 이용해 곳곳을 방문할 수도 있을 것이다. 하지만 결국은 고용된 몸이었다. 기술자가 두각을 나타낼 수 있는 또 하나의 거대 시장은 공무원 조직이었다. 초봉이 괜찮고, 연금은 훌륭하다. 달리 걱정할 일이 없고, 1년에 30일은 휴가인 데다가 각종 수당도 나왔다. 하지만 나는 정부가 제공하는 긴 휴가를 막 마친 참이었고 독자적으로 활동하고 싶었다.

연인원을 6백 명씩 투입하는 대신 기술자 한 사람이 첫 모델을 시장에 내놓을 만한 제품이 뭘까? 사람들은 포드나 라이트 형제가 처음에 그랬듯 자전거 수리점 정도의 기술에 자본은 쥐꼬리만큼 투자해 사업을 시작하는 시대가 이제는 돌아오지 않을 거라고 말했다. 나는 그 말을 믿지 않았다.

자동화 시대가 다가오고 있었다. 측정기를 감시하는 사람 두 명과 경비원 한 명만 있으면 돌아가는 화학기술 공장이라든지, 7개 도시에서 쓰이는 입장권을 발권하고 좌석 현황을 관리하는 기계라든지, 관리자가 편히 앉아 감시하는 동안 석탄을 캐는 강

철두더지 같은 것들이 있는 시대 말이다. 그래서 나는 나랏돈으로 월급을 받는 동안 내 보안등급으로 접할 수 있는 전자기술과 연동기술과 사이버네틱스 기술을 모조리 배웠다.

자동화하기 가장 어려운 분야는 뭘까? 가사노동이다. 나는 의식이 있고 과학적인 집을 만들겠다는 생각은 하지도 않았다. 사람들은 그런 집을 바라지 않는다. 그들이 바라는 것은 그저 더 좋은 장식을 씌운 동굴이다. 하인이 오래전에 지상에서 자취를 감췄건만 사람들은 여전히 하인 문제로 불평했다. 나는 노예 주인의 감성이 전혀 없는 사람을 거의 보지 못했다. 사람들은 하루에 14시간 동안 바닥을 닦을 수 있는 기회에 감사하고, 남은 음식을 먹으며, 배관공 조수가 코웃음을 칠 만큼 적은 급료에 일하는 억센 시골뜨기 소녀가 있어야 한다고 진심으로 생각하는 듯했다.

우리가 가사도우미라는 이름을 붙인 것은 그 때문이었다. 사실 가사도우미는 기본적으로 조금 나은 진공청소기에 불과했고, 우리는 그 제품을 흔한 흡입형 빗자루와 경쟁할 수 있는 가격에 내놓기로 결정했다.

가사도우미의 역할은(내가 이후에 지능을 탑재해 개선한 로봇 말고 첫 제품 말이다) 바닥 청소였다. 그 제품은 별도의 지시가 없어도 어떤 바닥이든 온종일 닦을 수 있었다. 그리고 모든 바닥은 청소가 필요한 법이다.

가사도우미는 바보 같은 기억장치에 담긴 테이프의 내용에 따라, 쓸고 닦고 진공으로 청소하고 광을 낼 수 있었다. BB탄보다 큰 물체는 무엇이든 집어 들어서 자신보다 더 똑똑한 존재가 폐기 여부를 결정할 수 있도록 상부에 있는 쟁반에 올려 두었다. 그리고 온종일 조용히 먼지를 찾아다니면서 단 하나도 놓치지 않도록 곡면을 추적하고, 반복적으로 더러운 바닥을 탐색하는 동시에 깨끗한 바닥은 건너뛰었다. 가사도우미는 숙련된 하인처럼 사람이 있는 방에서 나올 줄도 알았다. 주인이 붙잡아서 스위치를 누르고 그곳에서 일해도 괜찮다고 알려주면 그러지 않았다. 저녁 식사 시간이 되면 정해진 구석 자리로 가서 급속으로 충전도 했다. 이건 우리가 영구적으로 작동하는 파워팩을 추가하기 전의 이야기지만.

가사도우미 1호기와 진공청소기 사이에 본질적인 차이는 없었다. 하지만 감독하는 사람이 없어도 알아서 청소한다는 차이점이면 충분했다. 가사도우미는 잘 팔렸다.

나는 1940년대 후반에 〈사이언티픽 아메리카〉에 실린 '전기거북이'의 기본 이동 패턴을 슬쩍 빌렸고, 기억 회로는 유도 미사일의 두뇌에서 훔쳐왔다(이게 바로 1급 기밀장치의 장점으로, 그것들은 특허가 걸려 있지 않았다). 청소장치와 연동장치는 여러 곳에서, 이를테면 군 병원에서 쓰는 바닥 청소기와 음료수 자판기와 핵발전소에서 '뜨거운' 물체를 다룰 때 사용하는 기계손 등에서 가져왔다. 구성품 가운데 새로운 건 하나도 없었다. 그것들을 하나로 모았다는 점이 참신했을 뿐이다. 우리 회사 법률부서는 훌륭한 특허법 전문변호사를 고용하는 '천재성'을 발휘했다.

진짜 천재적인 것은 생산기술이었다. 두 종류의 3차원 캠과

기판 하나를 제외하면《스위츠 카탈로그》*를 통해 주문한 표준 부품만으로 완제품을 만들 수 있었다. 기판은 하청으로 마련했고 캠은 우리가 '공장'이라고 부르던 헛간에서 군수품인 자동 공구를 이용해 내가 직접 만들었다. 처음에는 마일스와 내가 전체 생산 공정의 전부였다. 우리는 잘라서 맞추고, 묶어서 숨기고, 색을 칠해 가릴 것을 가렸다. 시제품 제작에 든 총비용은 4317.09달러였다. 첫 100기는 제작비가 개당 39달러였다. 그 100기를 개당 60달러에 로스앤젤레스 할인 매장에 넘겼고, 매장은 85달러에 팔았다. 판촉을 감당할 능력이 없었기 때문에 전량이 소진될 때까지 그곳에 모든 것을 위임했다. 그러다 보니 첫 수익금이 들어올 때쯤엔 굶어 죽기 직전이었다. 그리고… 〈라이프〉 지가 두 페이지에 걸쳐 가사도우미에 대한 기사를 실어주었다. 덕분에 순조롭게 가사도우미를 생산할 수 있었다.

곧이어 벨 다킨이 합류했다. 마일스와 나는 그전까지 1908년형 언더우드 타자기로 한 번에 한 글자씩 찍어내는 형편이었다. 벨은 타자를 전담하고 경리를 맡을 직원으로 입사했다. 우리는 행정용 서체와 탄소 리본이 포함된 전동타자기를 대여했다. 편지지 첫 부분에 들어갈 상표는 내가 디자인했다. 우리는 모든 것을 사업에 다시 투자했다. 피트와 나는 공장에서 잤고 마일스와 리키는 근처에 있는 판잣집에서 살았다. 우리는 만일의 사태에 대비해 주식회사를 설립했다. 그러려면 세 명이 필요했다. 우리

---

* 미국에서 1906년부터 작성되었던 건축 및 기술 분야의 부품과 소재 자료집

는 벨에게 지분을 주고 비서 겸 회계담당에 임명했다. 마일스는 사장 및 최고관리자였다. 나는 수석기술자이고 대표이사였으며… 전체 주식의 51퍼센트를 소유했다.

내가 결정권을 쥔 이유를 밝히고 싶다. 탐욕스러워서 그런 것이 아니라 내 삶의 주인이 되고 싶었기 때문이다. 마일스는 충성스럽게 일했고 나도 그를 믿었다. 하지만 초기 자본의 60퍼센트 이상이 내 돈이었고 기술과 독창성은 내가 100퍼센트를 전부 제공했다. 마일스는 절대 가사도우미를 만들 수 없는 반면, 나는 십여 명의 동업자 후보 가운데 누구와 손을 잡든 만들 수 있었다. 동업자가 없어도 가능했겠지만, 그랬다면 사업을 벌이고 이윤을 남기는 단계에서 주저앉았을 것이다. 마일스는 사업가였고 나는 그렇지 않았다.

나는 회사를 확실히 통제하고 싶었다. 그 대신 사업적인 면에 관한 한 마일스에게 나와 동등한 자유를 부여했다. 결국 자유를 너무 많이 준 것으로 밝혀졌지만.

가사도우미 1호기는 야구장에서 맥주가 팔리듯 팔려나갔고, 나는 1호기를 개선하고 진짜 공정을 마련하고 공장장을 영입하느라 바쁜 시간을 보냈다. 그다음에는 기쁜 마음으로 가정용 기계의 차기작을 구상했다. 가사노동이 전 세계 노동의 최소 50퍼센트 이상을 차지함에도 그에 관해 진지하게 고민하는 사람은 놀라울 만큼 드물었다. 여성잡지들이 '가사노동 효율화'나 '기능성 주방'에 관해 다루고 있었지만 사실 대단한 내용은 없었다. 잡지가 보여주는 예쁘장한 근무-주거용 공간 배치는 본질적으로 셰익스피어 시대보다 나아진 게 없었다. 말이 제트기로 바뀌는 혁신은 가정까지 미치지 못했다.

나는 사람들이 보수적이라는 믿음을 고수했다. 그래서 '삶을 위한 기계'가 아니라 이제는 사라진, 청소와 요리와 육아를 맡아주던 하녀를 대신할 도구를 만들기로 했다.

그리고 더러운 창문과 긁어내기 너무 어려운 욕조 안쪽의 물 때에 생각이 미쳤다. 제거하려면 몸을 반으로 접어야 하는 그 더러움 말이다. 정전기 발생 장치를 이용하면 이산화규소 표면이나 창문이나 욕조나 변기 등의 더러움을 깔끔하게 날릴 수 있다는 사실이 밝혀졌다. 그게 '창문닦이 윌리'의 정체였고, 그런 제품을 먼저 개발한 사람이 없다니 놀라울 따름이었다. 나는 소비자가 유혹에 저항할 수 없을 만큼 단가를 낮추기 전까지 윌리를 판매하지 않았다. 혹시 창문을 닦는 전문가의 시급이 얼마인지 알고 있는가?

나는 윌리의 생산 시기를 마일스가 원하는 것보다 훨씬 더 지연시켰다. 마일스는 가격이 꽤 저렴해지자 곧장 팔자고 했지만 나는 한 가지 문제 때문에 고집을 부렸다. 윌리는 고치기 쉬워야 했다. 가사용 기계는 대개 위대한 단점이 있었다. 기계가 더 좋고 기능이 많을수록 꼭 필요할 때 고장 나는 확률이 높았다. 그런 기계를 고치려면 시간당 5달러를 주고 전문가를 불러야 했다. 한 주가 지나면 같은 일이 반복됐다. 지난주에 고친 식기세척기가 멀쩡하면 대신 에어컨이 고장 나는 식으로… 그것도 보통 눈보라가 몰아치는 토요일 밤늦은 시간에.

나는 제대로 작동하고, 오래가고, 주인에게 위궤양을 일으키지 않는 기계를 만들고 싶었다.

하지만 아무리 내가 만든 기계라도 고장은 난다. 구동부가 하나도 없이 모든 기계를 설계할 수 있는 훌륭한 시대가 오지 않는 한, 기계는 계속 고장 날 것이다. 집 안을 기계로 가득 채운다면 그 가운데 한 대는 늘 고장이 나 있을 것이다.

반면에 군사연구는 결국 결과물을 내게 마련이라, 군은 이 문제를 일찌감치 극복했다. 엄지손가락만 한 기계가 고장 나는 바람에 전투에 지고, 수천에서 수백만에 이르는 인명을 잃고, 심지어 전쟁의 결과까지 위태롭게 만들 수는 없지 않은가. 군은 그런 문제를 막으려고 안전장치, 지연회로, 3회 경고 등 수많은 묘안을 준비해두었다. 그 가운데 가정용 장비에 유용한 것은 부품 교체 원칙이었다.

부품 교체 원칙이란 바보스러울 만큼 간단하다. "수리하지 말고 교체하라." 나는 '창문닦이 윌리'의 부품 가운데 고장 날 가능성이 있는 것을 모조리 교체식으로 만들고, 교체품을 윌리 한 대당 한 세트씩 포함시키고 싶었다. 그럴 경우 부품 일부는 버려지고 다른 부품은 수리하러 보내겠지만, 윌리 자체는 어떤 경우든 대체품을 장착하는 시간보다 더 오래 멈춰 있지 않을 것이다.

마일스와 나는 처음으로 말다툼을 했다. 나는 시제품을 생산하는 시기를 기술 면에서 결정해야 한다고 주장했다. 마일스는 사업적으로 판단해야 한다고 단언했다. 내가 통제권을 유지하지 못하면, 윌리는 병에 잘 걸리고 기술적으로 절반만 완성된 다른 '노동력 절약형' 기계들처럼 시장에 나가자마자 충수염처럼 심각한 고장에 미칠 듯이 시달릴 게 뻔했다.

벨 다킨이 마일스와 나의 첫 번째 싸움을 말렸다. 만약 벨이 빠른 판매를 지지했다면, 나는 준비가 되었다고 판단하기 전에 마일스의 뜻에 따랐을 것이다. 남자들이 종종 그러는 것처럼 나도 벨을 잘못 판단하고 있었기 때문이다.

벨은 완벽한 비서이자 사무관리자일 뿐 아니라 프락시텔레스*가 기뻐할 만큼 외모가 뛰어났다. 그리고 나는 피트가 개박하에 반응하는 것과 똑같은 방식으로 그녀의 향수 냄새에 영향을 받았다. 그녀처럼 보기 드문 일류 사원이, 기준 이하의 급여를 받으면서 위태로운 회사에서 일하겠다고 자원하면 누군가는 그 이유를 의심해봐야 했는데. 하지만 우리는 가사도우미를 판매하며 발생한 문서 작업의 홍수에서 우리를 구해줬다는 사실이 너무나 기쁜 나머지 그녀의 전 직장조차 묻지 않았다.

그 뒤에 누군가가 벨의 신원을 조사해보라고 말했다면 나는 심하게 화를 내며 거절했을 것이다. 그녀의 상반신이 풍기는 매력에 빠져 판단력이 심하게 왜곡되었기 때문이다. 그녀는 자신이 나타나기 전에 내가 얼마나 외롭게 살았는지 털어놓게 만들었다. 그리고 부드러운 목소리로, 나라는 사람에 대해 더 잘 알아야 하지만 이미 나와 같은 감정을 갖기 시작했다고 말했다.

벨은 나와 마일스의 논쟁을 잠재운 직후, 나와 운명을 함께하

---

* 기원전 4세기의 그리스 조각가, 대표작으로 '크니도스의 아프로디테'가 있다.

기로 동의했다. "댄, 자기는 훌륭한 사람이 될 자질이 있거든….
난 그런 사람을 도울 수 있는 여자가 되고 싶어."

"당신은 이미 그런 사람이야!"

"잠깐만, 자기야. 난 자기랑 지금 당장 결혼하고 아이를 가져
서 부담을 주고 죽을 때까지 걱정하게끔 만들지 않을 거야. 먼
저 자기와 함께 일해서 사업을 키울 거야. 그다음에 결혼하자."

나는 그 말에 반대했지만 벨은 단호했다. "안 돼, 자기야. 자
기와 난 아직 갈 길이 멀어. 가사도우미 주식회사는 제너럴 일
렉트릭만큼 위대한 이름이 될 거야. 결혼한 후에는 사업을 잊고
자기를 행복하게 만드는 데에 전념하고 싶거든. 지금은 우선 자
기의 복지와 미래에 헌신해야 해. 날 믿어."

나는 그 말에 따랐다. 비싼 약혼반지를 사주고 싶었지만 벨
이 반대했다. 나는 그 대신 내 회사 지분 일부를 약혼 선물로 그
녀에게 양도했다. 물론 표결권은 내가 계속 행사했다. 이제 와
서 생각해보니 주식을 선물로 삼자던 게 누구 생각이었는지 잘
모르겠다.

그 뒤로 나는 어느 때보다 열심히 일했다. 자동으로 비워지
는 쓰레기통을 고안하고, 식기세척기가 설거지를 끝내면 그릇
을 알아서 치우는 구동장치도 생각해냈다. 모두가 행복했다. 피
트와 리키만 제외하고. 피트는 벨을 무시했다. 마음에 안 들지
만 바꿀 수 없는 일이 있을 때마다 그러듯이. 하지만 리키는 정
말로 불행해했다.

내 잘못이었다. 리키는 샌디아에 살면서, 검은 눈동자에 진지

함이 담기기 시작하고 머리에 리본을 달던 여섯 살 때부터 나와 결혼하겠다고 말하곤 했다. 나는 리키가 어른이 되면 함께 피트를 돌보자고 대답했다. 나는 그런 대화를 장난이라고 생각했다. 실제로 그랬을 것이다. 리키의 진지함은 우리 두 사람의 고양이를 결국 자신이 홀로 돌보는 선에서 그쳤으니까. 하지만 어린아이가 속으로 상상하는 일을 어른은 모르는 법이다.

나는 아이에 대한 환상이 없는 사람이다. 아이들은 대개 작은 괴물이다. 어른이 되기 전에는 문명과 거리가 멀고, 몇몇은 다자란 뒤에도 그렇다. 하지만 리키를 보면 내 여동생의 어린 시절이 떠올랐다. 리키는 피트를 좋아했으며 제대로 대접해주었다. 리키는 어린아이 취급을 하지 않는다는 이유로(나도 어렸을 때 그런 취급을 무척 싫어했다), 그리고 걸스카우트 활동을 진지하게 여겨주었기 때문에 나를 좋아했을 것이다. 리키는 좋은 아이였다. 언행에 기품이 있었고, 허풍을 떨거나 비명을 지르지 않았고, 무릎에 기어오르지도 않았다. 우리는 피트에 대한 의무를 공유하는 친구 사이였다. 그리고 내가 아는 한 훗날 나와 함께 살겠다는 얘기는 그저 복잡한 놀이에 불과했다.

리키와 내가 그러는 걸 보고 여동생과 어머니가 난리를 피웠다. 나는 놀이를 그날로 끝냈다. 의식적인 행동은 아니었다. 그저 농담할 기분이 아니었고 다시 이전으로 돌아갈 생각이 없었기 때문이다. 그게 리키가 일곱 살이던 해의 일이었다. 리키가 열 살일 때 벨이 입사했고, 열한 살쯤 됐을 때 벨과 내가 약혼을 했다. 리키는 벨을 증오했지만 벨과 말을 나누지 않는 방식으로 심정을 표출했기 때문에 그 사실을 아는 건 나뿐이었다. 벨은 리키가 '부끄러워서' 그러는 거라고 했고 마일스도 같은 생각인 듯했다.

나는 진실을 알았기 때문에 대화로 리키의 마음을 풀어주려 했다. 입을 꾹 다문 사춘기 직전의 아이와 대화를 시도해본 적이 있는가? 메아리만 돌아오는 골짜기에서 고함을 치는 쪽이 그보다는 나을 것이다. 나는 리키도 언젠가 자연스럽게 벨의 사랑스러움을 깨닫고 마음을 열 거라고 생각했다.

그리고 피트의 문제도 있었다. 사랑에 눈이 멀지만 않았다면 바로 그 문제야말로 벨과 내가 서로를 절대 이해 못 한다는 증거라는 사실을 분명히 깨달았을 것이다. 벨은 피트를 '좋아했다'. 그 점은 확실하다! 벨은 고양이를 숭배했고 내 초기 원형탈모도 사랑했고 내 음식 취향도 칭찬했고 나에 관한 건 뭐든 좋아했으니까.

하지만 고양이 애호가 앞에서 고양이를 좋아하는 척 연기하기는 어렵다. 세상에는 고양이파와 그렇지 않은 사람이 있다. 아마 후자가 더 많을 것이다. 그 사람들은 해를 끼치지 않지만 반드시 곁에 있어야 할 고양이를 견디지 못한다. 예의든 어떤 이유든 간에 연기를 했다가는 반드시 드러나고 만다. 고양이 다루는 법을 모르기 때문이다. 고양이를 대하는 법은 외교보다 더 까다롭다.

고양이의 태도란 자존과 상호존중을 기반으로 한다. 라틴아메리카에서 말하는 '자존심'과 비슷하기 때문에 그걸 공격하려면 목숨을 걸어야만 한다.

고양이는 유머 감각이 없고, 자존심이 어마어마하고, 아주 예민하다. 왜 그런 자존심을 만족시키느라 애를 쓰느냐고 묻는다면 논리적인 이유 같은 건 없다고 말할 수밖에 없다. 톡 쏘는 치즈를 아주 싫어하는 사람에게 림버거 치즈를 좋아해야만 하는 이유를 설명하는 편이 더 나을지도 모르겠다. 그럼에도 불구하고 나는 아기 고양이가 깔고 자는 바람에 최고급 자수가 수 놓인 옷소매를 잘라버렸다는 어떤 고위 관료에게 진심으로 공감한다.

벨은 피트를 개처럼 대하면서 고양이를 '좋아한다'는 점을 증명하려다가 할퀴이고 말았다. 피트는 분별력 있는 고양이답게 황급히 빠져나가 오랫동안 밖에 머물렀다. 다행이었다. 안 그랬다면 벨이 녀석을 때렸을 테니까. 나는 피트를 단 한 번도 때린 적이 없었다. 고양이를 때리는 행위야말로 무능력보다 나쁘다. 고양이를 길들이려면 절대 손을 휘둘러서는 안 된다. 오직 인내심만이 답이다.

그래서 나는 벨의 상처에 아이오딘을 발라주고 그녀가 뭘 잘못했는지 설명했다. "미안해. 정말 미안해! 하지만 또 그러면 결과도 같을 거야."

"그냥 만져주려고 한 거야!"

"음, 그래⋯. 하지만 고양이가 아니라 개를 만지듯 만졌잖아. 고양이는 절대로 쓰다듬으면 안 돼. 가볍게 두드려야 해. 할퀼 수 있는 범위 안에서는 절대로 갑자기 움직이면 안 돼. 앞으로 뭘 할지 알려주지 않고 건드려도 안 되고⋯. 그리고 고양이가 좋아하는지 항상 신경 써야 해. 걔들은 사람이 만지는 게 싫어도 예의를 지키느라 조금 참기는 해. 아주 예의가 바르거든. 하지만 싫어도 참는 경우는 티가 나기 때문에 고양이의 인내심이 바닥나기 전에 그만둬야 해." 나는 주저하다가 물었다. "당신 고양이 안 좋아하지?"

"뭐? 무슨 바보 같은 소리야! 난 당연히 고양이를 좋아해." 하지만 벨은 설명을 덧붙였다. "고양이와 긴 시간을 보낸 적은 없지만. 쟤 아주 예민한 암고양이지?"

"피트는 수컷이야. 그리고 사실 별로 안 예민해. 늘 정중한 대접을 받고 살았거든. 그래도 고양이와 함께 지내는 방법을 배우긴 해야겠어. 음, 고양이를 보고 절대로 웃으면 안 돼."

"뭐? 도대체 왜?"

"고양이가 웃기긴 하지. 미칠 듯이 재미있는 녀석들이긴 해. 하지만 유머 감각이 없어서 웃으면 상처를 받아. 아, 웃는다고 할퀴는 법은 없어. 그냥 슬슬 피할 테고 친구 사이가 되기 어렵겠지. 그런데 그것보다 더 중요한 게 있어. 고양이를 안는 법이 훨씬 더 중요해. 피트가 돌아오면 가르쳐줄게."

하지만 당시 피트는 돌아오지 않았고, 나는 벨에게 고양이 안는 법을 알려줄 수 없었다. 그녀는 그 뒤로 피트를 건드리지 않았다. 피트에게 말을 걸고 좋아하는 것처럼 행동은 했지만 거리를 유지했다. 피트도 마찬가지였다. 그리고 나는 그 문제를 머릿속에서 지워버렸다. 그렇게 하찮은 일 때문에 내 일생에 가장 소중한 여인을 의심할 순 없었기 때문이다.

하지만 피트 문제는 훗날 위기 상황으로 발전했다. 벨과 나는 함께 살 곳에 대해 의논하고 있었다. 그녀는 여전히 날짜를 못 박지 않았지만 우리는 오랜 시간을 들여 앞날을 구체적으로 계획했다. 나는 공장과 가깝고 작은 목장에서 살고 싶었다. 그녀는 도시에 있는 아파트에 살다가 돈을 벌면 벨에어 지역에 이주하길 원했다.

내가 말했다. "자기, 그건 실용적이지 않아. 난 공장 근처에 있어야 한다고. 게다가 도시에 있는 아파트에서 수고양이를 돌보는 게 얼마나 어려운지 알아?"

"맞아, 그 문제가 있었지! 자기가 그 얘기를 먼저 꺼내서 다행이야. 그동안 고양이에 대해 공부 좀 했거든. 열심히 알아봤어. 중성화 수술을 하자. 그러면 훨씬 얌전해질 테고 아파트에서 살아도 행복할 거야."

나는 내 귀를 의심하면서 그녀를 노려보았다. 저 늙은 전사를 거세하자고? 피트를 난롯가의 장식품으로 만들자고? "벨, 지금 무슨 소리를 하는 거야?"

벨은 우리가 모두 잘 아는 '엄마 말을 들으렴' 풍으로 혀를 차면서, 고양이를 소유물인 양 오해하는 사람들이 흔히 늘어놓는 지론을 읊었다. 수술은 아프지 않을 거라는 둥, 피트를 위하는 일이라는 둥, 내게 피트가 얼마나 소중한지 안다는 둥, 나와 피트를 떼어놓을 생각은 절대 안 한다는 둥, 시술은 아주 간단하고 매우 안전하며 모두를 위해 옳은 결정이라는 둥.

결국, 나는 그녀의 말을 잘랐다. "차라리 둘 다 예약을 잡는 게 어때?"

"자기야, 그게 무슨 소리야?"

"내 중성화 수술 예약도 잡으라고. 그러면 나도 훨씬 고분고분해질 테고 밤에도 집에 있을 테고 말싸움할 일도 절대 안 생길 거 아니야. 자기가 아픈 데를 찔러도 그게 아픈지도 모를 테니 난 아주 행복해지겠지."

그녀가 얼굴을 붉혔다. "그게 무슨 말도 안 되는 소리야."

"지금 그런 말을 하는 건 내가 아니라고."

벨은 두 번 다시 그 문제를 언급하지 않았다. 그녀는 의견 차이가 불화로 변질되도록 내버려두는 법이 없었다. 대신 그 자리에서 입을 다물고 기회가 오기를 기다렸다. 하지만 절대로 포기하지는 않았다. 어떤 면에서는 그녀야말로 고양이와 많이 비슷했다. 그래서 그녀에게 저항할 수 없었던 건지도 모른다.

그 문제를 거론하지 않게 되어 나는 기뻤다. 만능 프랭크에 매달려 있던 시기였기 때문이다. '창문닦이 윌리'와 가사도우미 덕분에 큰돈을 벌었지만 내 머릿속에는 모든 가사노동을 도맡는, 완벽한 범용 자동하인에 대한 생각이 계속 맴돌았다. 프랭크를 로봇이라고 불러도 어쩔 수는 없지만 그건 심히 모욕적인 표현이었다. 게다가 나는 기계인간을 만들 생각이 없었다.

내가 만들고 싶은 건 청소와 요리만이 아니라 아기 기저귀를 갈고 타자기의 리본을 교체하는 등 진짜 어려운 일도 할 수 있는 기계장치였다. 나는 가사도우미와 '창문닦이 윌리'와 '간호도우미 낸'과 '소년집사 해리'와 '정원사 거스'로 이루어진 무리 대신, 한 가정에서 고급 자동차 한 대 가격이면 구입할 수 있는 단

한 대의 기계를 만들고 싶었다. 소설에는 등장하지만 나와 같은 세대에 속한 사람들은 단 한 번도 본 적 없는 하인과 같은 일을 할 수 있는 기계 말이다.

그런 기계를 만들 수만 있다면 여성을 오래된 노예 상태에서 해방시킬 수 있는 제2의 노예해방령이 될 것이다. 나는 "집안일은 해도 해도 끝이 없다"는 오래된 문제를 해결하고 싶었다. 가사노동은 반복적이고 불필요한 잡일이었다. 바로 그 점이 기술자인 나를 괴롭혔다.

한 사람의 기술자로서 내가 신경 써야 할 문제는 '만능 프랭크'의 모든 부속품이 표준형이어야 하고 예외적인 새 원칙은 없어야 한다는 점이었다. 기초 연구는 절대 혼자 할 수 없었다. 따라서 앞선 기술자들의 업적을 발전시키지 않고서는 불가능한 일이었다.

다행히도 기술개발 분야에는 이미 놀라운 업적이 많았고, 그 덕분에 Q 인증을 받는 동안 시간을 아낄 수 있었다. 내가 원하는 요소 가운데 유도 미사일을 구성하는 부품보다 복잡한 것은 없었다.

그렇다면 내가 만능 프랭크로 구현하려는 기능은 무엇일까? 대답: 인간이 집 안에서 하는 노동이라면 뭐든지 할 수 있도록 만들 것. 프랭크는 카드놀이를 할 필요도 없고, 사랑을 나누거나 먹거나 잘 필요도 없었다. 대신 카드놀이가 끝난 뒤 청소를 해야 하고 요리를 하고 잠자리를 준비하고 아기를 돌봐야 했다. 최소한 아기의 호흡 패턴을 추적하다가 변화가 있을 경우 사람을 부를 수는 있어야 했다. 전화를 받는 기능은 제외하기로 했다. AT&T가 그런 제품을 벌써 대여해주고 있었으니까. 프랭크는 방문객이 왔을 때 대답할 필요도 없었다. 신축 주택의 출입문에는 대개 자동응답기가 장착되어 있었기 때문이다.

하지만 프랭크는 많은 일을 해야 했으므로 손과 눈과 귀와 두뇌를 갖출 필요가 있었다. 그것도 꽤 쓸 만한 두뇌를.

손은 가사도우미의 손을 공급했던 원자력공학용 장비 제조사에서 주문할 수 있었다. 단 이번에는 광범위 자동제어 모터와, 미세 분석 조작과 방사성 동위원소 질량 측정에 쓰이는 고감도 피드백을 겸비한 최고급 제품이 필요했다. 눈도 그 회사에서 조달할 수 있었다. 대신 눈은 더 간단한 제품으로 충분했다. 프랭크는 원자력 발전소에서 그러듯 콘크리트 보호벽으로부터 수 킬로미터 떨어진 곳에서 보고 조종할 필요가 없었기 때문이다.

귀는 십여 곳 이상 존재하는 라디오 및 텔레비전 제조 공장에서 구입할 수 있었다. 물론 손을 사람처럼 시각, 청각, 촉각과 연계해 제어하기 위한 회로는 내가 설계해야 했지만.

그래도 트랜지스터와 회로기판이 있으면 좁은 곳에서도 훌륭하고 많은 일을 할 수 있었다.

프랭크는 사다리를 오르내릴 필요가 없을 것이다. 타조처럼 목 길이를 늘일 수 있고 팔도 신축성 집게처럼 연장할 수 있게 만들 참이었으니까. 하지만 계단은 어떡하면 좋을까?

흠, 계단 사용이 가능한 전동휠체어 제품이 판매되고 있었다. 한 대 구입해서 몸체에 활용해보는 것도 좋을 듯했다. 시제품의 크기를 휠체어와 비슷한 수준으로 제한하고 무게도 휠체어의 운반 가능 하중에 맞추면… 필요한 수치가 나올 것이다. 동력과 방향전환은 프랭크의 두뇌가 제어하게 만들 생각이었다.

두뇌야말로 정말 골치 아픈 부분이었다. 인간의 골격처럼 연결되거나 그보다 훨씬 나은 기계는 만들 수 있었다. 못을 박고 바닥을 닦고 달걀을 깨거나 안 깨뜨릴 수 있는 피드백 제어를 그런 골격과 연계할 수도 있었다. 하지만 두 귀 사이에 인간과 비슷한 무언가가 있지 않으면 그 존재는 인간이 아니고 하다못해 시체라고 불러주지도 않는다.

다행히 나는 인간 수준의 두뇌가 필요하지 않았다. 단지 거의 대부분의 반복적인 가사노동을 할 수 있고 말을 잘 듣는 얼간이를 바랄 따름이었다.

여기서 도슨 기억진공관이 빛을 발한다. 우리는 도슨 진공관에 '생각'을 담아 대륙간 미사일로 반격할 수 있었고, 미사일에 탑재된 것보다 멍청한 장치로 로스앤젤레스 같은 곳의 교통을 제어할 수 있었다. 벨 연구소 사람들도 완전히 이해하지 못하는 전자진공관의 이론적인 면을 파고들 필요는 없었다. 도슨 진공관을 제어회로 안에 끼워 넣고 수동 조작을 통해 기계에 지시를 내려두면, 인간 감시자가 여러 차례 다시 손을 대지 않아도 도슨 진공관이 입력된 지시사항을 '기억'했다가 작업을 수행할 수 있었다. 자동기계장치는 그 정도면 충분히 작동했다. 유도미사일이나 만능 프랭크라면 보조회로를 추가해서 기계에 '판단' 능력을 부여해야 했는데 그것도 진짜 '판단'은 아니었다(기계는 절대 판단능력을 가질 수 없다는 게 내 주관이었다). 보조회로란 일종의 추적회로로서, "이러이러한 범위에서 저러한 것들을 찾고, 찾아내면 기본 명령을 실행하라."라고 프로그래밍되어 있었다. 기본 명령은 도슨 기억진공관 하나의 최대용량 한계 내에서 얼마든지 복잡해도 괜찮았다. 사실 엄청나게 광활한 한계였다! 그리고 반복되는 검색 과정에서 최초에 도슨 기억진공관에 삽입해둔 조건과 맞지 않는 경우가 발생하거든 기본 명령을 언제라도 중단하도록 '판단' 회로를 구성할 수 있었다.

다시 말하면, 만능 프랭크에게 탁자를 닦고 그릇을 모아 식기세척기에 넣으라는 지시를 딱 한 번만 내리면 다음부터는 프랭크가 어떤 종류의 더러운 그릇을 발견해도 처리할 수 있다는 뜻이었다. 장점은 거기서 끝나지 않았다. 도슨 진공관을 전자적으로 복사해서 머리에 넣으면 프랭크는 아예 처음부터 더러운 그릇을 보자마자 처리할 수 있었다. 절대로 깨뜨리는 일 없이.

첫 번째 진공관 옆에 '기억이 저장된' 다른 진공관을 붙이면 젖은 기저귀를 처음으로 갈아주면서도 절대로, 절대로, 절대로 아기를 옷핀으로 찌르는 실수를 범하지 않을 것이다.

네모난 프랭크의 머리 안에는 서로 다른 가사노동 방법을 '기억'하는 도슨 진공관 백 개를 족히 탑재할 수 있었다. 주어진 명령어로 해결할 수 없는 일이 발생하면 행동을 멈추고 꽥꽥거리면서 도움을 청하게 만드는 안전 회로로 '판단' 회로 전체를 감싸면 아기를 떨어뜨리거나 접시를 낭비하는 일도 방지할 수 있었다.

그래서 나는 전동휠체어를 몸체로 삼아 프랭크를 만들었다. 비록 문어와 사랑을 나누는 모자걸이처럼 생기긴 했지만… 짜잔! 프랭크는 은식기에 광택을 낼 수 있었다!

✳

마일스는 시제품 프랭크가 마티니를 만들어 갖다주고, 돌아다니면서 쟁반을 비운 다음 닦고(깨끗한 쟁반은 아예 손도 대지 않고), 창문을 열어 그 상태로 고정하고 나서는 책장에 가서 먼지를 털어내고 책을 정돈하는 모습을 바라보았다. 마일스는 마티니를 한 모금 마시고 말했다. "술에 베르무트가 너무 많이 들어갔어."

"내 취향이 그래. 하지만 네 것과 내 것을 다르게 만들도록 지시할 수 있어. 빈 진공관이 아주 많이 들어 있거든. 그래서 융통성이 있지."

마일스가 한 모금을 더 홀짝거렸다. "대량으로 생산할 수 있도록 개선하려면 얼마나 걸려?"

"음, 한 10년은 만지작거릴 생각이야." 나는 마일스가 신음 소리를 내기 전에 덧붙였다. "하지만 5년 뒤에는 한정판 모델을 생산할 수 있겠지."

"절대 안 돼! 인력을 대량으로 투입해서 6개월 안에 초기 모델을 생산해야 해."

"그렇게는 못 해. 프랭크는 내 걸작이라고. 예술품 수준으로 완성하기 전까지는 세상에 선보이지 않을 거야. 크기를 3분의

1로 줄이고, 도슨 진공관을 제외한 모든 부품을 교체형으로 만들고, 고양이를 들어 올리거나 아기를 목욕시키는 건 물론이고 고객이 추가 프로그래밍에 돈만 낸다면 탁구도 칠 수 있을 만큼 유연하게 만들어야 해." 나는 프랭크를 바라보았다. 녀석은 아무 말 없이 책상의 먼지를 털어내고 눈에 보이는 모든 서류를 본래 있던 곳에 정확히 되돌려 놓았다. "프랭크하고 탁구를 쳐봐야 재미는 없겠네. 실수를 안 할 테니까. 아니지, 무작위선택회로를 넣으면 실수하도록 가르칠 수 있을 거야. 흠, 그래, 가능해. 그 기능은 꼭 넣어야겠어. 광고용 시연에 큰 도움이 될 거야."

"댄, 1년 줄게. 단 하루도 더 지연시킬 수 없어. 로위 디자인에서 외형 설계를 도와줄 사람을 하나 빼 올게."

내가 말했다. "마일스, 기술 쪽에서는 내가 책임자라는 걸 또 잊었어? 일단 너한테 넘겨주면 그다음엔 마음대로 해도 되지만… 그전에는 절대 안 돼."

마일스가 대답했다. "그래도 베르무트가 너무 많이 들어갔는데."

✳

나는 공장 기술자들과 힘을 모아, 자동차 세 대가 충돌해서 한 덩어리가 된 꼴 같던 프랭크를 조금 더 남에게 자랑할 만한 모습으로 바꿔놓았다. 그러면서 다른 한편으로 제어장치에 있던 문제점을 상당수 개선했다. 심지어 피트가 좋아하는 방식으로 녀석을 두드리고 턱밑을 긁어주는 방법까지 가르쳤다. 정말이지 원자력 연구소에서 사용하는 것만큼이나 정밀한 네거티브 피드백이 필요한 작업이었다. 마일스는 나를 재촉하진 않았지만 가끔 들락거리면서 진척 상황을 지켜보았다. 나는 보통 벨과 저녁을 먹고 그녀를 집에 데려다준 다음 밤에 일했다. 그리고 자면서 낮 시간을 거의 다 보낸 뒤 오후 늦은 시각에 공장에 나가 벨이 준비해둔 서류에 모조리 서명하고, 낮에 공장에서 진행된 일을 살펴보고, 다시 벨과 저녁을 먹으러 나갔다. 그러기 전까지는 일을 많이 하지 않았다. 창의적인 일을 하는 사람은 염소처럼 악취를 풍겼기 때문이다. 연구소에서 힘들게 일하며 밤을 새우고 나면 내게 다가오는 존재라고는 피트밖에 없었다.

어느 날 저녁 식사가 끝날 때쯤 벨이 말했다. "자기는 연구소에 돌아갈 거지?"

"다른 일이 없으니 당연히 그래야지."

"잘됐네. 마일스가 거기서 우릴 기다리고 있거든."

"음?"

"주주총회를 할 거래."

"주주총회? 왜?"

"오래 안 걸릴 거야. 사실 자기가 요새 회사 경영에 별로 신경을 못 썼잖아. 마일스는 마무리가 덜 된 일도 몇 가지 정리하고 회사 정책도 확정하고 싶은가 봐."

"난 그동안 기술개발에 몰두했잖아. 내가 회사에서 할 수 있는 일은 그게 전부인데."

"맞아, 자기야. 마일스가 오래 안 걸릴 거랬어."

"뭐가 문제지? 제이크가 조립 공정을 잘못 운영하나?"

"진정해, 자기야. 마일스가 아무 말도 안 했거든. 우선 커피부터 마셔."

마일스는 공장에서 우리를 기다리고 있었다. 그는 한 달 만에 처음 보는 사람처럼 진지하게 악수를 했다. 내가 말했다. "마일스, 도대체 무슨 일인데 그래?"

그가 벨을 바라보았다. "가서 안건 좀 갖고 오세요." 그 순간에 마일스가 무슨 얘기를 할지 모른다던 벨의 말이 거짓이라는 사실을 알아채야 했다. 하지만 그럴 거라고는 생각하지 못했다. 젠장, 벨을 믿었기 때문이다! 그리고 내 관심사는 다른 곳에 있었다. 벨이 금고에 가서 다이얼을 돌리고 열었던 것이다.

내가 말했다. "그런데 자기. 어젯밤에 금고를 열어봤더니 안 되더라고. 혹시 번호 바꿨어?"

벨은 서류를 꺼내면서 나를 바라보지 않았다. "내가 얘기 안 했나? 지난주에 도둑이 들었을 때 경비원이 바꾸라고 했어."

"아, 그럼 알려주지 그랬어. 내가 그것 때문에 밤에 자기나 마일스한테 전화를 하면 놀랄 수도 있잖아."

"맞는 말이네." 그녀는 금고문을 닫고 우리가 회의할 때 쓰는 탁자에 서류철을 올려놓았다.

마일스가 헛기침을 하고 말했다. "총회를 시작하지."

내가 대답했다. "알았어. 자기야, 이게 공식적인 회의라면 적당히 적어놓는 편이 낫겠어. 음, 1970년 12월 18일 수요일. 오후 9시 20분. 주주 전원 참석. 우리 이름을 적어놔. 회의 진행자는 대표이사 D. B. 데이비스로 기록하고. 지난 안건은?"

대답은 없었다. "좋아. 마일스, 네 차례야. 새 안건이 있나?"

마일스가 헛기침했다. "회사 방침을 재검토하고, 새 프로젝트에 관해 제안할 게 있어. 그리고 재정문제로 총회에 제출할 의견도 있어."

"재정? 그게 무슨 소리야. 우린 지금 흑자 상태이고 실적도 매달 상승하고 있잖아. 마일스, 도대체 뭐 때문에 그래? 인출금 계정 한도 때문에 그래? 올려주면 되잖아."

"새 프로젝트가 진행되면 흑자를 유지할 수 없어. 자본 규모를 더 키워야 한다고."

"새 프로젝트라니?"

"댄, 좀 기다려봐. 세부 사항을 전부 문서로 작성하느라고 고생깨나 했다고. 벨에게 읽어달라고 하지."

"음, 알았어."

어려운 단어들은 건너뛰겠다. 마일스는 여느 변호사와 마찬가지로 전문용어를 좋아했다. 그가 바라는 건 세 가지였다. (1) 내가 만능 프랭크에서 손을 뗄 것. 프랭크를 생산기술 부서에 넘기고 지체 없이 시장에 내놓을 것. (2)… 나는 그 대목에서 마일스의 말을 가로막았다. "안 돼!"

"기다려봐, 댄. 난 사장 겸 최고관리자니까 순서에 따라 의견을 낼 권리가 있어. 네 생각은 차례가 되면 말해. 우선 벨에게 안건을 다 읽게 하자고."

"흠, 그러지. 하지만 반대라는 생각은 달라지지 않을 거야."

(2)번 의견은 결국 말 한 마리가 끌어가는 회사라서 발생하는 돈 낭비를 막아야 한다는 이야기였다. 우리는 지금 대단한 발명품을 만들고 있다. 자동차라는 기계만큼이나 대단한 발명품이다. 이제 그 첫걸음을 뗄 단계이기 때문에 즉시 조직을 확장하고, 전국은 물론 세계를 대상으로 하는 판촉 및 유통망을 갖춰야 하며, 생산능력도 거기에 맞춰야 한다는 주장이었다.

나는 손가락으로 탁자를 두드리기 시작했다. 그런 기업에서 내가 맡을 수 있는 역할은 수석기술자뿐이었다. 그렇게 되면 하다못해 제도판 하나도 가지지 못할 테고, 납땜기라도 손에 들었다가는 노조가 시위를 시작할 것이다. 그러느니 군에 남아 장군이라도 노려보는 게 나을 수도 있었다.

그래도 마일스의 말을 가로채지는 않았다. (3)번 의견은 푼돈 장사를 하지 말자는 얘기였다. 그랬다가는 목표를 달성할 때까지 수백만 년이 걸린다는 것이었다. 매닉스 엔터프라이즈라면 그런 규모를 감당할 수 있으니, 결론적으로 만능 프랭크를 포함한 모든 것을 매닉스에 매각하고 자매기업이 되자는 얘기였다. 마일스는 부서책임자가 되고 나는 수석기술연구원이 되겠지만 그러면 자유를 누리던 시절은 영영 사라지고 말 것이다. 둘 다 피고용인이 되는 셈이었으니까.

"끝났어?" 내가 말했다.

"음, 그래. 논의를 해보고 표결에 부치자."

"밤에 오두막집 앞에 앉아서 찬송가를 부를 수 있다는 권리도 어딘가에 적혀 있지 않던가?"

"여긴 농담할 자리 아니야, 댄. 원래 이런 식으로 하는 거라고."

"나도 농담하는 거 아니야. 노예에게 특권을 주는 건 입을 다 물게 만들려는 거니까. 알았어. 이제 내 차례지?"

"발언해."

나는 마음속으로 계속 생각하고 있던 대안을 내놓았다. 차라리 우리 모두 생산에서 물러나자고 말했다. 생산공장장인 제이크 슈미트는 좋은 사람이었다. 그럼에도 불구하고 나는 생산 과정의 문제에 관한 해결점을 찾도록 도와주느라 따뜻한 창의성의 안개에서 강제로 쫓겨나기를 무한히 반복하고 있었다. 따뜻한 침대에서 쫓겨나 얼음물에 빠지는 것처럼. 그게 바로 내가 야근을 밥 먹듯 하고 낮 시간에는 공장과 떨어져서 지내는 이유였다. 우리가 소유하는 군수품 공장이 점점 늘어나고 야간 근무제 도입을 고민할 때쯤엔, 얼마 지나지 않아 창작품을 만들 평화로움이 사라질 거라는 생각이 들었다. 제너럴 모터스 및 합병 회사들과 친한 사이가 되겠다는 심히 불쾌한 계획을 거부한다 치더라도 말이다. 나는 몸이 하나였기 때문에 발명가이면서 생산관리자일 수는 없었다.

그래서 몸집을 키우는 대신 줄이자고 제안했다. 가사도우미와 '창문닦이 윌리'의 권리를 넘겨 제작과 판매를 그 사람에게 맡기고 로열티를 긁어 들이자고 말했다. 그러다가 만능 프랭크가 완성되면 그 권리도 팔자고 했다. 매닉스 쪽에서 권리를 달라면서 시중가보다 높게 쳐준다면 감사할 따름이고! 그러는 동안 우리는 회사명을 '데이비스 앤 겐트리 연구회사'로 바꾸고, 소유주를

66

우리 셋으로 국한하며, 직원도 내가 새 기계장치를 만들 수 있도록 보조기술자만 한두 명 고용하자고 했다. 마일스와 벨은 앉아서 굴러 들어오는 돈만 세면 그만이었다.

마일스는 천천히 고개를 저었다. "아니야, 댄. 판매 허가를 주면 돈은 어느 정도 벌겠지. 그건 인정해. 하지만 우리가 직접 할 때 벌 수 있는 돈보다는 훨씬 적을 거야."

"제기랄. 마일스, 우리가 직접 만들고 팔지 않는 게 핵심이라니까. 네 계획대로라면 매닉스 사람들에게 우리 영혼을 넘기는 거야. 그리고 도대체 돈을 얼마나 원하는 거야? 요트나 수영장은 한 번에 하나밖에 못 쓴다고. 그걸 원한다면 올해가 가기 전에 하나씩 손에 넣을 수 있잖아."

"난 그런 걸 바라는 게 아니야."

"그럼 뭘 원하는데?"

마일스가 나를 마주했다. "댄, 넌 발명하고 싶잖아. 내 계획에 따르면 그렇게 될 거야. 온 세상에 있는 설비와 조력과 비용을 전부 갖다 쓰면서. 나는, 난 사업을 크게 벌이고 싶어. 진짜로 크게. 난 그런 재능이 있다고." 그는 벨을 흘끗 쳐다보았다. "모하비 사막 한가운데에서 외로운 발명가 한 사람의 영업이나 관리해주면서 평생 살긴 싫단 말이야."

나는 그를 노려보았다. "샌디아에 있을 때는 그렇게 말하지 않았는데. 여기서 나가고 싶은 거지? 벨과 나는 네가 떠나는 모습을 정말이지 보기 싫지만… 네 기분이 정 그렇다면 공장이나 다른 걸 담보 삼아서 네 주식을 전부 매입해줄 수 있을 거야. 누구든지 구속당하는 모습을 보고 싶진 않거든." 나는 크게 충격을 받았지만 옛 친구 마일스가 넘치는 활력을 주체할 수 없다면야 내 방식에 억지로 맞추라고 강요할 권리는 없었다.

"아니, 난 나가고 싶지 않아. 우리가 성장하길 바라지. 내 제안은 들었지? 공식적으로 우리 회사가 실행에 옮겨야 할 계획을 발의한 거야. 안건을 제출한 거라고."

나는 아마 당황한 표정이었을 것이다. "그렇게 나오겠단 말이지? 알았어. 벨, 표결 결과는 부결이야. 기록해둬. 하지만 내 제안은 지금 당장 표결에 부치지 않을 거야. 더 의논하고 생각을 나눌 테니까. 난 네가 행복했으면 좋겠어, 마일스."

마일스는 고집을 꺾지 않았다. "절차대로 하자고. 호명 투표를 시작해요, 벨."

"알겠습니다, 사장님. 마일스 젠트리가 표결에 사용할 주식 지분 번호는…." 벨은 일련 번호를 읊었다. "투표는요?"

"찬성입니다."

벨이 의사록에 기록을 남겼다.

"대니얼 B. 데이비스가 표결에 사용할 주식 지분 번호는…." 그녀는 또 한 번 기다란 전화번호를 읊었다. 나는 그런 공식절차에 신경을 쓰고 있지 않았다. "투표는요?"

"반대야. 자, 그럼 끝났네. 미안해, 마일스."

"벨 S. 다킨." 그녀가 말을 이었다. "표결에 사용할 주식 지분 번호는…." 그녀는 다시 숫자를 불렀다. "나는 찬성합니다."

나는 입을 쩍 벌렸다가 헐떡거림을 간신히 진정시키고 말했다. "아니, 자기야. 그러면 안 되지! 그 지분이야 분명히 자기 소유지만, 자기도 아주 잘 알잖아, 그건…."

"결과를 발표하시죠." 마일스가 으르렁거렸다.

"가결되었습니다. 안건을 실행에 옮깁니다."

"기록해두세요."

"예, 사장님."

그 뒤로 몇 분 동안은 야단법석이었다. 나는 우선 벨에게 고함을 치고, 그녀를 설득하고, 위협하고, 그녀가 나를 속였다고 말했다. 그건 사실이었다. 비록 지분을 넘기긴 했지만 표결권은 언제나 내가 행사해왔고, 그녀도 그 점은 잘 알고 있었다. 또한 어디까지나 순수하고 단순하게 약혼 선물로 주식을 주었을 뿐, 회사의 결정권을 넘길 생각은 없었다는 점 역시 알고 있었다. 젠장, 나는 심지어 4월에 그 주식에 대한 소득세까지 그녀 대신 지급한 참이었다. 약혼했을 때 이 정도 계획을 꾸몄다면 도대체 어떤 결혼 생활이 기다리고 있단 말인가.

벨은 나를 똑바로 바라보았다. 그녀의 얼굴이 완전히 낯설어 보였다. "댄 데이비스, 나한테 그런 말까지 했는데 아직도 우리가 약혼한 사이라고 생각하는 건 아니겠지? 설마 그렇다면 당신은 내가 지금까지 생각한 것보다 훨씬 더 멍청한 인간이야." 그녀는 마일스를 쳐다보았다. "마일스, 날 집에 데려다주겠어요?"

"물론이죠, 내 사랑."

나는 무언가 말을 꺼내려다가 입을 다물고는 모자도 쓰지 않고 그 자리에서 빠져나왔다. 만약 정확히 그 순간에 나오지 않왔다면 마일스를 죽였을지도 모르겠다. 벨에게 손을 댈 순 없었으니까.

나는 당연히 잠들지 못했다. 새벽 4시쯤 침대에서 내려와 필요한 것보다 요금을 더 지급하고 전화를 몇 통 걸었다. 그리고 5시 30분에 픽업트럭을 타고 공장 앞에 도착했다. 나는 자물쇠를 열고 트럭을 하차장에 대어놓은 다음 만능 프랭크를 차의 짐칸에 실을 생각으로 출입문에 다가갔다. 프랭크의 무게는 180킬로그램이 넘었다.

그런데 출입문에 못 보던 자물쇠가 달려 있었다.

나는 철조망에 긁히면서 담을 넘었다. 일단 안으로 들어가면 출입문은 아무 문제가 되지 않았다. 공장 안에 자물쇠를 처리할 수 있는 공구가 백 개는 있었기 때문이다.

하지만 정문의 잠금장치도 교체되어 있었다.

나는 새 잠금장치를 쳐다보면서 자동차 바퀴를 교체할 때 쓰는 핸들로 창문을 깨는 쪽이 쉬울지 아니면 트럭에서 차량용 잭을 가져다가 문틀과 손잡이 사이에 끼우고 벌리는 게 나을지 고민하고 있었다. 그때 누군가가 소리쳤다. "거기 누구야! 손 들어!"

나는 손을 들지 않고 뒤로 돌았다. 중년 남자 한 사람이 도시를 몽땅 날려버릴 만큼 큰 권총으로 나를 겨누고 있었다. "도대체 누구신지?"

"그러는 그쪽은?"

"난 댄 데이비스라고 하는데요. 이 회사 수석기술자고요."

"아." 남자는 긴장을 조금 풀었지만 여전히 야전용 박격포로

70

나를 겨냥하고 있었다. "그렇구먼. 자세히 보니 들은 것과 비슷하네. 뭐든 신분을 증명할 게 있으면 줘봐요."

"내가 왜 그래야 하죠? 그리고 누구신지 물었는데요."

"나요? 처음 보는 사람이겠죠. 이름은 조 토드입니다만. 데저트 경비경호회사 소속이고요. 사설 면허가 있어요. 사실 우리가 누군지 알고 있는 게 맞는데 말이죠. 이 회사 야간 경비를 맡은 지 여러 달 됐으니까요. 오늘 밤은 특별 경비 중이지만."

"그랬군요. 공장 열쇠 받았으면 문 좀 열어주세요. 들어갈 일이 있어서요. 그리고 그 나팔총으로 겨냥 좀 하지 마세요."

남자는 그래도 계속 나를 겨누고 있었다. "그건 안 되겠어요, 댄 데이비스 씨. 첫째, 난 열쇠가 없어요. 둘째, 그쪽 관련해서 특별 명령을 받았어요. 당신은 못 들어갑니다. 출입문 밖으로 모셔다드리죠."

"그 출입문도 열고 싶었으니 잘됐네요. 하지만 난 들어갈 겁니다." 나는 창문에 던질 만한 돌을 찾아 두리번거렸다.

"우리 그러지 맙시다…."

"예?"

"얌전히 내 말대로 하자고요. 진심이에요. 사격 실력이 별로라 다리를 맞힐 자신이 없거든요. 그래서 배를 쏴야 한다 이겁니다. 이 총에는 소프트 노즈 총알이 들어 있어서 맞으면 상처가 아주 커져요."

물론 그 말을 듣고 계획을 바꾼 게 사실이겠지만, 이유가 다른 데에 있었다고 생각하고 싶었다. 나는 창문 안쪽을 한 번 더 들여다보았고, 만능 프랭크가 마지막으로 보았던 자리에 없다는 사실을 알아챘다.

경비원은 나를 출입문 밖으로 내보내면서 봉투를 건넸다. "댁이 나타나면 이걸 주라고 하던데요."

나는 트럭 운전석에서 내용물을 꺼내어 읽었다.

댄 데이비스 귀하

오늘 열린 임원 정기 총회에서 표결된 사항을 알립니다. 귀하와 회사 사이에 체결된 계약 제3항에 의거, 회사는 귀하와의 (주주 자격을 제외한) 모든 관계를 종결합니다. 회사의 소유물에 접근하지 않으시기를 요청합니다. 개인 문서와 사물은 안전한 방법으로 배송하겠습니다.

총회는 그간의 노고에 감사드리며, 정책에 관한 견해차로 이와 같은 절차를 밟게 됐음을 유감스럽게 생각합니다.

1970년 11월 18일
대표이사 겸 최고관리자
마일스 겐트리

작성자: 회계 담당/비서, 벨 S. 다킨

내용을 두 번 읽고 나니, 제3항이든 뭐든 발효시킬 만한 계약서를 회사 상대로 작성한 적이 없다는 사실이 떠올랐다.

그날 늦은 시각 내가 깨끗한 속옷을 보관해두던 모텔로 보증택배 배달원이 짐꾸러미 하나를 가져왔다. 짐 안에는 모자와 업무용 펜과 계산자와 수많은 책과 개인 우편물과 서류 몇 가지가 담겨 있었다. 하지만 내가 작성한 만능 프랭크 관련 메모나 설계도는 보이지 않았다.

서류 가운데 흥미를 끄는 것이 있었다. 당연한 얘기지만 예를 들어 문제의 '계약서'가 그중 하나였다. 제3항에 따르면 회사는 별도 고지 없이 3개월분 월급을 주고 나를 해고할 수 있었다. 그보다 더 흥미로운 것은 제7항이었다. 제7항은 최신 표현으로 정리된 옐로우독* 계약이었다. 그 안에는 피고용인이 5년간 경쟁업체에 입사하지 않기로 동의하는 조건도 포함되어 있었다. 전 고용인은 그 대가로 우선 구입권에 기반해 현금을 지급해야 했다. 다시 말해 나는 마음만 먹으면 언제든 그저 일터로 돌아가서, 모자를 손에 들고 마일스와 벨에게 머리를 조아리면서 일을 달라고 구걸할 수 있었다. 내 모자도 그런 이유로 보낸 것 같았다.

하지만 나는 그들에게 허가를 받지 않는 한 5년간 가전제품 업계에서 일할 수 없었다. 그러느니 내 손으로 목을 긋는 편이 더 나았다.

정식으로 등록된 모든 특허권을, 내가 가사도우미 주식회사에 넘긴다는 양도서류의 사본들도 있었다. 해당되는 상품은 가사도우미와 '창문닦이 윌리'와 기타 자질구레한 것들 몇 가지였

---

* 노조에 가입하지 않겠다고 전제하는 고용계약

다(물론 만능 프랭크는 특허를 낸 적이 없었다. 흠, 프랭크에 특허가 걸려 있었다고는 생각하지 못했다. 나중에는 진실을 알아냈지만).

하지만 나는 단 한 번도 특허를 양도한 적이 없었다. 특허의 사용권조차 공식적으로 가사도우미 주식회사에 주지 않았다. 회사는 내 손으로 키운 생명이었기 때문에 서두를 이유가 없었기 때문이다.

남은 세 가지 물건은 내가 소유한 (벨에게 넘기지 않은) 주식 지분의 증명서, 보증수표, 개별 보증수표의 내역을 설명한 문서였다. 누적 급여에서 인출용 계정상의 지출을 빼고, 사전에 통보하지 않은 대가로 3개월분 급여를 더하고, '제7항'을 발효하기 위한 금액을 추가하고… '노고에 감사하는' 뜻으로 지급한다는 보너스 1천 달러도 있었다. 보너스를 주다니 얼마나 다정한 사람들인가.

그토록 놀라운 설명을 다시 읽다 보니 그동안 벨이 내 눈 앞에 내밀었던 문서에 모조리 서명했던 게 어리석었다는 사실을 깨달을 수 있었다. 전부 내 손으로 적은 서명이라는 점은 의심할 필요가 없었다.

나는 제대로 마음을 가라앉히고 다음 날 상담을 위해 변호사를 찾아갔다. 아주 깔끔하고, 돈에 눈이 멀고, 권투 상대와 클린치를 하면서 발로 차고 할퀴고 무는 짓도 마다치 않을 사람이었다. 처음에는 승소 시 보수를 받는다는 조건으로 적극적으로 사건을 맡을 것처럼 보였다. 하지만 변호사는 내가 늘어놓은 물품을 들여다보고 사건의 내막을 듣더니, 몸을 뒤로 젖히고 배 위에 손을 올리고는 시큰둥한 표정을 지었다. "댄, 조언을 해드리죠. 상담료는 지급하지 않으셔도 됩니다."

"뭔데요?"

"그냥 포기하세요. 이길 가망이 없습니다."

"하지만 아까 말하기로는….'"

"그 말은 맞습니다. 사기를 치고 탈탈 털어먹은 거예요. 그런데 그 사실을 증명할 수 있습니까? 얼마나 영리한지 주식은 훔치지 않았고 한푼도 없이 쫓아내지도 않았어요. 모든 게 적법한 상황에서 당신이 그만둘 경우 합리적으로 요구할 수 있는 딱 그만큼만 줬단 말입니다. 그 사람들 표현대로라면 회사 운영에 관한 이견으로 해고당한 거지만요. 당신이 받을 만한 건 다 줬고… 푼돈이지만 1천 달러까지 얹어줬죠. 악감정이 없다는 걸 보여주려고 그런 겁니다."

"난 계약서를 작성한 적이 없다니까요! 특허권도 양도하지 않았고요!"

"이 문서에 따르면 양도했습니다. 그게 본인 서명이라는 건 인정하셨고요. 주장하는 바를 증언해줄 사람은 있나요?"

나는 그 질문의 답을 생각해보았다. 증명할 길은 없었다. 제이크 슈미트 공장장도 수뇌부에서 벌어지는 일은 아무것도 몰랐다. 내가 떠올릴 수 있는 목격자라고는… 마일스와 벨뿐이었다.

"이제 주식 양도에 관해 얘기해보죠." 변호사가 말을 이었다. "그것만이 막다른 골목에서 빠져나갈 수 있는 유일한 길입니다. 만약….'"

"하지만 그거야말로 이 모든 상황 가운데 유일하게 진짜로 합법적인 거래인데요. 내가 서명을 하고 주식을 벨에게 넘겼으니까요."

"맞습니다. 그런데 이유가 뭐였죠? 결혼을 예상하고 약혼 선물로 줬다고 하셨잖습니까. 그 지분으로 표결권을 행사했다는 건 잊으세요. 지금은 중요하지 않으니까요. 만약 당신이 결혼할 사이라고 굳게 믿고 약혼 선물로 주식을 주었으며, 벨이 주식을 받을 당시 그 점을 알고 있었다는 사실을 증명할 수만 있다면, 결혼을 하든지 받은 선물을 토해내든지 선택하라고 강제할 수 있습니다. 맥널티 대 로우즈 사건의 판례가 있으니까요. 그러면 결정권을 되찾고 그자들을 쫓아낼 수 있습니다. 그 사실을 증명할 수 있습니까?"

"제기랄, 난 지금 벨하고 결혼하고 싶지 않아요. 그런 일이 벌어지도록 가만히 있지도 않을 테고."

"그거야 알아서 하세요. 하지만 우선 한 번에 한 가지 문제만 생각하시죠. 당신이 벨을 장래의 아내로 생각해서 주식을 넘겼고, 벨이 그 점을 알고 받았다는 사실을 증언할 목격자가 있거나, 문서든 뭐든 증명할 만한 증거가 있습니까?

나는 생각해보았다. 물론 증인은 있었다…. 좀 전과 마찬가지로 전부터 알고 지내던 마일스와 벨이었다.

"이제 아시겠습니까? 당신 이야기와 갖고 있는 문서 더미만으로는 아무것도 되찾을 수 없을 뿐 아니라, 망상증 진단을 받고 묶여서 병원에 들어갈 수도 있습니다. 다른 분야에서 일자리를

찾아보시라는 게 제가 드릴 수 있는 조언입니다. 아니면… 기껏
해야 동종업에서 경쟁사를 차려 옐로우독 계약에 강경하게 맞
서는 게 최선입니다. 그럴 경우 옐로우독 계약이 과연 어떻게 될
지 보고 싶군요. 물론 제가 나서서 싸우고 싶은 생각은 없습니다
만. 어쨌든 그 두 사람을 공모죄로 고소하진 마십시오. 패소할
테니까요. 그리고 역으로 고소당해서 그나마 남은 것도 완전히
빼앗길 겁니다." 그가 말을 마치고 일어섰다.

　나는 변호사가 해준 조언 중 일부만 받아들였다. 그 건물 1층
에는 술집이 있었다. 나는 술집에 들어가서 연거푸 퍼마셨다.

✳

　차를 몰아 마일스를 만나러 가는 동안 생각할 시간이 아주 많
았다. 처음 돈이 벌리기 시작할 때 마일스는 리키와 함께 모하비
사막의 살인적인 열기에서 빠져나가 샌퍼넌도밸리에 있는 아담
하고 괜찮은 임대주택으로 옮겨 갔다. 그리고 공군에서 운영하
는 항공기로 통근하기 시작했다. 리키가 지금 그곳에 있지 않아
다행이라는 생각이 들었다. 리키는 걸스카우트 캠프 때문에 빅
베어 호수에 있었다. 리키가 의붓아버지와 나 사이에 벌어지는
싸움을 보는 일은 피하고 싶었다.

　세풀베다 터널에서 도로의 울퉁불퉁한 표면상태를 몸으로 느
끼던 도중, 마일스를 만날 때 가사도우미 주식회사의 내 지분을
증명하는 서류를 소지하지 않는 편이 좋겠다는 생각이 들었다.
(내가 시작하기 전에는) 몸싸움이 벌어지지는 않을 듯했지만 조심

하자는 생각 자체는 나쁘지 않았다. 망사문에 꼬리가 걸려본 고양이가 몸을 사리듯이, 나는 매사를 의심하고 있었다.

차에 놓고 내릴까? 공갈 폭행으로 체포될 경우 견인되고 압수될 테니 현명한 행동은 아니었다.

나 자신을 수신인으로 적어 우편으로 보낼까도 생각해보았다. 하지만 당시 나는 고양이와 함께 있다는 사실이 발각될 때마다 호텔을 옮겼기 때문에 우체국을 통해 일반우편만 받을 수 있었다.

신뢰할 만한 사람에게 우편으로 보내두는 편이 나았다.

하지만 그럴 만한 사람이 거의 없었다.

마침내 믿을 수 있는 사람이 떠올랐다.

리키였다.

여자에게 한 방 먹은 직후 또 여성을 믿기로 마음먹다니, 고생을 사서 하는 사람으로 보일지도 모르겠다. 하지만 두 사람은 같지 않았다. 나는 리키가 반평생을 사는 동안 알고 지냈다. 이 세상에 블록게이지*만큼 믿을 수 있는 사람이 존재한다면 그건 리키였고… 피트도 그렇게 생각했다. 게다가 리키는 남자의 판단력을 왜곡시킬 수 있는 외모를 갖추고 있지 않았다. 리키가 여성임을 나타내는 곳은 얼굴뿐이었고, 그 점이 전체 인상에 영향을 주지도 못했다.

나는 세풀베다 터널의 교통 정체를 간신히 빠져나온 다음 고

---

* 길이 측정에 사용하는 장방형의 강편(鋼片)으로, 공장용 게이지로서 가장 정확하다.

속도로를 벗어나 잡화점을 찾았다. 그리고 우표와 크고 작은 봉투와 편지지를 샀다. 편지에는 이렇게 적었다.

귀여운 리키에게

곧 만날 수 있으면 좋겠구나. 하지만 그때까지 이 봉투 안에 든 걸 나 대신 맡아주렴. 이건 너와 나만의 비밀로 하자.

거기까지 적다가 생각했다. 빌어먹을. 나한테 무슨 일이라도 생긴다면⋯ 그러니까 교통사고를 당하든 뭐든 내가 숨을 멈춘다면⋯ 그때 리키가 증명서를 갖고 있다가는 결국 마일스와 벨이 낚아챌 게 뻔했다. 그러지 못하도록 대비책을 마련하지 않는 한은 그랬다. 나는 그 문제에 몰두하다가 냉동수면 계약에 대해 무의식적으로 결정을 내렸다. 냉동수면에 들어가지 않기로 했다. 술이 깼기 때문에, 그리고 의사가 했던 설교 덕분에 단호해졌다. 나는 문제에서 도망치지 않고 남아서 싸울 것이다. 그리고 주식 소유증명서는 내가 가진 최고의 무기였다. 그게 있어야 서류들을 확인할 권리가 생기고 회사의 어떤 일이든 눈앞에서 들여다볼 권리를 손에 쥘 수 있다. 만약 회사가 나를 막겠다는 이유만으로 또다시 고용된 경비원을 이용한다면 변호사와 보안관과 법정을 등에 업고 다시 돌아갈 수도 있다.

증명서가 있다면 그들을 법정에 끌어낼 수도 있다. 설사 패소하더라도 잡음을 만들 수는 있다. 그 덕분에 매닉스 쪽 사람들이 기업 인수를 포기할 가능성도 없진 않았다.

어쩌면 리키에게 맡긴다는 생각이 완전히 잘못된 판단일 수도 있었다.

아니다. 만약 내가 무슨 일이 생긴다면 그걸 받을 사람은 리키였다. 리키와 피트는 내게 남은 유일한 '가족'이었다. 나는 계속 적어 내려갔다.

그럴 리는 없지만, 만에 하나 내가 1년 동안 모습을 보이지 않으면 무슨 일이 생겼다고 생각하렴. 그럴 경우 피트를 부탁한다. 녀석을 찾아낼 수 있을 때의 얘기지만. 그리고 아무에게도 얘기하지 말고 안에 든 봉투를 아메리카 은행 지점으로 가져가서 신탁담당자에게 넘겨주고 열어보라고 말해야 한다.

댄 삼촌이 사랑을 담아서

그리고 다른 종이에는 이렇게 적었다.

본인은 1970년 12월 3일 캘리포니아주 로스앤젤레스에서, 현재 수중에 있는 1달러와 그 밖의 소중한 약인(約因)을 걸고 (나는 그다음에 내가 소유하고 있는 가사도우미 주식회사 주식 지분의 법적 상세와 일련번호를 적었다) 상기 주식을 프레데리카 버지니아 겐트리 앞으로 아메리카 은행에 신탁한다. 은행은 상기 주식을 프레데리카 버지니아 겐트리의 스물한 번째 생일에 그녀에게 양도해야 한다.

그리고 서명으로 마무리했다. 문서 내용은 혼동할 여지가 없이 분명했다. 주크박스의 음악이 귓전에서 쿵쾅거리는 가운데 잡화점 계산대에서 내가 생각할 수 있는 최선이었다. 이제 내게 무슨 일이 생길 경우 주식은 확실히 리키의 소유가 될 테고, 마일스와 벨이 리키에게서 주식을 빼앗을 가능성도 분명히 사라질 것이다.

그리고 모든 일이 잘 풀린다면 그저 리키에게 나와 만났을 때 봉투를 돌려달라고 부탁하면 그만이다. 증명서 뒷면에 인쇄된 양도 양식을 사용하지 않았으므로 미성년자가 법적으로 내게 재양도하기 위해 꼭 필요한 빨강 테이프를 쓸 필요도 없었다. 간단히 종이 낱장을 찢어버리면 모든 절차가 끝날 테니까.

나는 신탁 사실이 적힌 종이와 주식 소유증명서를 작은 봉투에 넣고, 그 봉투와 리키에게 보내는 편지를 큰 봉투에 다시 넣었다. 그리고 수신자를 걸스카우트 캠프에 있는 리키로 표기하고, 우표를 붙이고, 잡화점 바깥에 있는 우체통에 넣었다. 그러고는 우편물 수거 시간이 40분 남았다는 사실을 확인하고, 긍정적이고 마음이 편한 상태로 차에 올라탔다. 주식을 안전하게 보관했기 때문이 아니라 그보다 더 큰 문제를 해결했다는 생각 때문이었다.

흠, 정확히 말하면 '해결'은 못했지만 문제와 정면으로 대결하기로 결심했고, 도망치고 구멍으로 기어들어 립 밴 윙클* 홍

---

* 미국 작가 워싱턴 어빙이 지은 동명 단편 소설의 주인공. 술을 마시고 잠들었다가 20년 뒤에 깨어난다.

내를 내지 않기로 마음먹었고… 모든 걸 잊겠답시고 온갖 향이 첨가된 술에 손을 뻗고 싶지 않았다. 사실 서기 2000년은 보고 싶었다. 하지만 얌전히 앉아서 기다려도 2000년을 맞이할 순 있고… 그때가 되면 나는 환갑이었다. 환갑도 꽤 젊은 나이이긴 했다. 아마도 여성의 관심을 끌 수는 있을 테니까. 급할 까닭은 없었다. 어차피 보통 사람이라면 낮잠 한번 오래 자고 다음 세기로 건너뛰는 게 만족스럽지는 않을 것이다. 그건 영화의 마지막 부분만 보고 마는 것과 같다. 남은 30년 동안 할 일은 순서대로 펼쳐지는 시간을 보고 즐기는 것이다. 그래야 2000년이 됐을 때 그 의미를 이해할 수 있을 테니까.

그때까지 나는 마일스 및 벨과 아주 특별한 싸움을 벌일 참이었다. 승리하진 못할지라도 두 사람이 난투극에 휘말렸다는 걸 분명히 알아채게 만들 생각이었다. 상처투성이가 되어 피를 흘리며 집에 온 피트가 큰 소리로 "저쪽에 비하면 이건 약과야!"라고 주장하던 그때처럼 말이다.

오늘 밤 방문으로 대단한 성과를 내겠다는 기대는 하지 않았다. 다해봐야 공식적인 선전포고에 그칠 것이다. 나는 마일스의 수면을 망치고… 그가 전화를 걸어서 벨의 잠도 방해하도록 만들 계획이었다.

3

마일스네 집에 도착할 무렵 나는 휘파람을 불고 있었다. 그 잘난 두 사람에 대해 걱정하기를 그만두었고, 목적지가 20여 킬로미터 앞으로 다가왔을 때는 완전히 새로운 기계를 머릿속으로 구상하고 있었다. 그 가운데 하나는 전동타자기처럼 작동하는 제도 기계였다. 모르기는 해도 미국에서만 적게 어림잡아 약 5만 명에 이르는 기술자가 매일 제도판 위에 몸을 숙이고는 욕을 하고 있을 것이다. 제도판 때문에 신장이 상하고 시력도 망가지기 때문이었다. 설계를 싫어한단 뜻은 아니다. 기술자들은 정말로 설계를 좋아한다. 다만 육체적으로 너무 고된 노동이었다.

내가 구상한 기계가 완성되면 기술자는 크고 편한 의자에 앉아서 키를 두드리는 것만으로 키보드 위에 있는 이젤에 그림을 그릴 수 있다. 세 개의 키를 동시에 누르면 정확히 원하는 곳에 수평선이 나타나고, 다른 키를 누르면 그 수평선을 수직선으로 나눌 수 있다. 두 개의 키를 누르고 연이어 다시 두 키를 건드리면 정확한 각도로 사선을 그을 수 있다.

그리고 세상에나, 필수는 아니지만 추가 요금을 조금만 지급하면 이젤을 하나 더 추가할 수 있다. 그러면 설계자는 등축 도법으로 작업할 수 있고(그거야말로 설계를 쉽게 만드는 유일한 길이다), 두 번째 그림은 설계자가 눈으로 확인할 필요도 없이 완벽한 투시도로 완성된다. 심지어는 기계를 조정해서 등축도로부터 평면도와 입면도를 뽑아내게 만들 수도 있다.

그 제도 기계의 멋진 점은 거의 전부를 표준 부품으로 만들 수 있다는 데에 있었다. 표준 부품은 대부분 전파상이나 카메라 가게에서 살 수 있지만 제어회로만은 구입이 불가능했다. 나는 전동타자기를 사서 낱낱이 분해하고 타자기의 키들을 다른 회로와 연계시켜서 제어회로를 만들 자신이 있었다. 한 달이면 원형을 만들 수 있고 6주만 더 주면 문제점을 발견해서….

하지만 나는 제도 기계를 머리 한구석에 밀어두었다. 제작은 확실히 가능했고 수요도 분명 있는 제품이었다. 내가 진심으로 기뻤던 것은 우리의 불쌍한 만능 프랭크를 구식으로 만들 방법을 찾았기 때문이었다. 나는 만능 프랭크에 대해 그 누구보다 잘 알았고, 만능 프랭크를 1년 동안 연구하고 학습했다고 할지라도 모를 것들을 알고 있었다. 그 사람이 알아낼 수 없고 내가 남긴 기록을 봐도 알 수 없는 것은 내가 채택한 모든 요소에 제대로 작동하는 대안이 적어도 한 가지는 있다는 사실이었다. 만능 프랭크는 애초에 가사용 하인을 만들겠다는 목적을 기반으로 했고, 따라서 내가 선택한 방식에도 한계가 있었다. 완전히 새로 만들면 우선 전동휠체어 속에 살아야 한다는 제약을 던져 버릴 수 있다. 그러면 도슨 기억진공관이 필수라는 점만 빼고 뭐든 구현할 수 있다. 마일스도 도슨 진공관 사용은 막을 수 없다. 인공두뇌 명령어를 구현하고 싶은 사람은 누구나 시중에서 도슨관을 살 수 있으니까.

제도 기계는 차후로 미뤄도 상관없었다. 아무래도 나는 능력에 한계가 없는 완전 만능 자동기계를 만드느라 바쁠 것 같았다. 진짜 인간의 판단능력만 제외하면 인간이 할 수 있는 모든 일을 프로그래밍해 넣을 수 있는 자동기계 말이다.

아니다. 제도 기계를 먼저 만들고 그걸 이용해서 변화무쌍 피트를 설계하면 될 일이었다. "어때, 피트? 세계 최초로 선뵈는 진짜 로봇에 네 이름을 붙일 거야."

"뭐야앙?"

"뭐가 그렇게 못 미더워? 명예로운 일이라고." 프랭크를 되찾고 나면 구상해두었던 제도기계로 '변화무쌍 피트'를 설계하고 제대로, 빠르게 개량할 수 있다. 나는 프랭크가 생산에 들어가기도 전에 성능이 세 배는 더 뛰어난 악마 같은 기계를 만들어 녀석이 설 자리를 없앨 생각이었다. 운이 따라주면 두 사람은 파산할 테고, 다시 돌아오라고 내게 구걸할 것이다. 황금알을 낳는 거위를 죽이기야 하겠는가?

마일스의 집에는 불이 켜져 있었고 그의 차는 길가에 있었다.

나는 마일스의 차 앞에 내 차를 세우고 피트에게 말했다. "넌 여기 있는 게 좋겠어, 친구. 차를 잘 지켜. 누가 오면 '정지'라고 세 번 외치고 쏴버려."

"싫어어!"

"안에 들어가려면 가방 속에 있어야 해."

"왜애애?"

"토 달지 마. 따라오려면 가방에 들어가."

피트는 가방 안으로 뛰어들었다.

마일스가 집 안으로 나를 들였다. 우리 둘 다 악수하려고 손을 내밀지 않았다. 그는 나를 거실로 안내하고 의자를 권했다.

벨이 거기 있었다. 예상 못 한 일이었지만 놀랄 일도 아니었다. 나는 그녀를 보고 싱긋 웃었다. "여기서 만나다니 최고인데? 옛 연인과 얘기를 하려고 모하비에서 여기까지 온 건 아니겠지?" 나도 일단 마음만 먹으면 악당처럼 굴 수 있는 사람이었다. 내가 파티장에서 여성용 모자를 쓰고 노는 모습을 보면 알 일이다.

벨이 인상을 찡그렸다. "웃기는 소리 하지 마, 댄. 할 말 있으면 얼른 하고 나가."

"재촉하지 마. 전 동업자와 전 약혼자가 함께 있으니 마음이 편안하거든. 없는 건 내 전 사업뿐이네."

마일스가 달래듯 말했다. "이봐, 댄. 그렇게 나오지 마. 다 널 위해서 그런 거야. 그리고… 원하면 언제든 돌아와도 돼. 난 네가 돌아오면 좋겠어."

"나를 위해서 그랬다고? 그거 말도둑을 교수형에 처할 때 해주는 얘기 아닌가? 복귀라… 벨, 당신은 어떻게 생각해? 나 돌아가도 될까?"

벨은 입술을 깨물었다. "마일스 씨가 원한다면 난 상관없어."

"'댄이 원한다면 난 상관없어요.'라는 말을 들은 게 바로 어제 같은데. 그런데 이젠 완전히 달라졌네. 인생이 그런 거지. 그리고 여러분, 난 안 돌아갑니다. 그러니까 초조할 필요 없어. 오늘 밤엔 그냥 몇 가지 알아보려고 온 거야."

마일스가 벨을 흘끗 바라보자, 벨이 내게 물었다. "뭘?"

"음, 첫째, 사기를 계획한 게 누구야? 둘이 공모했나?"

마일스가 천천히 말했다. "그건 너무 심한 말이잖아, 댄. 기분 나쁜데."

"아, 제발 좀. 돌려서 말하지 말자고. 그게 심한 말이라면 너희가 한 짓이 열 배는 더 심해. 너희는 옐로우독 계약을 위조했고 특허권 양도증서도 위조했잖아. 마일스, 그거 연방 감옥에 갈 범죄라고. 거기 들어가면 배관을 통해서 햇빛을 격주로 공급한다더라. 사실인지는 모르겠지만 내일 FBI가 와서 확실히 얘기해 줄 거야." 마지막 문장을 듣고 마일스가 움찔거렸다.

"댄, 이 일로 문제를 일으킬 만큼 멍청한 건 아니지?"

"문제? 난 가능한 모든 방법으로 너희를 공격할 거야. 민사든 형사든 가리지 않고. 아마 정신이 없어서 가려운 데를 긁을 시간도 없을걸? 너희가 한 가지만 동의해주면 그럴 일은 없겠지만. 너희가 사소한 잘못을 하나 더 저질렀는데 내가 빠뜨렸네.

내가 작성한 만능 프랭크의 기록과 도면들의 절도 말인데… 작동하는 제품 원형도 포함해야겠지? 그걸 내가 가져가면 돈을 내놓으라고 할 수야 있겠다만. 내가 그걸 제작하면서 비용을 회사에 청구했으니까."

"절도라니 말도 안 돼!" 벨이 매섭게 내뱉었다. "그건 회사 업무로 만든 거잖아."

"내가? 난 보통 밤에 일했어. 그리고 난 피고용인 신분인 적이 없었어. 그건 너희 둘 다 알고 있지. 난 그냥 지분에서 발생한 수익 중에서 생활비를 뽑아 쓴 거야. 매닉스가 관심을 두던 상품은 가사도우미와 윌리, 그리고 프랭크지. 그런데 너희 회사는 그 셋을 소유한 적도 없어. 내게서 강탈했다고 형사 소송을 정식으로 진행하면 매닉스 사람들이 어떻게 나오려나?"

"말도 안 돼." 벨이 무서운 목소리로 반복했다. "그건 회사 업무로 만든 거야. 계약서를 작성했잖아."

나는 의자 등받이에 몸을 기대고 웃었다. "저기, 얘들아, 지금 거짓말할 필요는 없어. 그런 건 증인석에서나 하라고. 여긴 한심한 사람 셋밖에 없잖아. 내가 정말 알고 싶은 건 하나야. 이걸 전부 계획한 사람이 누구야? 구체적인 사기 방법은 알고 있어. 벨, 당신은 가끔 서류를 가져와서 서명하라고 했지. 서명할 서류가 두 장 이상이면 첫 번째 문서와 나머지를 클립으로 묶었어. 물론 내 편의를 위해서 그랬다고 하겠지. 당신은 언제나 완벽한 비서였으니까. 내가 보는 건 윗장이고 서명할 위치는 아랫장에 있었겠지. 이젠 당신이 정리된 서류 묶음 속에 조커 몇 장을 슬쩍 끼위 넣었단 사실을 알고 있어. 따라서 사기범죄를 구체적으로 실행한 사람은 당신이란 뜻이야. 마일스는 그럴 수가 없었어. 어휴, 마일스는 타자기도 잘 못 치거든. 그런데 내 서명을 받아내려고 위조한 문서의 내용은 누가 작성했을까? 벨, 당신이? 그렇지는 않을걸…. 당신이 법률 공부를 하고도 그 사실을 숨겼다면 모를까. 마일스, 넌 어떻게 생각해? 일반 속기사가 그렇게 멋들어진 제7항을 완벽히 작성할 수 있을까? 그러려면 변호사가 필요하지 않을까? 아, 맞아. 네가 변호사지?"

마일스의 시가는 오래전에 불이 꺼진 상태였다. 그는 시가를 입에서 뽑아내고 쳐다보더니 신중하게 말했다. "댄, 우리를 함정에 빠뜨려서 시인을 유도할 생각이라면 넌 정신이 나간 거야."

"허, 그만 좀 해라. 여긴 우리밖에 없으니까. 어차피 너흰 둘 다 유죄잖아. 그래도 저기 앉은 여자가 모든 걸 완벽히 준비해서 너한테 접근하고, 유혹해서 흔들리게 만들었다고 믿고 싶긴 해. 하지만 사실은 그렇지 않아. 벨이 전직 변호사라면 얘기가 다르지만 너희 두 사람은 함께 일을 꾸몄어. 처음부터 끝까지 공범이지. 헛소리가 그득한 문구는 네가 지어냈고, 그걸 타자기로 작성해서 날 속이고 서명을 받아낸 건 벨이야. 안 그래?"

"대답하지 말아요, 마일스!"

"물론 대답 안 할 거예요." 마일스가 벨에게 동의했다. "댄이 가방에 녹음기를 숨겨뒀을 거예요."

"그랬어야 마땅하지." 나는 마일스에게 동의했다. "하지만 안 숨겼어." 내가 가방을 열자 피트가 고개를 내밀었다. "피트, 다

듣고 있지? 너희 입 조심해. 피트는 코끼리만큼 기억력이 좋거든. 어쨌든 녹음기는 안 가져왔어. 난 앞일을 내다볼 줄 모르는 선량한 멍청이 댄 데이비스잖아. 이리저리 부딪치고 살면서 친구를 신뢰하고… 그래서 너희 두 사람도 믿었지. 마일스, 벨이 변호사야? 아니면 네가 냉혈한처럼 나를 옭아매고 강탈하고 합법적인 것처럼 위장할 계획을 직접 전부 세운 거야?"

"마일스!" 벨이 끼어들었다. "저 사람은 담뱃갑만 한 녹음기를 만들 기술이 있어요. 가방에 없으면 몸에 지니고 있을 거예요."

"그거 좋은 생각이야, 벨. 다음엔 만들어 올게."

"나도 그 정도는 알고 있어요." 마일스가 벨에게 대답했다. "진짜로 녹음기를 가져왔다면 지금 말이 위태로운 건 당신이에요. 입조심해요, 벨."

벨이 뭐라 대답했다. 그녀가 그런 단어를 쓸 줄은 몰랐다. 나는 눈을 크게 떴다. "서로 몰아붙이는 거야? 도둑들 사이에 벌써 내분이 일어났나?"

마일스의 인내심이 점점 바닥나고 있었고, 나는 그 모습을 보며 기분이 좋았다. 그가 말했다. "말조심해, 댄. 멀쩡하게 살아 있고 싶으면."

"쯧쯧! 난 너보다 젊고 최근에 유도 연습도 더 많이 했어. 그리고 넌 총으로 사람을 공격하는 유형이 아니야. 문서를 위조해서 누명을 씌우는 쪽이지. 난 너희가 도둑놈이라서 도둑놈이라고 부른 거야. 도둑놈들은 거짓말쟁이야. 너희 둘 다 그렇지." 나는 벨을 쳐다보았다. "우리 아버지는 절대 숙녀를 거짓말쟁이라고 부르지 말라셨는데. 당신은 얼굴은 예쁘지만 숙녀가 아니니까. 당신은 거짓말쟁이고… 도둑이고… 매춘부야."

벨이 얼굴을 붉혔다. 그녀의 얼굴에서 아름다움이 모조리 사라지자 뒤에 숨어 있던 맹수만이 남았다. "마일스!" 그녀가 날카롭게 소리를 질렀다. "지금 가만히 앉아서 이런 얘길…."

"조용히 해요!" 마일스가 소리쳤다. "댄은 다 계산하고 무례하게 구는 거니까. 우릴 흥분시켜서 하면 안 되는 말을 꺼내게 만들 생각이라고요. 방금 당신도 실수할 뻔했으니 가만히 있어요." 벨은 입을 다물었지만 드러난 야성을 감추지는 못했다. 마일스가 나를 바라보았다. "댄, 난 실용적으로 행동하는 사람이야. 항상 그러고 싶어. 네가 회사에서 나가기 전에 이성적으로 판단하게 만들려고 노력했지. 해결하는 과정에서도 네가 피치 못할 결과를 기품 있게 받아들이게 하려고 애를 썼어."

"아무 소리도 못 하게 입을 틀어막았다는 뜻이겠지."

"좋을 대로 생각해. 난 아직도 평화롭게 해결하고 싶어. 고소는 해봐야 승소 못 해. 하지만 내가 변호사이다 보니, 가능하다면 어떤 문제든 싸워서 이기는 것보다는 법원에 안 가는 쪽이 더 낫다는 것도 알아. 조금 전에 우리가 한 가지만 해주면 너도 화를 가라앉힐 거라고 말했지? 그게 뭔지 말해봐. 협상이 가능할 수도 있잖아."

"아, 그거. 안 그래도 그 얘길 할 참이었어. 네가 할 순 없는 일이지만 중재는 가능하겠지. 간단한 문제야. 내가 약혼 선물로 벨에게 넘겼던 주식을 도로 내게 양도해주면 돼."

"안 돼!" 벨이 소리치자, 마일스가 말했다. "가만히 있으라고 했잖아요."

나는 벨을 쳐다보고 말했다. "안 될 건 없어, 전 약혼자 씨. 난 이미 법적 상담을 받고 왔어. 변호사 말을 그대로 옮길게. 내가 넘긴 주식은 당신이 결혼을 약속한 사실에 대한 '약인'이야. 따라서 도덕적인 기준뿐 아니라 법적으로도 내게 돌려줄 의무가 있어. 이렇게 표현하는 게 맞겠군. 그건 '공짜 선물'이 아니라 계약 간에 예상되었던 약인의 대가, 그러니까 사랑스러운 벨 당신과 결혼한다는 전제로 주어진 건데, 난 그 대가를 받지 못했어. 그러면 토해내는 게 맞잖아? 혹시 그동안 생각을 한 번 더 바꿔서 이제 나랑 결혼할 계획이야?"

벨은 감히 어떻게 자신과 결혼한다는 얘길 하느냐고 말했다.

마일스가 피로한 목소리로 말했다. "벨, 당신은 일을 더 복잡하게 만들고 있어요. 이 녀석은 우리를 짜증 나게 하려는 거예요." 그가 다시 나를 쳐다보았다. "댄, 고작 그 얘길 하러 왔다면 그냥 돌아가는 게 좋을 거야. 네가 주장한 상황이 진실이라고 전제한다면 네 말에 일리가 있어. 하지만 그렇지 않거든. 넌 벨이 제공한 것에 대한 대가로 주식을 줬어."

"뭐? 뭘 제공했는데? 지급 취소된 수표라도 줬나?"

"그런 건 필요 없어. 벨이 자신의 의무를 넘어서 회사에 봉사했기 때문에 준 거야."

나는 그를 노려보았다. "이야, 진짜 사랑스러운 이론이네. 이봐, 마일스. 벨이 나 개인이 아니라 회사를 위해 봉사를 했고 그

대가로 주식을 받았다면 너도 그 사실을 알았을 테고 기쁜 마음으로 똑같은 지분을 챘겠지. 너와 나는 실질적으로 이익을 절반씩 나눴어. 비록 내가… 내가 생각하기에 결정권을 보유하긴 했어도. 너도 나랑 똑같은 주식 뭉치를 벨에게 챘단 얘기는 아니지?"

두 사람이 눈빛을 교환하는 모습을 보며 나는 확신이 들었다. "챘구나! 챘다는 데에 만두 한 알을 걸겠어. 안 그랬으면 벨이 협조하지 않았겠지. 안 그래? 그렇다면 내가 장담하건대 벨은 주식을 받자마자 즉시 등록했겠고… 우리가 약혼하자마자 내가 주식을 챘다는 건 날짜로 증명할 수 있겠지. 아, 맞다, 약혼식은 〈데저트헤럴드〉지에 실렸지. 네가 나를 나락으로 떨어뜨리고 벨이 나를 차버릴 때 네 주식을 벨에게 넘겼겠고. 그럼 기록이 관건이란 얘기잖아! 어쩌면 판사가 내 말을 믿을지도 모르겠어, 마일스. 네 생각은 어때?"

나는 둘 사이의 약점을 찾아냈다. 드디어 찾아냈단 말이다! 두 사람의 얼굴이 멍해지는 것으로 보아 그들이 절대 찾아낼 수 없고 나도 알아내리라 예측할 수 없었던 단 한 가지 문제를 우연히 발굴한 모양이었다. 그래서 더 바짝 추궁하면서… 대담한 추측을 해보았다. 아니, 대담한 게 아니라 논리적인 추론이었다. "벨, 주식을 얼마나 받았어? 나와 약혼한다는 이유만으로 뜯어낸 그만큼인가? 마일스를 위해 더 큰 일을 했으니 더 많이 받았겠지." 나는 잠깐 말을 멈췄다. "가만 있어봐…. 나랑 얘기나 하려고 벨이 그 먼 길을 달려왔다니 이상하다는 생각이 드는군.

벨은 여행을 아주 싫어하거든. 어쩌면 오늘 온 게 아닐지도 몰라. 계속해서 여기 머물러 있었겠지. 두 사람이 함께 사나? 아니, 약혼한 사이라고 표현해야 하나? 그것도 아니면… 벌써 결혼했어?" 나는 그 가능성을 진지하게 생각해보았다. "했겠군. 마일스, 넌 나처럼 꿈을 꾸는 사람이 아니잖아. 그러니까 벨이 결혼을 약속했다는 이유만으로 주식을 넘기진 않았을 거야. 절대로 그럴 리가 없지. 하지만 결혼식 선물이라면 줬을 거야. 표결권은 그대로 네가 가진다고 전제했겠지. 다 알았으니까 대답은 안 해도 돼. 내일부터 사실을 확인하러 다닐 테니까. 전부 다 기록에 남아 있겠지."

마일스가 벨을 흘끗 쳐다보았다. "시간 낭비할 필요 없어. 내아내를 소개하지."

"그래? 축하해. 두 사람 다. 잘 어울리는 한 쌍이야. 이제 내주식에 대해 얘기해보지. 벨이 나와 결혼할 수 없는 건 확실해졌으니까…."

"댄, 정신 좀 차려. 그 말도 안 되는 이론은 내가 벌써 논파했잖아. 난 너처럼 벨에게 주식을 양도했어. 이유도 같아. 벨이회사에 봉사한 대가야. 네 말대로 이건 기록의 문제야. 벨과 나는 결혼한 지 이제 일주일이 지났고… 네가 신경 써서 조사해보면 벨에게 주식이 양도된 건 그보다 오래전이라는 걸 알 수 있을 거야. 그 둘 사이의 연관성은 증명할 수 없을걸. 벨은 우리회사에서 아주 중요한 사람이기 때문에, 너와 나에게 주식을 받은 거야. 그다음에 네가 벨을 차버렸고, 네가 퇴사한 다음에 우리가 결혼한 거야."

나는 주춤했다. 마일스는 꽤 영리하기 때문에 내가 금세 알아낼 만한 거짓말을 할 리가 없었다. 하지만 그 어딘가에 진실이 아닌 부분이 있었다. 내가 아직 찾아내지 못한 무언가가.

"결혼식은 언제 어디서 올렸지?"

"지난 주 목요일에 샌타바버라 법원에서. 너와는 관계 없는 일이지만."

"그럴지도 모르지. 주식 양도는 언제 했어?"

"그건 정확히 모르겠는데. 필요하면 네가 알아봐."

젠장, 마일스가 벨을 자신의 사람으로 만들기도 전에 주식부터 넘겼다는 얘기는 사실처럼 들리지 않았다. 그래서 얕은수를 써봤던 것이다. 마일스는 그런 사람이 아니었다. "마일스, 하나 궁금한 게 있어. 내가 사립탐정을 고용해서 조사하면 너희가 그보다 이전에 이미 결혼했었다는 사실이 밝혀지지 않을까? 유마? 아니면 라스베가스에서? 혹시 너희 둘이서 예전에 납세 증명을 하러 레노에 갔을 때 그러지는 않았을까? 어쩌면 그런 결혼 기록이 있다는 사실이 드러날지도 몰라. 거기에 주식 양도 날짜와 내 특허가 회사에 양도된 날짜를 더하면 아름다운 패턴이 드러나지 않을까? 응?"

마일스는 흔들리지 않았다. 그는 심지어 벨을 쳐다보지도 않았다. 한편 벨의 얼굴은 어둠 속에서 칼에 찔린 사람보다 더한 증오심으로 그득했다. 하지만 내 얘기에 들어맞는 구석이 있는 것 같았으므로 나는 직감을 끝까지 밀어붙여 보기로 했다.

마일스가 간단히 대답했다. "댄, 난 인내심을 갖고 참는 중이야. 너를 달래려고 노력도 했고. 그런데 돌아온 건 모욕뿐이군그래. 이제 네가 떠날 시간이야. 안 그러면 농담이 아니라 진짜로 널 집어 던질 거야. 너하고 벼룩투성이 고양이 둘 다!"

"오호라!" 내가 대답했다. "오늘 밤 처음으로 남자다운 말을하네. 하지만 피트를 벼룩투성이라고 부르지는 마. 녀석은 말을 알아들으니까 너한테 중상을 입힐지도 몰라. 알았어, 전 친구야. 나가긴 하겠지만… 마지막으로 짤막하게 퇴장연설은 할게. 아주 짧게. 아마 내가 너한테 하는 마지막 말이 될 거야. 그 정도는 괜찮지?"

"음, 그래. 짧게 해."

벨이 다급하게 말했다. "마일스, 나랑 얘기 좀 해요."

마일스는 그녀를 쳐다보지도 않고 입을 다물라는 시늉을 하더니 내게 말했다. "해봐. 간단하게."

나는 벨을 바라보았다. "벨, 당신이 듣기 좋은 얘기는 아닐 거야. 나가 있는 게 좋을걸."

물론 그녀는 나가지 않았다. 나 역시 그녀를 붙잡아두기 위해 한 말이었다. 나는 다시 마일스를 쳐다보았다. "마일스, 너한테는 그리 크게 화나지 않았어. 남자들은 손버릇이 나쁜 여자 때문에 어이없는 짓을 하니까. 삼손과 마르쿠스 안토니우스도 그랬는데 너라고 끄떡없을 리가 있겠어? 난 네게 화를 내긴커녕 고마워해야 마땅하다고. 사실 정말 고맙기도 해. 조금뿐이지만. 그리고 네가 안됐다는 생각도 들어." 나는 벨의 반응을 살펴보왔다. "이제 벨은 네 사람이니까 문제도 전부 네가 끌어안아야 해. 그리고… 나야 이번 경험으로 돈을 조금 잃고 일시적이지만 마음의 평화를 빼앗겼지. 그런데 넌 뭘 빼앗길까? 벨은 나를 속이고 바람을 피운 것도 모자라 너를, 내가 믿던 친구를 설득해서 내게 사기를 쳤지. 벨은 또 언제쯤 새 끄나풀과 짜고 너에게 사기를 칠까? 다음 주? 다음 달? 내년쯤? 분명한 건 개가 제 토사물을 다시 먹으러 돌아오듯이…."

"마일스!" 벨이 악을 썼다.

마일스는 위협적으로 말했다. "꺼져!" 그는 진심이었다. 그래서 나는 자리에서 일어섰다.

"나가는 중이야. 옛 친구인 너한테는 미안한 마음이야. 따지고 보면 실수는 우리 둘 다 딱 한 번 저질렀잖아. 그건 내 실수인 동시에 네 실수이기도 하지. 그런데 대가는 너 혼자 치러야 한다니. 게다가 더 안 좋은 건… 그게 순진해서 저지른 실수라는 점이야."

마일스의 호기심이 발동했다. "그게 무슨 뜻이지?"

"저렇게 똑똑하고 아름답고 유능하고 모든 일에 활력이 넘치는 사람이 제 발로 와서는 타이피스트 월급이나 받고 일을 했는데 이상하게 생각하지 않았잖아. 대형 기업처럼 벨의 지문을 떠서 범죄이력 조회를 돌려봤으면 고용하지 않았을지도 몰라. 그랬다면… 너와 나는 아직도 동업자일 텐데."

나는 또 다른 약점을 찾았다! 마일스는 다급하게 자신의 아내를 쳐다보았다. 그녀의 얼굴은… 음, '궁지에 몰린 쥐'라는 말은 틀렸다. 쥐는 벨처럼 생기지 않았으니까.

그리고 나는 혼자 편한 마음으로 그 자리를 뜰 수가 없었다. 방금 찾아낸 약점을 들쑤셔야 했다. 나는 벨에게 다가가서 말했다. "저기, 벨. 네 옆에 있는 하이볼 잔을 가져다가 지문 조회를 해봐도 될까? 그럼 어떤 결과가 나올까? 우체국 벽에 붙어 있는 지명수배자? 대형사기죄일까? 아니면, 이중혼인죄일까? 혼인을 빙자한 사기죄일지도 모르지. 마일스가 네 합법적인 남편이긴 해?" 나는 손을 뻗어서 술잔을 집었다.

벨은 거칠게 내 손에서 잔을 낚아챘다.

그리고 마일스가 나를 향해 고함을 쳤다.

나는 운을 시험하다가 결국 선을 넘고 말았다. 멍청하게도 아무 무기 없이 위험한 동물이 있는 우리 안에 들어갔고, 동물사육사의 첫 번째 주의사항을 잊고 상대에게 등을 보이고 말았다. 마일스가 소리를 지르고 내가 그를 쳐다보자 벨은 지갑에 손을 넣었고… 나는 그 모습을 보면서 하필이면 이런 상황에 담배를 꺼내다니 이상하다고 생각했다.

그다음 순간 주삿바늘이 나를 찔렀다.

무릎에서 힘이 빠지고 카펫 위로 넘어지면서 내게 떠오른 생각은 단 한 가지였다. 벨이 이런 짓까지 저지른다는 사실에 대한 경악. 그 지경에 이르러서까지 나는 그녀를 믿고 있었던 것이다.

4

나는 끝까지 희미하게 의식이 남아 있었다. 약물이 효과를 나타내자 어지럽고 몽롱했다. 신속하기가 모르핀보다 빠른 약이었다. 하지만 그게 전부였다. 마일스는 큰 소리로 벨에게 알아들을 수 없는 말을 했고, 무릎이 꺾인 나의 상체를 붙들었다. 그가 나를 끌어다가 의자에 눕힐 때쯤엔 현기증도 사라졌다.

의식을 잃지는 않았지만 그렇다고 완전히 제정신도 아니었다. 지금은 두 사람이 사용한 약물이 무엇인지 알고 있다. 일명 '좀비' 약물. 정부가 대세뇌전용으로 개발한 제품이었다. 내가 아는 한 포로에게 사용된 적은 없었다. 그 대신 세뇌 여부를 조사하기 위해 마련된 약물로, 불법이지만 효과는 아주 좋았다. 현재 즉석 정신분석에 사용하는 약과 성분이 동일하지만, 이제는 정신과 의사가 의료목적으로 사용하더라도 법원 명령이 필요하다.

당시에 벨이 그런 약을 어디서 구했는지는 짐작도 가지 않는다. 하지만 어떤 악당들과 알고 지냈는지도 모르기는 마찬가지다.

그때는 그 점이 전혀 궁금하지 않았다. 사실 아무것도 궁금하지 않았다. 나는 축 늘어진 채 눈앞에서 연이어 벌어지는 일들을 채소처럼 수동적으로 보고 들을 따름이었다. 고다이바 백작 부인*이 말을 타지 않고 걸어서 시야에 들어왔다가 사라져도 고개를 돌리지 않았을 것이다.

고개를 돌리라는 명령을 받았다면 모를까.

피트가 가방에서 뛰쳐나오더니 축 늘어진 내게 종종걸음으로 다가왔다. 그리고 무슨 일이냐고 물었다. 대답이 없자 피트는 내 정강이를 힘차게 앞뒤로 긁어대면서 계속 설명을 요구했다. 그래도 내가 반응하지 않자 무릎 위로 뛰어올라서 앞발을 가슴에 얹고 내 얼굴을 똑바로 응시했다. 그리고 무슨 일이 벌어진 건지 지금 당장 사실대로 말하라고 다그쳤다.

피트는 내가 대답하지 않자 울부짖기 시작했다.

마일스와 벨은 그때 비로소 피트를 알아챘다. 마일스는 나를 의자에 던져놓고 벨을 쳐다보면서 씁쓸한 목소리로 말하던 참이었다. "결국 사고를 쳤군요! 정신 나갔어요?"

벨이 대답했다. "정신 바짝 차려요. 저 인간을 한 번에, 영원히 처리해야 하니까."

---

* 11세기 영국의 백작 부인. 알몸으로 말을 타고 거리에 나서면 주민의 세금을 면해준다는 남편의 약속에 따라 조건을 실행에 옮겼다.

"뭐요? 내가 살인을 도울 거라고 생각했다면…."

"살인이 어때서요! 그거야말로 논리적인 해결책인데…. 하지만 당신은 그럴 배짱이 없겠죠. 다행히 약을 주사했으니 죽일 필요는 없어요."

"그게 무슨 뜻이에요?"

"댄은 이제 착한 아이가 됐거든요. 내가 시키는 대로 할 거예요. 더 이상 문제를 일으키지도 않을 테고요."

"하지만… 세상에, 벨, 죽을 때까지 약을 주사할 수도 없잖아요. 일단 약에서 깨어나면…."

"변호사처럼 말하는 것 좀 그만둬요! 저 약의 효과는 내가 잘 알아요. 당신은 모르겠지만. 댄은 제정신으로 돌아오면 내가 지시한 그대로 따를 거예요. 우리를 고소하지 말라고 명령하면 절대로 고소하지 않을 거예요. 사업에 집적거리지 말라고 하면 우리를 내버려둘 테고요. 아프리카로 가라고 하면 갈 테고, 이번 일을 전부 잊으라면 잊을 거예요. 정확히 시키는 대로만 하겠지만."

나는 벨의 말을 듣고 이해했다. 하지만 흥미는 눈곱만큼도 생기지 않았다. 누군가가 "집에 불이 붙었어!"라고 소리친다면 그 말뜻 역시 알 수 있었다. 대신 아무런 관심도 두지 않았을 것이다.

"믿을 수가 없는데."

"못 믿는다고요? 허." 벨은 이상한 시선으로 마일스를 쳐다보았다. "믿어야 할 텐데."

"음? 그게 무슨 뜻이죠?"

"됐어요, 됐어. 이 약은 효과가 확실해요. 하지만 먼저 할 일이…."

피트는 바로 그 순간에 울부짖기 시작했다. 고양이가 울부짖는 소리를 들은 사람은 많지 않다. 평생 단 한 번도 듣지 못한 사람도 있을 것이다. 고양이는 싸우다가 중상을 입어도 그런 소리는 내지 않는다. 단순히 불쾌해서 내는 소리가 아니니까. 고양이는 극히 비통할 때만, 상황을 도저히 참을 수 없는데 제힘으로 할 수 있는 일이라고는 통곡밖에 없을 때나 그런 소리를 낸다.

그 소리를 들은 사람은 밴시*를 떠올리게 된다. 그리고 참기 힘든 지경에 이른다. 사람의 신경을 자극하는 고주파 음이기 때문이다.

마일스가 몸을 돌리면서 말했다. "저 끔찍한 고양이 놈이! 여기서 내쫓아야겠어요."

벨이 말했다. "죽여버려요."

"음? 벨, 당신은 항상 너무 극단적이에요. 하긴, 댄이야 저 쓸모없는 고양이 문제라면 자신이 완전히 발가벗겨진 것보다 더 난리를 피웠겠지만. 자, 여기…." 그는 돌아서서 피트가 들어가 있던 여행가방을 집었다.

"내 손으로 죽여야겠어요." 벨이 야만스럽게 말했다. "몇 달 동안 저 고양이를 얼마나 죽이고 싶었는지 몰라." 그녀는 무기

* 울음소리로 사람의 죽음을 예고한다는 아일랜드 민담 속 유령

를 찾아서 두리번거리더니 벽난로에 사용하는 갈퀴를 발견했다. 그리고 손에 들었다.

마일스는 피트를 붙잡아서 가방에 넣으려고 시도했다.

그야말로 '시도'였다. 피트는 나와 리키를 제외하면 사람이 자신을 들어 올리는 걸 반기지 않았다. 나조차도 피트가 울부짖을 때면 아주 조심스럽게 타협을 하기 전에는 들어 올릴 생각도 하지 못했다. 감정이 불안정한 고양이는 뇌산수은*처럼 예민하다. 하지만 설사 흥분 상태가 아니라 해도 목덜미를 집어 올리는 사람에게 아무 저항 없이 몸을 맡길 피트가 절대 아니었다.

피트는 발톱으로 마일스의 팔뚝을 긁고 이빨로 왼손 엄지손가락의 도톰한 부분을 물었다. 마일스는 비명을 지르면서 피트를 떨어뜨렸다.

벨이 날카롭게 소리쳤다. "저리 비켜요! 둔해 빠져서는!" 그리고 갈퀴를 피트에게 휘둘렀다.

벨은 의도가 아주 분명했고 그럴 만한 힘과 무기도 갖추고 있었다. 하지만 그녀는 손에 쥔 무기에 익숙하지 않은 반면 피트는 능숙한 전사였다. 피트는 몸을 숙여 벨이 크게 휘두르는 갈퀴를 피하고 두 발로 네 방향에서 그녀의 다리를 가격했다.

벨이 비명을 지르면서 갈퀴를 떨어뜨렸다.

그 뒤의 상황은 제대로 보지 못했다. 나는 계속 정면을 응시했기 때문에 거실의 대부분을 볼 수 있었다. 하지만 시선에서 벗

---

* 수은의 뇌산염, 주로 기폭제로 쓴다.

어난 곳은 전혀 볼 수 없었다. 다른 방향을 보라고 지시한 사람이 없었기 때문이다. 그래서 그 뒤에 벌어진 일은 소리로 짐작할 뿐이었다. 예외가 있긴 했다. 고양이를 쫓는 두 사람이 내 시야각을 가로지르더니 상황이 놀라울 정도로 급변해서 고양이가두 사람을 추격했다. 그 짧은 장면을 빼면 내가 전투에 대해 아는 것은 뭔가 부서지고, 누군가가 달리고 고함치고 욕하고 비명을 지르는 소리가 전부였다.

하지만 두 사람이 피트의 털끝 하나라도 건드릴 수는 없었을 것이다.

그날 밤 내게 벌어진 최악의 일은 피트가 활약한 최고의 순간에, 녀석이 평생 가장 위대한 전투를 벌이고 가장 위대한 승리를 쟁취한 순간에 내가 세세한 부분을 하나도 못 봤을 뿐 아니라 그어느 부분도 전혀 인지하지 못했다는 점이었다. 나는 보고 들었음에도 아무것도 느끼지 못했다. 피트가 그 어느 때보다 결정적인 활약을 펼쳤건만 나는 멍한 상태였던 것이다.

지금 그 순간을 돌이켜서 당시 놓쳤던 감상을 되살려보지만같은 느낌일 리는 없다. 나는 발작성 긴장증으로 신혼 첫날밤을 놓친 사람처럼 앞으로도 영원히 억울할 것이다.

물건 부서지는 소리와 욕소리가 갑자기 멈췄고 곧 마일스와벨이 거실로 돌아왔다. 벨이 숨을 헐떡거리면서 말했다. "센서달린 망사문은 누가 열어놨죠?"

"당신이 그랬겠죠. 고양이 얘기는 그만 좀 해요. 이제 갔으니까." 마일스의 얼굴과 손에 핏자국이 있었다. 그가 얼굴에 갓 생긴 상처를 어루만졌지만 달라지는 것은 없었다. 싸움 도중에 걸려 넘어진 모양인지 옷차림이 엉망이었고 코트의 뒷면이 둘로 찢어진 상태였다.

"원하는 대로 입을 다물어줄게요. 집에 총 있어요?"

"뭐요?"

"저 고양이 놈을 쏴 죽일 거예요." 벨의 몰골은 마일스보다 더 심했다. 피트가 공격하기 좋게끔 다리와 팔과 어깨의 살갗이 드러나 있었기 때문이다. 당분간 어깨끈이 없는 드레스는 못 입을 게 분명했고, 당장 전문가가 치료해주지 않는 한 흉터도 남을 것 같았다. 그녀는 자매들과 무제한 격투를 벌이고 온 하피* 같았다.

마일스가 말했다. "좀 앉아봐요!"

벨은 불만스러운 말투로 짧게 대답했다. "저 고양이를 죽일 거예요."

"그럼 앉지 말고 가서 씻어요. 아이오딘을 가져와서 발라줄 테니 나도 치료해주고요. 대신 그 고양이는 잊어요. 잘 쫓아냈잖아요."

벨이 다소 앞뒤가 안 맞는 말을 했지만 마일스는 그 뜻을 이해했다. "당신도 대단했어요. 하지만 벨, 생각 좀 해봐요. 총은 없지만 있다고 치고, 당신이 나가서 총질을 하면 어떻게 될까요? 고양이를 잡든 못 잡든 10분 안에 경찰이 와서 살펴보고 질문을

* 그리스 신화에 등장하는 괴수. 얼굴과 가슴은 여성을 닮았고 날개와 몸은 독수리를 닮았다.

할 거예요. 댄이 저 꼴인데 그리고 싶어요?" 그는 엄지손가락으로 나를 가리켰다. "이 밤에 총도 없이 집 밖으로 나가면 저 짐승이 당신을 죽일 거예요." 그는 더 진지한 목소리로 벨에게 말했다. "분명히 저런 동물을 잡아두는 법이 있을 거예요. 저놈은 공공 위협요소라고요. 우는 것 좀 들어봐요."

나를 포함한 세 사람은 피트가 집 주변을 맴도는 소리를 들을 수 있었다. 녀석은 더 이상 울부짖지 않았다. 이제 피트는 전사처럼 포효하면서, 한 명이든 여러 명이든 상관없으니 무기를 들고 밖으로 나오라고 도발하고 있었다.

벨은 그 소리를 듣고 몸을 떨었다. 마일스가 말했다. "걱정하지 말아요. 집엔 못 들어오니까. 당신이 열어놨던 망사문도 걸었고 정문도 잠갔어요."

"내가 안 열었다니까요!"

"그건 좋을 대로 생각해요." 마일스는 돌아다니면서 창문이 제대로 잠겼는지 확인했다. 이윽고 벨이 거실에서 나갔고 마일스도 뒤를 따랐다. 그들이 사라지고 얼마 안 있어 피트도 조용해졌다. 두 사람이 얼마나 자리를 비웠는지는 모르겠다. 나는 시간 흐름에 관심이 없었기 때문이다.

벨이 먼저 돌아왔다. 화장과 머리모양새가 완벽했고, 소매가 길고 목깃이 높은 드레스 차림에 엉망이던 스타킹도 새것이었다. 얼굴 곳곳에 일회용 밴드가 붙은 걸 빼면 전투의 흔적은 보이지 않았다. 표정이 음울하지 않고 다른 상황에서 만났다면 그녀의 외모를 보면서 기분이 좋아졌을 것이다.

그녀는 곧장 내게 다가와서 일어서라고 지시했고, 나는 그 말에 따랐다. 그녀는 빠르고 능숙하게 내 몸을 뒤졌다. 윗주머니와 셔츠 주머니와 다른 양복에선 볼 수 없는 재킷 옆구리의 비스듬한 주머니에 이르기까지 어느 하나 빼놓지 않았다. 건진 것은 많지 않았다. 현금이 조금 든 지갑, 신분증, 운전면허증, 열쇠, 잔돈 몇 푼, 먼지가 많은 날 쓰는 흡입기를 비롯한 작은 잡동사니들이 있었고, 그녀가 직접 내게 보낸 보증수표가 담긴 봉투가 있었다. 그녀는 내가 봉투에 적어놓은 비공개 이서를 보더니 어리둥절한 표정을 지었다.

"댄, 이게 뭐야? 보험이라도 들었어?"

"아니." 나는 자세히 설명하려 했지만 마지막 질문에 대답하는 것 정도가 최선이었다.

그녀는 인상을 찡그리고 봉투를 다른 주머니 내용물과 함께 두었다. 그다음 피트의 가방이 눈에 띄자 내가 서류를 넣어두곤 하던 주머니를 떠올렸는지 집어 들어서 안을 열었다.

그리고 내가 상호보증회사와 작성한 열대여섯 장짜리 서류 뭉치 네 부를 금세 발견했다. 벨은 앉아서 읽기 시작했다. 나는 그녀의 지시에 따라 일어선 자리에서 운반을 기다리는 재단사용 인형처럼 서 있었다.

이윽고 마일스가 실내복을 입고 슬리퍼를 신고 상당히 많은 붕대와 반창고를 들고 나타났다. 그는 매니저 때문에 강적을 만나고 돌아온 4류 미들급 권투선수처럼 보였다. 대머리 앞뒤로 붕대를 둘둘 휘감은 모습이었다. 몸을 숙이고 있다가 피트에게

당한 것 같았다.

벨이 그를 흘끗 바라보더니 조용히 하라는 수신호를 보내고는 자신이 읽고 있는 서류 뭉치를 가리켰다. 마일스는 앉아서 읽기 시작했다. 그는 벨의 진도를 따라잡고 나서 그녀의 어깨너머로 마지막 장을 함께 읽었다.

벨이 말했다. "이러면 상황이 달라져요."

"그 정도가 아니에요. 입소일이 12월 4일이니까⋯ 내일이에요. 벨, 지금 상황이 모하비 사막 정오의 태양처럼 위험해요. 댄을 빨리 데리고 나가야 한다고요!" 마일스가 시계를 쳐다보았다. "아침이 되면 사람들이 댄을 찾아 나설 거예요."

"마일스, 당신은 꼭 조리 버튼을 누르자마자 음식을 꺼낸다니까요. 이건 기회예요. 어쩌면 우리에게 가장 좋은 기회일지도 몰라요."

"설명해봐요."

"좀비 약물은 효과가 좋지만 한 가지 부작용이 있어요. 당신이 어떤 사람에게 약물을 주사하고 원하는 지시사항을 주입했다고 쳐봐요. 그러면 시킨 대로 움직여요. 어쩔 수 없이 당신의 명령을 실행한다고요. 혹시 최면술에 대해 아는 거 있어요?"

"잘 몰라요."

"당신은 법밖에 모르죠? 호기심이 없으니까 그렇지. 후최면 암시는, 그러니까 지금 가정한 경우가 후최면 암시인데요, 충돌을 일으킬 수 있어요. 사실 피술자가 진심으로 원하는 바와 거의 반드시 충돌해요. 그러면 결국 정신과 의사의 손에 넘어가겠죠.

실력이 좋은 의사라면 원인이 뭔지 알아낼 거예요. 댄이 정신과 의사에게 가서 우리가 내린 명령에서 풀려날 가능성이 있다고요. 그렇게 되는 날엔 엄청나게 시끄러워지겠죠."

"젠장, 이 약만 있으면 확실히 된다고 했잖아요."

"세상에. 마일스, 살다가 기회가 오면 뭐든 잡아야 하는 법이에요. 그게 살아가는 재미라고요. 잠깐 생각 좀 해볼게요."

잠시 후 그녀가 말했다. "제일 간단하고 안전한 방법은 댄이 준비한 냉동수면을 그대로 받게 내버려두는 거예요. 그러다가 죽으면 우리 눈앞에서 깔끔하게 사라지죠. 우리로서는 모험을 할 필요도 없어지고요. 복잡한 명령을 잔뜩 내린 다음 풀려나지 말라고 기도하는 것보다 나아요. 그러니까 원래 계획대로 냉동수면에 들어가도록 명령한 다음 약기운을 없애고 여기서 내보내면 돼요. 아니면… 먼저 내보내고 약기운을 없애든지." 그녀가 나를 바라보았다. "댄, 냉동수면은 언제 시작해?"

"안 할 건데."

"뭐? 그럼 이건 다 뭔데?" 그녀는 가방에서 꺼낸 서류를 가리켰다.

"냉동수면에 필요한 서류지. 상호보증회사와 내가 작성한 계약서야."

"멍청하기는." 마일스가 덧붙였다.

"어… 당연히 그렇겠죠. 그 약에 취하면 제대로 생각을 못 한다는 사실을 자꾸 잊어먹네요. 듣고 말하고 질문에 대답도 할 수 있지만… 질문도 제대로 해야 한다 이거죠. 생각을 못 하니까."

벨은 내게 다가오더니 눈을 마주쳤다. "댄, 냉동수면 계약에 대해 전부 말해봐. 처음부터 끝까지 하나도 빼먹지 말고. 필요한 서류는 여기 다 있어. 오늘 막 서명하고 온 게 분명해. 그런데 방금 안 한다고 했지? 왜 그러는지 말해봐. 애초에 냉동수면을 계획한 이유도 알고 싶고 이제는 안 한다는 이유도 알고 싶어."

그래서 나는 벨에게 털어놓았다. 그런 식으로 물으면 대답할 수 있었다. 그녀가 내린 지시사항에 따라 처음부터 끝까지 세부사항을 모조리 얘기하느라 긴 시간이 흘렀다.

"그러니까 드라이브인 식당에서 안 하기로 마음먹었다고? 그 대신 여기 와서 우리를 괴롭히기로 결심했다고?"

"응." 나는 계속 얘기하려 했다. 그 후에 어디에 들렀는지, 피트에게 무슨 말을 하고 피트가 어떻게 대답했는지, 잡화점에 들러서 가사도우미 주식을 어떻게 처리했는지, 마일스네 집까지 어떻게 왔는지, 피트가 차에서 기다리기 싫어서 무슨 말을 했는지, 그리고….

하지만 그녀는 틈을 주지 않고 말했다. "댄, 당신은 생각을 다시 바꿨어. 이제 냉동수면에 들어가고 싶어. 그러니까 냉동수면을 할 거야. 그 어떤 일이 벌어지더라도 당신은 냉동수면을 할 거야. 무슨 말인지 알겠지? 앞으로 어떻게 할 거라고?"

"난 냉동수면을 할 거야. 난 냉동수면을…." 나는 휘청거리기 시작했다. 다른 지시를 받지 않았기 때문에 1시간이 넘도록 어떤 근육도 움직이지 않고 깃대처럼 서 있다 보니 그랬던 모양이다. 나는 천천히 벨을 향해 쓰러지기 시작했다.

그녀는 깜짝 놀라 뒤로 물러서면서 소리를 질렀다. "앉아!"

나는 앉았다.

벨은 마일스에게 말했다. "통하네요. 하나라도 빼먹지 않도록 계속 주입해야겠어요."

마일스가 시계를 쳐다보았다. "정오에 의사와 만나기로 했다던데요."

"시간은 많아요. 그래도 우리가 거기까지 태워다주는 게 낫겠어요. 확실히… 아, 이런 제기랄."

"왜 그래요?"

"여유가 너무 없어요. 아까 댄이 나를 때릴까 봐 약효를 빨리 보려고 말 한 마리에 쓸 만한 양을 주사했어요. 12시가 되면 웬만한 사람은 알아채지 못할 정도로 약기운이 사라질 거예요. 하지만 의사는 얘기가 다르죠."

"형식적인 면담일 거예요. 신체검사 결과가 나왔고 서명도 돼 있잖아요."

"의사가 했다는 말을 당신도 들었잖아요. 술을 마시지 않았는지 확인하려고 검사를 할 거예요. 다시 말하면 반사신경을 검사하고 반응 시간도 확인하고 눈도 들여다보고… 우리에게 위험요소가 되는 검사는 다 할 거라고요. 의사가 그러도록 내버려둘 수는 없어요. 마일스, 이 방법으론 안 돼요."

"그럼 내일은 어때요? 전화해서 조금 연기하겠다고 하면 되잖아요."

"입 다물어요. 생각 좀 하게."

벨은 잠시 후 내가 가져온 서류를 훑어보기 시작했다. 그리고 거실에서 나갔다가 보석상에서 쓰는 소형돋보기를 갖고 즉시 돌아왔다. 그녀는 돋보기를 단안경처럼 오른쪽 눈에 끼우고 서류를 한 장씩 아주 세심하게 다시 검사했다. 마일스가 무슨 일인지 묻자 손짓으로 질문을 막아버렸다.

마침내 벨이 눈에서 돋보기를 떼어내고 말했다. "하나같이 똑같은 공공 문서 양식을 써서 정말 다행이에요. 전화번호부 좀 갖다줘요."

"왜요?"

"가져오라면 가져와요. 정확한 회사명을 확인하려고 그래요. 아, 이미 알긴 하지만 확실하게 해두려고 그래요."

마일스는 투덜거리면서 벨이 원하는 것을 가져다주었다. 벨은 전화번호부를 뒤지더니 말했다. "맞네. '캘리포니아 마스터 보험회사.' 그리고… 서류마다 이 이름을 적을 만한 공간이 있어요. 마스터가 아니라 모터스였으면 아주 쉬웠을 텐데. 하지만 모터스 보험회사가 냉동수면을 취급하는지 확실하지가 않네요. 그냥 자동차와 트럭만 상대하는 것 같은데." 그녀가 마일스를 쳐다보고 말했다. "지금 당장 차로 나 좀 공장에 데려다줘요."

"왜요?"

"행정용 활자체와 탄소 리본을 쓰는 전동타자기를 그것보다 빨리 구할 길이 있으면 안 그래도 되고요. 아니지, 타자기는 당신이 가서 가져와요. 난 전화 좀 써야겠어요."

마일스가 인상을 찡그렸다. "무슨 계획인지는 알겠어요. 하지만 벨, 이건 안 돼요. 지나치게 위험하다고요."

벨이 웃었다. "그거야 당신 생각이죠. 우리가 처음으로 동업하기 전부터 잘 아는 사람들이 있다고 내가 말한 적 있잖아요. 당신 혼자서 이번 매닉스 건을 해낼 수 있었을까요?"

"음, 모르겠어요."

"난 알아요. 그리고 당신은 마스터 보험사가 매닉스 그룹에 속해 있다는 사실도 모르겠죠."

"흠, 몰랐어요. 그렇다고 뭐가 달라지는지도 모르겠고요."

"이번에도 내가 아는 사람들이 도와줄 수 있다는 뜻이에요. 잘 들어봐요, 마일스. 내가 전에 일하던 회사가 매닉스 엔터프라이즈의 자본 손실 문제를 도와준 적이 있어요. 회사 대표가 이 나라를 떠나기 전의 일이지만요. 댄이 우리 생각에 동의한다는 보장도 없었는데 우리가 어떻게 이런 멋진 거래를 성사시켰다고 생각하는 거예요? 나는 매닉스를 아주 잘 알아요. 그러니까 가서 타자기나 가져와요. 예술가가 어떻게 일하는지 보여줄 테니까. 나가면 고양이 조심하고요."

마일스는 툴툴거리면서도 밖으로 나갔다가 잠시 후 다시 돌아왔다. "벨? 댄이 차를 집 앞에 세워두지 않았어요?"

"그건 왜요?"

"차가 안 보여요." 그가 걱정스러운 얼굴로 말했다.

"흠, 굽잇길 너머에 세웠나보죠. 그건 중요하지 않아요. 가서 타자기나 가져와요. 빨리!"

마일스는 다시 밖으로 나갔다. 차를 어디 세워뒀는지 말해줄 수도 있었지만 아무도 묻지 않았기 때문에 나는 그 문제를 생각하지 않았다. 사실 생각이라는 걸 전혀 하고 있지 않았다.

벨이 집 안 어딘가로 가버린 탓에 나는 홀로 남았다. 주위가 햇빛으로 밝아지자 마일스가 초췌한 모습으로 타자기를 들고 돌아왔다. 그리고 나는 다시 혼자가 되었다.

이윽고 벨이 거실로 돌아오면서 말했다. "댄, 저기 어딘가에 가사도우미 주식을 보험사에 맡긴다는 서류가 있어. 당신은 이제 그러고 싶지 않아. 대신 그걸 나한테 주고 싶어."

나는 대답하지 않았다. 그녀는 귀찮다는 얼굴로 다시 말했다. "그럼 이렇게 표현해보지. 당신은 진심으로 그걸 나한테 넘기고 싶어. 당신도 그렇다는 사실을 알고 있어. 알고 있는 거지?"

"응. 난 주식을 당신한테 주고 싶어."

"좋아. 당신은 주식을 나한테 주고 싶어. 주식을 나한테 줘야 해. 그걸 나한테 줘야 행복해질 거야. 자, 주식 어디 있어? 차에 있어?"

"아니."

"그럼 어디 있어?"

"우편으로 보냈는데."

"뭐?" 그녀의 목소리가 높아지기 시작했다. "어디로 보냈어? 누구한테 보냈어? 도대체 왜 그랬어?"

그녀가 두 번째 질문만 하고 말았다면 대답했을 것이다. 하지만 나는 마지막 질문에 대한 대답을 했다. 그 이상은 무리였으니까. "양도했어."

마일스가 끼어들었다. "주식을 어디에 뒀대요?"

"우편으로 부쳤대요. 왜냐하면⋯ 양도했다네요! 댄의 차를 찾아내서 뒤져봐요. 어쩌면 안 부쳤는데 착각하고 있는지도 모르니까. 보험사에서는 분명히 몸에 지니고 있었을 거예요."

"양도했다고?" 마일스가 같은 말을 되풀이했다. "세상에, 누구한테?"

"물어볼게요. 댄, 주식을 누구에게 양도했어?"

"아메리카 은행에." 벨이 이유를 물었다면 나는 리키에 관한 얘기를 털어놓았을 것이다.

그녀가 할 수 있는 거라고는 어깨를 축 늘어뜨리고 한숨을 쉬는 것뿐이었다. "이건 안 되겠어요, 마일스. 주식은 잊어버리자고요. 은행에서 주식을 찾아오려면 위조문서만으로는 안 돼요." 그녀는 갑자기 몸을 곧게 폈다. "아직 주식을 보내지 않았다면 모를까. 안 보냈으면 세탁소에 들어갔다가 나온 것처럼 양도 대상 부분을 예쁘게 날려버리고⋯ 내 이름을 대신 집어넣을 수 있는데."

"우리 이름이겠죠." 마일스가 정정했다.

"그런 건 중요하지 않아요. 가서 차나 찾아봐요."

마일스는 꽤 시간이 흐른 뒤 돌아와서 결과를 보고했다. "근처 여섯 블록을 다 뒤졌는데 안 보여요. 차를 타고서 도로는 물론이고 골목까지 전부 찾아봤어요. 택시를 타고 왔나 봐요."

"차를 몰고 왔다는 얘기는 당신도 들었잖아요."

"흠, 어쨌든 바깥엔 없어요. 그보다 주식을 언제 어디서 부쳤는지 물어봐요."

벨은 그의 말에 따랐고 나는 사실을 얘기했다. "이리 오기 직전에. 세풀베다와 벤투라 대로변에 있는 우체통에 넣었어."

"거짓말을 하는 걸까요?" 마일스가 물었다.

"댄은 거짓말을 할 수 없어요. 저런 상태로는 못 해요. 지어냈다고 보기에는 너무 확신하고 있고요. 잊어버려요, 마일스. 일단 냉동수면에 들어가고 나면 그 전에 우리에게 매도했기 때문에 양도가 무효라고 주장할 수 있을 거예요. 최소한 시도라도 해보려면 빈 종이에 서명을 받아서 준비해놔야겠어요."

벨은 내게서 서명을 받아내려 했고 나도 그녀를 기쁘게 해주려고 애를 썼다. 하지만 상태가 그렇다 보니 그녀가 만족할 정도로 서명을 할 수가 없었다. 그녀는 결국 내 손에서 종이를 낚아채고 사악한 목소리로 말했다. "돌아버리겠네! 내가 해도 그것보다는 진짜 같겠다." 그러더니 내게 몸을 바짝 대고 힘주어 말했다. "그 고양이를 죽여버리지 못한 게 유감이야."

두 사람은 한동안 나를 괴롭히지 않았다. 그러다가 벨이 돌아오더니 말했다. "댄, 내가 주사를 한 대 놔줄게. 그럼 기분이 아주 좋아질 거야. 일어서서 돌아다닐 수도 있고 평상시와 똑같이 행동할 수 있을 거야. 당신은 아무에게도 화가 안 났어. 특히 나와 마일스에게는 화가 나지 않았어. 우린 당신과 가장 친한 친구야. 알았지? 당신과 가장 친한 친구가 누구라고?"

"당신이 가장 친해. 당신과 마일스가."

"하지만 난 친구 이상이야. 난 당신 동생이야. 당신 입으로 말해봐."

"당신은 내 동생이야."

"좋았어. 이제 다 같이 차를 타고 나갈 거야. 당신은 그다음에 장기수면에 들어갈 거야. 당신은 몸이 아팠지만 자고 일어나면 건강해질 거야. 알아들었지?"

"응."

"내가 누구라고?"

"나랑 가장 좋은 친구. 당신은 내 동생이야."

"그래, 착하지. 소매 걷어."

나는 주삿바늘이 들어오는 느낌을 받지 못했다. 하지만 바늘을 뽑아내자 따끔거렸다. 나는 일어나 앉아서 어깨를 으쓱하고 말했다. "에이, 아프잖아. 그게 무슨 주사였어?"

"기분이 좋아지게 해주는 약이야. 당신은 아팠거든."

"맞아, 난 아프지. 마일스는 어디 있어?"

"곧 올 거야. 저쪽 팔에도 주사 놓자. 소매 걷어."

나는 '왜'라고 물었지만 소매를 올리고 다시 주사를 맞다가 깜짝 놀랐다.

벨이 웃었다. "그렇게 아프지는 않았지?"

"뭐? 응, 안 아팠어. 이건 왜 맞은 거야?"

"이걸 맞았으니 차를 타고 가는 동안 잠이 올 거야. 목적지에 도착하면 깨어날 테고."

"알았어. 자고 싶네. 장기수면을 하고 싶어." 나는 그렇게 말하고는 어리둥절한 얼굴로 주변을 둘러보았다. "피트는 어디에 있어? 피트도 나랑 같이 장기수면을 해야 하는데."

"피트?" 벨이 말했다. "아, 기억 안 나? 피트는 리키한테 보냈잖아. 걔가 잘 돌봐줄 거야."

"아, 그랬지!" 나는 안심하면서 미소를 지었다. 피트를 리키에게 보냈으니까. 피트를 우편으로 보낸 기억이 났다. 잘된 일이었다. 리키는 피트를 사랑하고 내가 잠든 동안 잘 돌봐줄 테니까.

두 사람은 나를 차에 태워 소텔에 있는 통합성소로 갔다. 전용 성소를 직접 운영하지 못하는 다수의 군소 보험사가 이용하는 장소였다. 나는 이동하는 내내 잠들어 있다가 벨이 말을 걸자마자 눈을 떴다. 마일스는 차에 남았고 벨이 나를 데리고 들어갔다. 안내데스크에 있던 여성직원이 우리를 보고 말했다. "댄 데이비스 씨인가요?"

"맞아요." 벨이 대답했다. "저는 댄의 동생이에요. 마스터 보험사 직원이 여기 있나요?"

"9번 치료실에 가면 계실 거예요. 준비를 마치고 기다리는 중이에요. 서류는 마스터 보험사에서 나온 분께 드리면 되고요." 직원이 나를 흥미로운 눈으로 바라보았다. "신체검사는 다 마치셨나요?"

"오, 그럼요!" 벨이 자신 있게 대답했다. "알고 계시겠지만 오빠는 치료 때문에 입소가 지연됐어요. 지금은 통증 때문에… 아편에 취한 상태고요."

안내직원은 측은한 표정으로 혀를 찼다. "그럼 어서 들어가세요. 저 문으로 들어가서 왼쪽이에요."

9번 치료실에는 외출복을 입은 남자와 하얀 가운을 입은 남자와 간호사복을 입은 여자가 있었다. 벨이 내가 통증 때문에 진정제를 맞았다고 다시 설명하는 동안 그 사람들은 나를 어린 아이 취급하면서 옷을 벗도록 도와주었다. 가운을 입은 남자는 내가 옷을 다 벗고 침대에 눕자 배를 문지르다가 손가락으로 세게 눌러보았다. "이 사람은 아무 문제 없겠어." 그가 말했다. "배 속은 비어 있네."

"댄 오빠는 어제저녁부터 지금까지 아무것도 안 먹고 안 마셨어요." 벨이 맞장구를 쳤다.

"잘하셨네요. 가끔 성탄절용 칠면조를 배에 잔뜩 채우고 오는 사람이 있거든요. 상식이란 게 없는 사람들이죠."

"맞아요, 진짜 맞는 말이에요."

"그럼요. 자, 주사를 놓을 테니 주먹을 꽉 쥐세요."

그의 말에 따르자 정말로 눈앞이 흐려지기 시작했다. 나는 갑자기 떠오른 의문 때문에 몸을 일으키려고 애를 썼다. "피트는 어딨지? 피트가 보고 싶은데."

벨이 내 머리를 붙들고 입을 맞췄다. "자, 자. 기억 안 나? 피트는 못 와. 피트는 리키랑 함께 있어야 하니까." 내가 조용해지자 벨이 부드러운 목소리로 다른 사람들에게 말했다. "피트 오빠는 딸이 아파서 집에 있거든요."

나는 잠에 빠져들었다. 이윽고 매우 추워졌지만 손이 움직이지 않아 이불을 당길 수가 없었다.

제 2 부

5

나는 바텐더에게 에어컨이 너무 세다고 불평을 하고 있었다. 주변 온도가 너무 낮아서 다들 감기에 걸릴 것 같았다. "괜찮아요." 바텐더가 나를 안심시켰다. "잠들면 못 느낄 테니까. 잠이 온다… 잠이 온다… 자장자장, 잠이 내려온다." 바텐더의 얼굴은 벨과 똑같았다.

"몸을 덥히는 술이라도 마시면 좀 괜찮아질까요?" 나는 궁금했다. "톰 앤 제리*라도? 아니면 버터를 띄운 범(bum)?"

"부랑자(bum)는 당신이야!" 의사가 대답했다. "잠을 너무 많이 잤나보군. 여기서 나가, 이 부랑자야!"

나는 침대 난간에 발을 걸어 사람들에게 저항하려 했다. 하

---

* 미국에서 크리스마스철에 마시는 전통 칵테일로, 달걀술에 브랜디와 럼주를 섞고 뜨겁게 해서 마신다.

지만 난간에 발을 걸 곳이 없었다. 웃긴 일이었다. 나는 위를 보고 바닥에 뻗어버렸다. 더 웃긴 일이 있었다. 발이 없는 사람이 침대에서 떨어지지 않도록 안전장치를 해두지 않았다는 점이었다. 나는 발이 없었다. 그러니 난간에 발을 걸 수도 없었다. 게다가 손도 없었다. "이봐, 야옹아, 내 손이 없어졌어!" 피트가 내 가슴에 올라타서 울부짖었다.

나는 군대로 돌아가 기초 훈련을 받고 있었다. 적어도 고등 기초훈련임이 틀림없었다. 헤일 기지에 있었고, 남자답게 만들어준다는 미명하에 목덜미 속으로 눈을 던져넣는 바보 같은 훈련을 받고 있었기 때문이다. 나는 콜로라도에서 가장 크고 거지 같은 산을 기어올라야 했다. 산은 온통 얼음뿐이었고 나는 발이 없었다. 그런데도 생전 처음 보는 커다란 짐을 운반하고 있었다. 군에서 노새 대신 사병을 짐꾼으로 쓸 수 있는지 실험한다던 얘기가 기억났다. 나는 소모품이기 때문에 그 실험에 차출되었다. 꼬맹이 리키가 뒤에서 밀어주지 않는다면 임무를 완수하지 못할 것 같았다.

원사가 나를 돌아보았다. 그는 벨과 얼굴이 똑같았고, 노발대발하고 있었다. "이봐, 너! 나는 널 못 기다려준다. 네가 성공하든 말든 상관은 없지만… 여기까지 오지 못하면 잠들 수 없을 줄 알아라."

나는 발이 없어서 더 나아갈 수 없었고 눈밭으로 굴러떨어졌다. 눈은 얼음장처럼 따뜻했고 나는 잠에 빠졌다. 옆에서는 꼬맹이 리키가 울부짖으면서 잠들지 말라고 애걸했다. 하지만 나는 자야 했다.

눈을 떠보니 옆에 벨이 있었다. 그녀는 내 몸을 흔들며 말했다. "댄, 일어나! 30년을 기다려줄 수는 없어. 여자는 미래를 생각해야 한다고." 나는 일어서서 침대 밑에 있던 금괴 가방을 그녀에게 건넸다. 하지만 그녀는 보이지 않았고… 얼굴이 벨과 똑같은 가사도우미가 금괴를 전부 꺼내서 맨 위에 있는 쟁반에 담고는 빠른 걸음으로 방에서 나갔다. 나는 쫓아가고 싶었지만 발이 없었고, 심지어 몸뚱이도 없다는 사실을 알아챘다. "난 몸이 없어. 이 몸을 신경 써주는 사람도 없고…." 이 세상에 있는 거라고는 원사와 임무뿐이었다. 그러니 어디서 무슨 일을 하든 무슨 차이가 있겠는가? 나는 사람들이 내게 마구를 씌우도록 내버려둔 다음 얼음투성이 산을 기어오르기 위해 돌아갔다. 주변은 온통 흰색뿐이었고 아름답게도 둥글었다. 장밋빛 꼭대기까지 올라갈 수만 있다면 잠들 수 있었다. 나는 잠을 자야 했다. 하지만 절대 성공할 수가 없었다. 손이 없고 발도 없고 아무것도 없었기 때문이다.

산에 있던 숲에 불이 붙었다. 눈은 녹지 않았지만 바동거리는 동안 나를 때리는 열풍을 느낄 수 있었다. 원사가 내게 몸을 숙이고 말했다. "일어나라… 일어나라… 일어나라."

✳

그는 내가 잠들지 못하도록 막았기 때문에, 깨운다는 것 또한 말이 되지 않았다. 그로부터 한동안은 무슨 일이 있었는지 분명하지가 않았다. 나는 진동하는 침대 위에 있기도 했고, 빛과 뱀처럼 생긴 장비를 보기도 했고, 수많은 사람도 보았다. 하지만 완전히 잠에서 깨고 보니 나는 병원 침대에 누워 있었다. 터키식으로 목욕을 하고 나온 것처럼 몸에 힘이 없고 둥둥 떠 있는 기분이 든다는 점만 빼면 기분은 괜찮았다. 손과 발도 제대로 붙어 있었다. 하지만 아무도 내게 말을 걸지 않았고, 내가 질문을 할 때마다 간호사가 무언가를 입에 집어넣었다. 그리고 나는 마사지를 엄청나게 많이 받았다.

하루는 몸 상태가 좋길래 눈을 뜨자마자 침대에서 내려섰다. 조금 어지럽긴 했지만 별다른 이상은 없었다. 나는 내가 누구인지 기억하고 있었고 어떻게 그 장소에 있는지도 알았고 다른 것들은 전부 꿈이라는 점도 알고 있었다.

나를 그런 장소에 밀어넣은 사람이 누군지도 알고 있었다. 내가 약에 취해 있는 동안 벨이 사기극을 전부 잊으라고 지시했는지는 모르겠다. 하지만 그 지시가 효과가 없었거나, 30년간의 냉동수면에 최면 효과가 사라져버린 것 같았다. 어떤 기분인지 말로 정확히 표현할 수는 없었다. 기분이란 전적으로 주관적이니까. '어제' 일어난 일은 아주 뚜렷하게 기억하고 있었다. 하지만 그 일련의 사건에 대한 내 감정은 아주 먼 곳에 자리하고 있었다. 텔레비전 야구 중계방송에서 카메라는 야구장 전경을 멀리서 잡고 그 광경 위로 투구 동작을 하는 투수의 모습이 반투명하게 겹쳐진 장면을 본 적 있는가? 그때와 비슷하게… 내 의식의 모음집은 확대되어 있는 반면 감정적인 반응은 오래전 아주 먼 곳에 위치하고 있었다.

나는 무슨 수를 써서든 벨과 마일스를 찾아내서 잘게 썬 다음 고양이 먹이로 줄 생각이었다. 하지만 급하지는 않았다. 내년쯤이면 괜찮을 것 같았다. 당장은 그것보다 2000년의 모습을 구경하고 싶은 마음이 훨씬 더 컸다.

고양이 얘기가 나와서 말인데, 피트는 어디에 있을까. 멀지 않은 곳에 있는 건 분명했다. 우리 작고 가여운 녀석이 냉동수면을 이겨냈다면 말이지만.

그 순간에 이르러서야 비로소 피트를 함께 데려오려던 신중한 계획이 무산됐다는 사실이 떠올랐다.

나는 벨과 마일스를 '보류' 항목에서 꺼내어 '긴급' 항목에 집어넣었다. 이것들이 감히 내 고양이를 죽이려 들었단 말인가?

두 사람은 피트를 죽이는 것보다 더 끔찍한 짓을 저질렀다. 녀석을 길거리로 내쫓아서 쓰레기를 찾아 뒷골목을 방황하다가 여생을 보내게 만들었던 것이다. 그러는 동안 피트는 갈비뼈가 다 드러났을 테고, 사랑스럽고 요정 같았던 본성을 잃고 두 발달린 짐승을 불신하게 되었을 것이다.

벨과 마일스는 피트를 죽음으로 내몰았다. 지금까지 살아 있을 리가 없으니까. 피트는 내가 자신을 버렸다고 생각하며 죽었을 것이다.

반드시 복수해야 했다. 두 사람이 아직 살아 있다면. 입에 담기도 싫지만, 나는 그들이 살아 있기를 진심으로 바랐다!

나는 침대 발치에서 난간을 꼭 붙들고 몸을 지탱하면서 환자복만 입고 서 있었다. 사람을 부를 방법을 찾아 주변을 둘러보았다. 병실은 예전과 크게 달라지지 않았다. 창문이 없었기 때문에 빛이 어디서 들어오는지 알 수가 없었다. 침대는 내가 기억하는 옛 시절의 병원 침대와 똑같이 높고 좁았다. 하지만 기계 장치가 추가되어 단순히 잠만 자는 용도로 쓰는 것처럼 보이지는 않았다. 무엇보다 하단에 부착된 배관이 눈에 띄었다. 환자의 용변을 기계로 처리하는 것 같았다. 그리고 보조 탁자와 침대가 일체형이었다. 보통 때라면 그런 기구에 큰 흥미가 생겼겠지만 당장은 간호사를 호출하는 배 모양의 스위치를 찾아야 했다. 내 옷을 입고 싶었다.

나는 그런 스위치 대신 다른 형태로 변한 장치를 찾아냈다. 탁자 같지 않은 탁자 옆에 압력식 스위치가 붙어 있었다. 나는 호출용 스위치를 찾다가 그 장치를 건드렸다. 그러자 내가 누워 있을 때 머리를 둔 곳의 반대편에 있던 투명판에 빛나는 글자가 떠올랐다. '간호사 호출.' 글자들은 잠시 깜빡거리다가 금세 다른 문장으로 바뀌었다. '잠시만 기다려주세요.'

병실문이 조용히, 그리고 아주 빠르게 옆으로 밀려들어 가더니 간호사가 들어왔다. 간호사의 모습은 크게 바뀌지 않았다. 그리고 군대에서 훈련을 담당하는 부사관처럼 익숙하고 단호한 동작으로 움직였다. 그녀는 연보랏빛으로 염색한 단발머리에 발랄하고 작은 흰색 모자를 썼고 하얀 근무복을 입고 있었다. 1970년의 복장과 다른 방식으로 재단되어 신체를 가리거나 드러낸 부분이 낯설긴 했다. 그래도 직업 특유의 행동방식 때문인지 어느 시대에서 만나더라도 간호사로 보일 듯했다.

"침대로 올라가세요!"

"제 옷은 어디에 있죠?"

"침대로 올라가세요, 당장!"

나는 이성적으로 대답했다. "이봐요, 간호사님. 난 자유로운 시민이고, 스물한 살이 넘었고, 범죄자도 아니에요. 침대로 돌아갈 의무도 없고 그럴 생각도 없다고요. 그러니 내 옷을 어디에 뒀는지 알려주세요. 아니면 지금처럼 마음대로 밖에 나가서 찾아볼까요?"

간호사는 나를 쳐다보다가 갑자기 돌아서서 나가버렸다. 문은 자동으로 열리면서 그녀에게 길을 내주었다.

하지만 내가 다가서자 꼼짝도 하지 않았다. 나는 기술자의 한 사람으로서 다른 기술자가 상상한 것을 알아낼 수 있으리라고 확신하면서 구조를 연구하기 시작했다. 그때 문이 다시 열리고 남자가 들어왔다.

"안녕하십니까." 남자가 말했다. "난 알브레히트 박사라고 합니다."

남자의 복장은 할렘 선데이* 참석자와 소풍 가는 사람들의 옷

---

* 뉴욕시 할렘 자치구에서 일요일에 열리는 가스펠 중심의 예배

을 절반씩 섞어놓은 것 같았다. 하지만 무뚝뚝한 태도나 피로에 찌든 눈으로 보아 전문직 종사자가 맞는 것 같았다. 나는 그의 말을 믿었다. "안녕하세요, 선생님. 제 옷을 찾고 싶은데요."

알브레히트 박사는 병실문이 자동으로 닫히지 않을 만큼만 걸어가더니 품 안에 손을 넣고 담뱃갑을 꺼냈다. 그리고 담배를 한 개비 꺼내어 기세 좋게 허공에 휘두르고는 입에 물고 한 모금을 빨았다. 그러자 불이 붙었다. 그는 내게 담뱃갑을 내밀었다. "피우시겠습니까?"

"아뇨, 괜찮아요."

"피워보세요. 무해한 담배니까."

나는 고개를 저었다. 나는 늘 옆에서 연기를 내며 타들어가는 담배와 함께 일을 했다. 내 재떨이에 쌓여가는 꽁초와 제도판을 그을린 자국을 보면 일의 진척도를 알 수 있었다. 그런데 이제 담배 연기를 보면서 조금 현기증이 났다. 오랜 시간 동안 잠을 자다 보니 니코틴 중독이 사라진 모양이었다. "고맙지만 사양할게요."

"알겠습니다, 댄 데이비스 씨. 난 6년째 이 일을 하고 있어요. 수면학과 의식 회복 같은 분야의 전문가거든요. 이런 시설을 옮겨 다니면서 환자 8,073명이 저온수면에서 빠져나와 일상으로 돌아오도록 도와주고 있어요. 환자분이 8,074번째고요. 환자들은 의식이 돌아오면 별의별 희한한 짓들을 합니다. 물론 비전문가가 보기에 그렇다는 얘기예요. 어떤 사람은 다시 잠들고 싶은데 내가 계속 깨운다면서 비명을 지릅니다. 그러다가 정말로 잠들어서 어쩔 수 없이 다른 종류의 시설로 이송되는 사람도 있고요. 냉동수면이 단방향 여행이고 자신이 잠들었던 연도로 돌아갈 방법이 전혀 없다는 사실을 깨달으면 하염없이 우는 사람도 있어요. 그리고 어떤 사람들은, 환자분처럼 옷을 내놓으라고 하고는 거리로 뛰어나가기도 하죠."

"그래요? 문제 될 게 있나요? 내가 죄수는 아니잖아요?"

"맞아요. 본인 옷을 입는 건 아무 문제 없어요. 아마 유행에 뒤떨어졌다는 걸 깨닫겠지만, 그거야 내 문제는 아니죠. 그래도 사람들이 환자분 옷을 찾아오는 동안에, 지금 이 순간 미칠 듯이 다급하게 참석할 일이 뭔지 나한테 알려주면 어떨까요. 30년이나 기다렸는데 그 정도는 괜찮지 않을까요? 그게 정말 그렇게 긴급한 일인가요? 아니면 오늘 오후나 내일 해도 될 일인가요?"

나는 아주 급한 일이라고 내뱉으려다가 부끄러움 때문에 입을 다물었다. "그렇게까지 급한 일은 아니에요."

"그렇다면 부탁 좀 들어주세요. 침대로 올라가서 나한테 검사 좀 받고, 아침도 먹고, 사방으로 뛰어다니기 전에 면담도 좀 하시죠. 잘하면 어느 방향으로 뛰어가면 좋은지 내가 알려줄 수도 있을 테니까요."

"아, 그러죠. 소동을 일으켜서 미안하게 됐습니다." 나는 침대 위로 기어 올라갔다. 갑자기 피로가 몰려오고 몸이 휘청거리면서 침대가 편안하게 느껴졌다.

"소동이랄 것도 없어요. 진짜 난리를 못 봐서 그래요. 지붕에서 사람을 끌어 내리는 게 진짜죠." 박사는 침대 커버를 내 어깨 부근까지 끌어 올려주었다. 그리고 침대와 붙어 있는 탁자에 대고 말했다. "17호실에 있는 알브레히트 박사입니다. 병실 담당에게 아침 식사를 가져오라고 전해줘요. 음… 식단은 4-마이너스로 하고요."

알브레히트 박사가 나를 보고 말했다. "돌아누워서 상의 좀 올려보세요. 갈비뼈를 봐야 하니까요. 원하신다면 검사하는 동안에 질문하셔도 됩니다."

박사가 내 갈비뼈를 쿡쿡 찌르는 동안 생각해보았다. 그가 사용하는 도구는 청진기인 듯했지만, 모양새는 자그마한 보청기와 비슷했다. 그래도 한 가지 사실은 변하지 않았다. 개량품이라 해도 내 몸을 찔러대는 진료도구는 여전히 차갑고 딱딱했다.

30년이 흘렀는데 뭘 물어봐야 할까? 이제는 인류가 다른 별에 도착했을까? 지금 '최후의 전쟁'을 사주하는 사람은 누굴까? 아기들은 이제 시험관에서 태어나고 있을까? "선생님, 아직도 영화관 로비에 팝콘 튀겨주는 기계가 있나요?"

"지난번에 갔을 때도 있더군요. 시간이 없어서 자주 가지는 못하지만. 그런데 이제는 '영화'라고 부르지 않고 '매혹영상'이라고 해요."

"그래요? 왜요?"

"직접 가보면 알게 돼요. 좌석 벨트를 단단히 매셔야 할 겁니다. 어떤 장면에서는 영화관 전체가 허공처럼 변하거든요. 내 얘기 잘 들으세요. 이런 상황이 매일같이 벌어지기 때문에 아예 별도로 적응 절차를 만들어놨어요. 입소 연도별로 변경어휘 모음집이 있고요. 역사 및 문화 요약서도 있어요. 우리가 아무리 충격을 완화한다 해도 부적응은 심각한 문제를 일으킬 수 있으니 꼭 읽어봐야 해요."

"아, 그렇겠군요."

"필수예요. 환자분처럼 시간 차가 극단적인 경우는 특히 그래요. 30년이니까."

"30년이 신기록인가요?"

"그렇기도 하고 안 그렇기도 해요. 지금까지 시행했던 냉동 수면의 최장기록은 35년입니다. 이 기술을 가장 먼저 상업적으로 이용한 고객은 1965년 12월에 저온동면에 들어갔거든. 환자분은 내가 담당한 사람 가운데 가장 오랜 시간이 지난 수면자예요. 하지만 지금 이 시설에는 한 세기 반을 계약한 고객도 있어요. 사실 그땐 30년짜리 고객을 절대 입소시키지 말아야 했어요. 당시에는 지식이 많이 부족했으니까요. 환자분 목숨을 가지고 엄청난 도박을 한 거죠. 환자분은 운이 아주 좋았고요."

"그런가요?"

"그렇다니까요. 뒤로 돌아보세요." 박사는 진찰을 이어가면서 말했다. "하지만 이제까지 알려진 기술을 사용하면, 비용만 감당할 수 있다면 천 년을 건너뛰게 만들 수도 있어요. 우선 검사하기 위해서 환자분과 같은 온도에 집어넣어본 다음 0.001초 만에 영하 200도까지 급속냉동하면 돼요. 그래도 살아 있을 거예요. 내 생각이긴 하지만. 이제 반사신경을 검사해보죠."

내 생각에 그 '급속냉동' 사업은 그리 안전할 것 같지 않았다.

알브레히트 박사는 계속 말했다. "앉아서 다리를 꼬아보세요. 언어 문제는 그리 심각하지 않을 거예요. 물론 지금 나는 조심스럽게 1970년의 어휘를 쓰고 있습니다. 환자가 언제 입소했든 해당 연도에 맞춰서 대화할 수 있다는 게 내 자랑거리예요. 수면학습법으로 공부했거든요. 하지만 환자분도 일주일이면 현대어를 완벽히 구사할 수 있어요. 실은 그냥 단어만 늘어났으니까요."

사실 알브레히트 박사는 1970년에 사용했던 것보다 네 배나 많은 단어를 구사하고 있었다. 또한 단어를 사용하는 방식도 달랐다. 하지만 나는 예의를 지키기 위해 그 점을 지적하지는 않았다. "지금 할 수 있는 검사는 끝났습니다." 마침내 박사가 말했다. "그런데 슐츠 부인이란 분이 계속 연락하더군요."

"예?"

"모르는 분인가요? 환자분과 오래된 친구 사이라고 하던데요."

"슐츠라…." 나는 그 이름을 되뇌어보았다. "슐츠 부인이라고 부를 만한 사람을 몇 명 알고 있긴 하겠지만, 확실히 기억나는 건 4학년 때 담임선생님뿐인데요. 하지만 그분은 돌아가셨겠죠."

"냉동수면을 했는지도 모르죠. 기분이 안정되면 그분이 남긴 메시지를 받아보세요. 나는 환자분의 퇴원 허가서에 서명할 겁니다. 하지만 여기에 며칠 더 머무르면서 재빨리 재적응과정을 밟는 쪽을 권하겠어요. 나중에 다시 들를게요. 1970년에는 이럴 때 '23번가에서 사라져야지!'라고 했다죠? 마침 병실 담당이 아침 식사를 갖고 오네요."

알브레히트 박사는 언어 구사 능력보다는 진찰 실력 쪽이 더 나왔다. 하지만 병실 담당을 보자 더 이상 그런 문제에 신경이 쓰이지 않았다. 담당은 안으로 들어오더니 박사를 조심스럽게 피했다. 박사는 담당에게 신경을 쓰거나 피하려는 시도도 하지 않고 곧장 걸어나갔다.

병실 담당이 다가오더니 침대와 연결된 탁자를 조정해서 내 몸 위에 올려놓고, 펼치고, 아침 식사를 그 위에 내려놓았다. "커피를 따라드릴까요?"

"음, 그렇게 해줘." 사실 벌써 커피를 따를 생각은 없었다. 식사를 마치고 나서 뜨거운 커피를 마시는 쪽이 좋았기 때문이다. 하지만 나는 병실 담당이 커피를 따르는 모습을 보고 싶었다.

기뻐서 현기증이 날 지경이었다. 병실 담당은 다름 아닌 만능 프랭크였다!

물론 마일스와 벨이 내게서 훔쳐간 원형 모델과 달리 엉성하지도 않았고, 회로기판으로 구성되지도 않았으며 임시로 만든 물건도 아니었다. 병실 담당과 프랭크 원형의 유사점은 경주용 자동차와 최초로 발명된 자동차의 공통점 수준이었다. 하지만 사람은 자기가 한 작업을 금세 알아볼 수 있는 법이다. 내가 만든 것이 기본형이었다면 병실 담당은 필요에 따라 진화한 형태였다. 프랭크의 증손자는 개선되고 날씬해지고 효율이 높았지만… 혈통은 남아 있었다.

"더 원하시는 게 있나요?"

"잠깐만 기다려봐."

내가 뭔가 실수한 것 같았다. 자동기계는 몸 안에 손을 넣더니 딱딱하고 얇은 플라스틱 판을 꺼내서 내게 건넸다. 플라스틱 판은 가느다란 쇠사슬로 기계에 연결되어 있었다. 나는 거기에 적힌 사항을 읽어보았다.

음성 명령-일벌레 XVII-a 모델

주의사항! 이 봉사용 자동기계는 인간의 언어를 이해하지 '못 합니다.' 단지 기계에 불과하므로 이해 능력이 아예 없습니다. 하지만 사용자 편의를 위해 정해진 명령어에 반응하도록 설계되었습니다. 일벌레는 그 밖에 자신이 들은 모든 말을 무시하거나 (명령이 불완전하거나 그런 상황을 야기하는 내부 모순이 발생할 경우) 이 명령어 설명서를 제공합니다. 자세히 읽어주세요.

감사합니다.

알라딘 자동기술 주식회사는 일벌레, 돌풍 윌리, 설계사 댄, 건축가 빌, 원예사, 유모 등을 판매하고 있습니다. 자동기계에 관련한 주문 설계 전문가와 상담 직원이 '여러분을 모십니다!'

그 좌우명은 알라딘이 램프를 문지르고 지니가 등장하는 상표 위에 찍혀 있었다.

그리고 아래쪽으로 단순한 명령어가 다수 적혀 있었다. 멈춰, 가라, 응, 아니, 천천히, 빨리, 이리 와, 간호사 불러와 등등. 병원에서 자주 발생하는 임무의 목록은 그보다 수가 적었다. 그중에는 등 주무르기가 있는가 하면 생전 처음 들어보는 말도 적혀 있었다. 종이에 적힌 내용은 이런 문장과 함께 갑자기 끝을 맺었다. '87번 기능부터 242번 기능까지는 병원 관계자만 이용할 수 있으므로 이 설명서에 명령어를 수록하지 않습니다.'

나는 만능 프랭크 원형에 음성 명령을 해독하는 기능을 넣지 않았다. 그 대신 제어판에 있는 버튼을 누르도록 설계했다. 그 생각을 못 했던 건 아니지만 그러려면 분석장치와 전화교환기가 필요했고, 무게와 크기를 늘려야 했다. 제작비도 만능 프랭크의 나머지 부분을 전부 합친 것보다 더 많이 투입해야 했다. 나는 이 시대에서 소형화와 단순화에 관한 새 정보를 더 많이 습득한 뒤에 기술 실력을 발휘하기로 마음먹었다. 하지만 일벌레를 보고 있자니 새로운 가능성이 너무나 많고 과거보다 일이 훨씬 재밌을 것 같아 당장에라도 시작하고 싶었다. 공학기술은 실용성 전문기술인 동시에 기술자 개인보다는 해당 시대의 전반적인 기술 수준에 크게 의존한다. 철로는 철도의 시대가 오고 나서야 비로소 설치할 수 있었다. 우리 불쌍한 새뮤얼 랭글리* 교수는 자신의 천재성을 쏟아부어도 날지 못하는 비행기계를 보고 얼마나 마음이 찢어졌을까. 그가 몇 년만 늦게 태어났다면 비행기계를 제작하는 데 필요한 전반적인 기술 수준의 혜택을 마음껏 누렸을 텐데. 저 위대한 레오나르도 다빈치도 마찬가지였다. 그도 너무 일찍 등장한 나머지 그 눈부신 개념을 실제 제품으로 하나도 구현할 수 없었다.

---

* 미국의 천문학자이자 항공기술의 선구자

나는 이 시대를, 아니 '지금'을 즐겨볼 생각이었다.

나는 설명서를 '일벌레'에게 돌려주고 침대에서 내려와 자료 검색기를 찾았다. 설명서 하단에는 기대와 달리 '가사도우미 주식회사'의 이름이 없었다. 나는 '알라딘'이 매닉스 그룹의 자매기업인지 궁금했다. 자료검색기를 통해 알 수 있는 것은 모델번호, 일련번호, 제조공장명 정도였다. 하지만 40여 개쯤 되는 특허 목록도 찾아낼 수 있었다. 가장 궁금했던 첫 번째 특허 시기는… 1970년이었다. 내가 만든 원형과 설계를 기본으로 삼았음이 거의 확실했다.

연필과 메모판을 찾아낸 다음 첫 번째 특허의 번호를 적었다. 어디까지나 지적인 호기심 때문이었다. 내가 도둑맞은 특허이긴 하지만(나는 그 점을 확신하고 있었다), 특허법이 바뀌지 않았다는 가정하에 유효기간은 1987년이 끝이었다. 그리고 1983년 이후에 받은 특허만이 아직 유효했다. 그래도 확인은 하고 싶었다.

일벌레의 몸에서 빛이 번쩍거렸다. 녀석이 말했다. "호출을 받았습니다. 가도 될까요?"

"뭐? 그래, 얼른 뛰어가." 일벌레가 설명서를 꺼내기 시작했기 때문에 나는 다급하게 말했다. "가라!"

"고맙습니다. 안녕히 계십시오." 녀석은 나를 피해서 이동했다.

"고마워."

"천만에요."

일벌레의 음성 반응을 녹음한 사람의 목소리는 아주 듣기 좋은 바리톤이었다. 나는 침대로 돌아와서 식게 내버려두었던 아침을 먹었다. 정작 먹어보니 차갑진 않았다. 4-마이너스 아침 식단은 몸집이 크지 않은 새의 모이처럼 양이 적었지만 부족하지 않았다. 배가 무척이나 고팠는데도 그랬다. 위가 줄어든 모양이었다. 식사를 끝내고 나니 그게 바로 내가 한 세대 만에 처음 먹는 음식이란 사실이 떠올랐다. 옆에 놓인 식단표를 보니 내가 베이컨이라고 생각했던 음식은 '시골풍 구운 효모 조각'이었다.

하지만 30년이 지났음에도 내 관심사는 음식이 아니었다. 아침 식사 옆에는 신문이 놓여 있었다. 2000년 12월 13일 수요일자 〈그레이트 로스앤젤레스 타임스〉였다.

신문은 크게 달라지지 않았다. 적어도 형식은 그랬다. 〈그레이트 로스앤젤레스 타임스〉는 타블로이드 크기였고 종이는 표면이 거친 펄프가 아니라 윤이 났으며 그림은 전면 컬러이거나 입체 흑백이었다. 입체 그림은 어떻게 구현했는지 알 수가 없었다. 내가 어릴 적에도 별도의 장비 없이 볼 수 있는 입체 그림이 있었다. 당시 나는 1950년대의 냉동식품 광고에 쓰인 입체 그림에 푹 빠졌다. 하지만 그 그림은 아주 작은 프리즘이 많이 필요했기 때문에 꽤 두꺼운 투명 플라스틱이 있어야 구현할 수 있었다. 반면에 지금 내가 보는 그림은 그저 얇은 종이 위에 인쇄되었음에도 입체감이 있었다.

나는 원리 연구를 포기하고 다른 부분을 살펴보았다. 일벌레가 신문을 독서대에 걸어놓고 간 탓에 한동안 내가 읽을 수 있는 부분은 첫 장뿐이라고 생각했다. 빌어먹을 독서대를 어떻게 여는지 몰랐기 때문이다. 신문지는 독서대에 얼어붙은 것처럼 보였다.

그러다가 우연히 첫 장의 우하단을 건드리게 되었다. 그러자 첫 장이 위쪽으로 말려 올라갔다. 그 부분을 건드리면 신문지 표면이 바뀌는 방식이었다. 신문은 우하단을 두드릴 때마다 깔끔하게 다음 장으로 연이어 넘어갔다.

내용의 절반 이상은 옛날과 별다를 게 없어서 향수병이 생길 지경이었다. '오늘의 별점, 시장이 새로운 저수지 사업에 매진, 뉴욕시 의원에 따르면 보안상의 이유로 자유가 침해받고 있다, 자이언츠가 더블헤더 모두 승리, 이상고온이 동계스포츠를 위협하다, 파키스탄이 인도에 경고.' 등등 늘 뻔한 얘기들이었다. 내가 사는 시대는 여전히 그런 모습이었다.

처음 들어보는 얘기도 있었지만 이해는 어렵지 않았다.

'쌍둥이자리 유성우로 달 왕복선 중단 연장 — 24시간 정거장에 천공 두 곳 발생, 사상자 없음.'

'케이프타운에서 백인 네 명이 폭행당하다 — 국제연합 대응책 시급.'

'대리모 단체 요금 인상 요구 — 일반인 대리모에 대한 처벌 요구.'

'미시시피 일대 농장주 반좀비법 위반으로 기소 — 변론: 걔들은 마약을 한 게 아니라 멍청할 뿐이다!'

나는 마지막 기사가 무슨 뜻인지 잘 알고 있었다. 경험을 해봤기 때문에.

하지만 전혀 이해할 수 없는 기사도 있었다. '워글리가 계속 퍼져 프랑스는 세 개 도시에 추가로 대피령을 내렸다. 프랑스 왕은 해당 지역의 강제 폐쇄를 고려하고 있다.' 왕이라고? 뭐 프랑스 정치인들이라면 못할 것도 없을 것이다. 하지만 '워글리' 때문에 '소독용 파우더' 사용을 고려하고 있다는 건 무슨 뜻일까? '워글리'란 방사선일까? 기왕이면 아무 일도 생기지 않을⋯ 예를 들어 2월 30일 같은 날 시행했으면 좋겠다는 생각이 들었다. 나는 샌디아에서 방사선 피폭을 당한 적이 있었다. 멍청한 육군 부대원이 실수를 저지른 탓이었다. 회복 불가능한 구역질 단계에 도달하진 않았지만, 그렇다 해도 그 상태에서 커리를 먹는 건 추천하고 싶지 않다.

로스앤젤레스 경찰 소속 라구나 해안 경비대가 레이코일로 무장했고 경비대장이 곰돌이들 전원에게 도시에서 나가라고 경고했다는 기사가 있었다. 서장의 발표 내용도 인용되어 있었다. "대원들에게 선발포 후조취하라고 명령했습니다. 이제 끝낼 때가 됐습니다!"

나는 결과를 알기 전까지 라구나 해안 근처에도 가지 않겠다고 다짐했다. '후조취'인지 '후조치'인지 모르겠지만 여하튼 휘말리고 싶은 생각은 들지 않았다.

그런 기사들은 예시에 지나지 않았다. 얼핏 쉬워 보이지만 정작 읽으면 내용을 이해할 수 없는 모호한 기사들이 사방에 널려 있었다.

나는 인구 동향을 대충 훑어보다가 특정 부제에 눈이 꽂혔다. 출생자, 사망자, 혼인자, 이혼자 수야 익숙한 것들이었지만 성소별로 구분된 '입소자'와 '출소자' 수가 추가되어 있었다. 나는 소텔 통합성소 항목에서 내 이름을 발견했다. 그러자 소속감을 느끼면서 마음이 따뜻해졌다.

하지만 신문에서 제일 인상 깊었던 것은 광고였다. 유난히 기억에 남는 개인광고도 있었다. '젊고 매력적인 미망인이 비슷한 취향에 여행을 미칠 듯이 좋아하는 성인 남성을 찾습니다. 조건: 결혼 계약 2년.' 하지만 나를 사로잡은 건 광고용 화면이었다.

가사도우미와 그 자매와 사촌과 고모들이 그림을 가득 채우고 있었다. 본래 내가 회사용 편지에 쓰려고 디자인했던, 체격이 좋고 빗자루를 들고 있는 여성 모습의 상표도 여전히 쓰이고 있었다. 냉동수면에 너무 급히 들어가는 바람에 가사도우미 주식회사의 지분을 전부 날렸다는 후회로 마음이 아팠다. 내 포트폴리오를 전부 합친 것보다 그게 더 중요해 보였다. 아니, 그건 잘못된 생각이었다. 그때 내가 주식을 지니고 있었다면 2인조 도둑놈들이 빼앗고 양도문서를 위조했을 것이다. 하지만 이제는 리키가 소유주였다. 리키가 그 덕분에 부자가 됐다면, 흠, 그 아이야말로 그럴 만한 자격이 있었다.

나는 그 어떤 일보다 먼저 리키를 찾아야 한다고 적어두었다. 이 낯선 세상에 내가 아는 사람이라고는 리키뿐이었고, 내 마음속에서 리키가 차지하는 부분은 아주 컸다. 우리 꼬맹이 리키! 리키가 열 살만 더 많았다면 나는 벨에게 눈길도 주지 않았을 것이다. 그리고… 크게 뒤통수를 맞는 일도 없었을 것이다.

어디 보자. 지금 리키는 몇 살일까? 마흔, 아니 마흔한 살이었다. 40대가 된 리키를 상상하기는 쉽지 않았다. 하지만 이 시대에 여자 나이 마흔은 그리 많은 나이가 아닐 것이다. 심지어 그때도 그랬다. 일단 40대에 접어든 여성은 마흔한 살이라 해도 열여덟 살과 구분하기 어려운 경우조차 있었다.

리키가 부자라면 한잔 사달라고 해야겠다. 그러면 둘이서 돌아가신 피트 님의 귀엽고 작은 영혼을 기리며 술을 마실 수 있을 것이다.

만약 일이 잘못돼서 내가 주식을 양도했음에도 불구하고 리키가 가난하다면, 그럼 뭐, 리키와 결혼하면 그만이다! 그러면 또 어떤가. 나는 여자가 열 살 정도 연상이어도 괜넪치 않다. 나태했던 일생의 기록을 돌이켜보건대 나라는 사람은 나이가 많고 나를 돌봐주며 꾸짖을 사람이 필요하다. 리키야말로 그럴 수 있는 사람이었다. 리키는 열 살도 되기 전에 마일스와 마일스의 집을, 진지한 꼬맹이 소녀가 감당할 수 있는 한에서 꾸려나갔다. 40대가 됐으니 그 점은 똑같을 테고 연륜도 쌓였을 것이다.

냉동수면에서 깨어난 뒤 처음으로 낯선 곳에서 방황한다는 느낌이 사라지고 가슴이 따뜻해졌다. 리키는 모든 문제의 답이었다.

하지만 내면 깊은 곳의 목소리가 나를 내버려두지 않았다. "이 멍청아. 넌 리키랑 결혼할 수 없어. 그렇게 좋은 아이였으니 최소한 20년 전에 결혼을 하고도 남았을 거다. 아이가 네 명은 될 테고… 아들은 체격이 너보다 클걸? 게다가 네가 착한 댄 삼촌 노릇을 하겠다고 나서면 남편이 참 즐거워하겠다."

나는 그 말을 듣고 기운이 빠졌다. 그리고 힘없이 말했다. "알았어. 알았다고. 기회를 또 한 번 놓친 거지, 뭐. 그래도 리키는 찾아갈 거야. 기껏해야 총이나 맞겠지. 그리고 리키야말로 이 세상에서 피트를 진정으로 이해하는 유일한 사람이라고."

나는 신문을 한 장 더 넘기고 나서 갑자기 리키와 피트를 모두 잃었다는 생각이 들어 아주 침울해졌다. 그리고 지루한 기사들 때문에 일벌레인지 녀석과 똑같이 생긴 쌍둥이인지 알 수 없는 기계가 점심 식사를 들고 올 때까지 잠에 빠졌다.

잠들어 있는 동안 리키가 나를 무릎 위에 올려두는 꿈을 꾸었다. 리키가 말했다. "댄 삼촌, 이제 괜찮아요. 피트는 내가 찾아냈어요. 지금 여기 함께 있고요. 안 그러니, 피트?"

"맞아아아오옹!"

✳

늘어난 어휘는 공부하기 쉬웠다. 나는 요약된 역사에 시간을 훨씬 더 들였다. 30년 동안 아주 많은 일이 벌어지긴 했지만, 나 말고 다른 사람들이 전부 알고 있는 역사를 왜 굳이 기록해놓았을까? 나는 대아시아 공화국이 우리를 남아메리카 무역에서 몰아내고 있다는 사실에 놀라지 않았다. 대만 조약 때부터 예견할 수 있는 일이었으니까. 마찬가지로 인도가 사상 최대 규모로 분할되었다는 사실에도 놀라지 않았다. 잉글랜드가 캐나다의 관할령이라는 사실에는 조금 당황했다. 어느 나라가 머리이고 어느 나라가 꼬리일까? 1987년 공황 얘기는 건너뛰었다. 금은 특정 분야에서 기술자에게 아주 유용한 금속이었다. 따라서 금본위제도가 사라졌고 금값이 아주 싸다는 사실이 비극으로 보이지 않았다. 그런 변화 때문에 아무리 많은 사람이 재산을 전부 날렸다 해도 말이다.

나는 역사 요약을 읽다 말고 값이 떨어진 금으로 뭘 할 수 있는지 생각해보았다. 금은 비중이 크고 전도율이 높고 유연성이 월등하니…. 그러다가 기술서적부터 읽어야 한다는 사실을 깨달았다. 세상에, 원자학적인 측면에서만 봐도 금은 최고의 금속이었다. 기존에도 금은 다른 금속보다 다루기가 훨씬 편했다. 따라서 소형화에 이용한다면… 나는 거기서 한 번 더 생각을 멈췄다. 마음속으로 일벌레의 '머리' 안에 금이 잔뜩 들어 있을 거라는 점을 확신했으니까. 바삐 움직여서 내가 자리를 비운 동안 다른 기술자들이 자신들의 '작은 골방에서' 뭘 알아냈는지 확인할 필요가 있었다.

소텔 성소에서는 기술 서적을 읽을 방법이 없었다. 그래서 알브레히트 박사를 찾아가 퇴원할 준비가 됐다고 말했다. 박사는 어깨를 으쓱하더니 바보 같은 짓이라고 말하고는 허가해주었다. 하지만 나는 하루를 더 묵었다. 누워서 단어가 빠르게 지나가는 책 스캐너를 읽느라 녹초가 되었기 때문이다.

다음 날 아침 식사를 마치고 나니 현대식 옷을 받을 수 있었다. 옷을 입기 위해 도움이 필요했다. 옷 자체로는 그리 이상하지 않았지만(그래도 선홍색 나팔바지는 처음이었다), 설명을 듣기 전까지는 옷을 여밀 수가 없었다. 우리 할아버지도 차근차근 설명을 듣지 않고서는 지퍼가 달린 옷을 입지 못했을 것이다. 현대식 옷에는 밀착여밈솔기가 붙어 있었다. 그 솔기가 압력을 감지하고 세로로 극성화된다는 사실을 머릿속에 집어넣기 전까지는 화장실에 갈 때마다 도와줄 어린아이를 고용하는 모양이라고 생각했다.

그다음에는 허리띠를 좀 느슨하게 하려다가 속바지를 날려버릴 뻔했다. 나를 보고 웃는 사람은 아무도 없었다.

알브레히트 박사가 물었다. "이제 뭘 할 건가요?"

"저요? 우선 지도를 사러 갈 거예요. 그리고 잘 곳을 찾아야죠. 그다음에는 아무것도 안 하고 한참 동안 전문서적만 읽을 거예요. 한 1년쯤? 선생님, 난 시대에 뒤처진 기술자라고요. 그렇게 남아 있을 생각이 없어요."

"흐으음. 행운을 빌죠. 도움이 필요하면 언제든 전화하세요."

나는 박사에게 조금 더 다가서서 말했다. "고마워요, 선생님. 제게 잘 대해주셔서요. 저기, 이건 보험사 회계과 직원과 얘기해서 재산 상태가 어떤지 알아본 다음에 드릴 말씀인지도 모르겠는데요. 고마움을 말로만 표현하고 싶지가 않거든요. 제게 해주신 일을 더 물질적인 방식으로 표현하고 싶은데요. 무슨 말인지 아시겠어요?"

박사는 고개를 저었다. "마음은 고맙게 받죠. 하지만 성소와 계약한 바에 따라 돈은 충분히 받고 있어요."

"그래도…."

"아뇨, 안 받을 거예요. 그러니 그 얘기는 그만하죠." 알브레히트 박사는 악수를 하고 말했다. "잘 가요. 이 자동도로를 타면 본관이 나와요." 박사는 잠시 주저하다가 말했다. "처음으로 밖에 나갔다가 피곤해지거든 나흘 더 여기 머물면서 회복하고 재적응을 할 수 있어요. 보호 계약상 허가된 사항이라 추가 요금을 낼 필요도 없어요. 선지급됐으니까 이용해도 상관없죠. 원하는 대로 출입이 가능합니다."

나는 미소를 지었다. "고마워요, 선생님. 하지만 장담하건대 다시 돌아오지 않을 거예요. 선생님께 인사하러 오는 거면 몰라도요."

나는 본관에서 내린 다음 안내직원에게 신분을 밝혔다. 안내직원이 내게 봉투를 건넸다. 슐츠 부인이 남긴 또 하나의 전화 메시지였다. 그녀가 누구인지 모르기 때문에 아직 전화는 하지 않았다. 성소는 소생한 고객이 원할 때까지 방문이나 전화 연락을 허가하지 않았다. 나는 봉투를 흘끗 쳐다보고 윗주머니에 꽂으면서 만능 프랭크를 너무 만능으로 만든 건 실수일지도 모르겠다고 생각했다. 예전 안내직원은 말이 통하는 사람이지 기계가 아니었기 때문이다.

안내직원이 말했다. "이쪽으로 오십시오. 회계담당자가 반갑게 맞이할 겁니다."

나도 그 사람을 보고 싶었기 때문에 그쪽으로 갔다. 그동안 얼마나 많은 돈을 만들었는지 궁금했고, 돈을 '안전하게' 운용하기보다 일반 주식에 적극적으로 투자한 나 자신에게 축하를 해주고 싶었다. 1987년에 있었던 공황 때 주가가 폭락했음은 의심의 여지가 없겠지만, 이제는 회복했을 것이다. 사실 〈타임스〉의 경제면을 읽었기 때문에 그 가운데 최소한 두 종목의 현금 가치가 아주 높다는 사실은 이미 알고 있었다. 다른 부분을 찾아볼 일이 있을지 몰라서 그 신문은 아직도 갖고 있었다.

회계담당 직원은 인간이었다. 전형적인 회계담당처럼 보이기는 했지만 말이다. 그는 재빨리 악수를 건넸다. "안녕하십니까, 댄 데이비스 씨. 저는 다우티라고 합니다. 앉으시죠."

내가 말했다. "안녕하세요, 다우티 씨. 시간을 많이 빼앗지 않아도 될 것 같은데요. 이것만 얘기해주세요. 보험회사와 계약했던 지급 건을 그쪽 사무실에서 담당하고 있나요? 아니면 본사로 가야 하나요?"

"우선 앉으시죠. 설명해드릴 게 많습니다."

나는 다우티의 말대로 자리에 앉았다. 사무보조가 (우리의 프랭크가 다시 등장했다) 서류철을 갖다주자 그가 말했다. "이게 고객님의 계약서 원본입니다. 살펴보시겠습니까?"

진심으로 읽어보고 싶었다. 의식을 완전히 회복한 다음부터 벨이 보증수표를 무효화하는 방법을 알아내진 않았을지 마음을 졸이고 있었으니까. 보증수표는 개인수표보다 변조하기가 훨씬 어려웠지만 벨도 만만찮게 영리했다.

그녀가 내 노력의 결과물을 건드리지 않았다는 사실을 확인하자 마음이 크게 놓였다. 물론 피트의 냉동수면 계약 조항과 내 소유였던 가사도우미 주식은 보이지 않았다. 아마도 그녀가 문제의 소지를 없애기 위해 태워버렸을 것이다. 나는 그녀가 '상호보증회사'를 '캘리포니아 마스터 보험회사'로 변조한 십여 곳을 주의 깊게 확인해보았다.

그녀는 의심할 여지 없이 진정한 전문가였다. 현미경과 입체 비교장비와 화학실험용장비로 무장한 과학수사관이라면 모든 문서가 변조되었다는 사실을 알아챘을지 모르지만 나는 그럴 수 없었다. 나는 그녀가 보증수표 뒷면에 적은 비공개 이서를 어떻게 해결했는지 궁금했다. 보증수표는 삭제가 불가능한 특수용지로 제조하기 때문이었다. 흠, 어쩌면 삭제용 도구를 사용한 게 아닐지도 모르겠다. 뛰는 놈 위에 나는 놈이 있게 마련이니까. 그리고 그녀는 후자에 속했다.

다우티가 헛기침을 하길래 그를 쳐다보면서 물었다. "지급 건을 여기서 취급하나요?"

"예."

"그럼 간단히 물어보죠. 얼맙니까?"

"흠. 고객님, 그 질문에 대답하기 전에 다른 서류와… 특별한 상황에 대해 말씀드리고 싶습니다. 이건 고객님의 저온보존과 보호관리와 소생에 대해 본 성소와 캘리포니아 마스터 보험회사가 작성한 계약서입니다. 요금 전액이 선지급되었다는 점은 알고 계실 겁니다. 이 계약은 우리와 고객님 양자를 보호하기 위한 조치였습니다. 그렇게 함으로써 고객님이 아무 도움도 받을 수 없는 상황일 때 안전을 보장할 수 있으니까요. 비슷한 종류의 기금이 다 그렇듯 이 기금도 조건부로 유치됩니다. 관리는 형평법 관련 사항을 관할하는 고등법원이 담당하고, 소득분은 분기

별로 저희가 받습니다."

"알겠어요. 좋은 합의사항 같은데요."

"맞습니다. 무방비 상태에 있는 쪽을 보호해주니까요. 그리고 본 성소가 마스터 보험회사와 별개의 기업이라는 점을 분명히 인지해주셔야 합니다. 저희와 맺은 보호관리 계약은 고객님의 자산 운용 계약과 전적으로 아무 관계가 없다는 뜻입니다."

"다우티 씨, 지금 무슨 말을 하려는 거죠?"

"마스터 보험회사에 신탁한 것 외에 다른 자산이 있으신가요?"

곰곰이 생각해보았다. 전에 차가 한 대 있긴 했지만… 그 차가 어떻게 되었는지 아는 사람은 아무도 없었다. 당좌예금계좌는 모하비 사막에서 술을 퍼마시던 시절 초반에 동결시켜두었다. 그리고 마일스네 집에서 약물에 취하고 최후를 맞이했던 그 바쁜 날에는 주머니에 현금으로 40달러쯤 갖고 나섰을 것이다. 책과 옷과 계산자와 기타 잡동사니들은 다 사라져버렸겠지. 나는 물건을 모아두는 사람이 아니었다. "버스를 탈 돈도 없는데요."

"그러면… 이런 말씀을 드리게 되어 심히 유감스럽습니다만, 고객님은 어떤 자산도 소유하고 있지 않습니다."

나는 머리가 핑핑 돌다가 바닥에 곤두박질치는 동안 꼼짝할 수가 없었다.

"그게 무슨 뜻이죠? 아니, 내가 투자한 주식 일부는 멀쩡할 텐데요. 분명히 그렇다고요. 여기 이렇게 적혀 있잖아요." 나는 아침 식사와 함께 제공되었던 〈타임스〉 지를 들이밀었다.

다우티가 고개를 저었다. "죄송합니다, 고객님. 고객님은 아무 주식도 소유하고 있지 않습니다. 마스터 보험회사는 파산했어요."

다우티가 나를 붙들고 앉혀줘서 다행이었다. 몸에 아무 힘이 없었다. "어떻게 이럴 수가 있죠? 공황 때문인가요?"

"그건 아닙니다. 매닉스 그룹이 몰락한 결과입니다만… 물론 그 사실은 모르고 계시겠죠. 공황이 지난 후에 일어난 일입니다. 공황에서부터 문제가 시작됐다고 말할 수도 있겠군요. 하지만 마스터 보험사가 운영 체제 면에서 부정직하고 엉망이지 않았다면 침몰하는 일은 없었을 겁니다. 거칠게 표현하면 썩었다고 할 수 있겠군요. 자산 관리가 정상적으로 진행됐다면 최소한 건질 거리는 남아 있었을 겁니다. 하지만 그러지 못했어요. 문제가 알려졌을 때 남은 거라고는 빈 껍데기뿐이었습니다. 그리고… 책임이 있는 인물은 이미 범인인도조약을 맺지 않은 외국으로 도망친 뒤였고요. 이런 말씀을 드려도 위로가 될진 모르겠습니다만, 이제는 법적으로 그런 일이 발생할 수 없습니다."

물론 전혀 위로가 되지 않았다. 위로는 고사하고 일단 그 말을 믿을 수가 없었다. 아버지의 말에 따르면 법이 복잡해질수록 악당들이 악용할 기회도 늘어나는 법이니까.

하지만 아버지는 현명한 사람이라면 언제든 가진 것을 전부 포기할 수 있어야 한다는 얘기도 해주었다. 현명하다는 소리를 들으려면 얼마나 자주 그 짓을 해야 하는지 알 순 없었지만. "저기, 다우티 씨, 그냥 궁금해서 그러는데요. 상호보증회사는 어떻게 됐죠?"

"상호보증회사요? 좋은 기업이죠. 아, 그 회사도 다른 곳과 마찬가지로 공황 때 위기를 겪었습니다. 하지만 무사히 헤쳐나왔죠. 혹시 그 회사 보험 증권이라도 갖고 계신가요?"

"아니요." 나는 설명하지 않았다. 그래 봐야 아무 소용이 없었으니까. 상호보증회사와 맺은 계약을 수행한 적이 없으니 기대할 것이 없었다. 그리고 마스터 보험사는 파산했으니 고소한다는 행위 자체가 무의미했다.

벨과 마일스를 찾아낸다면 고소할 수도 있겠지만 그런 멍청한 짓을 할 이유가 없었다. 아무 증거도 없었기 때문이다.

게다가 나는 벨을 고소하고 싶지 않았다. 그보다는 그녀의 전신에 뭉툭한 바늘로 온통 '계약 무효'라는 문신을 새겨주고 싶었다. 그런 다음 피트에게 저지른 짓을 처벌하고 싶었다. 그런 범죄에 걸맞은 벌이 무엇일지 아직 알아내지는 못했지만 말이다.

마일스와 벨이 나를 쫓아낼 당시 가사도우미 주식회사를 팔아넘기려던 상대가 매닉스 그룹이었다는 사실이 갑자기 떠올랐다. "다우티 씨, 매닉스 쪽에 아직 자산이 남아 있는 것 아닌가요? 가사도우미가 그쪽 소유 아니었나요?"

"가사도우미요? 가사용 자동기구 회사 말씀인가요?"

"예, 당연히 그 회사 얘기죠."

"그럴 가능성은 없을 겁니다. 사실 불가능한 얘깁니다. 매닉스 그룹은 말 그대로 존재하지 않으니까요. 물론 가사도우미 주식회사와 매닉스 그룹 사람들 사이에 아무 관계가 없다는 확신은 없습니다만. 설사 관계가 있다 해도 대단한 건 아닐 겁니다.

그런 얘기는 들어본 적이 없군요."

나는 그 문제를 더 이상 파고들지 않았다. 마일스와 벨이 매닉스와 함께 몰락했다면 그걸로 충분했다. 하지만 다른 문제를 상상할 순 있었다. 만약 매닉스가 가사도우미 주식회사를 합병한 다음 털어먹었다면 리키 역시 매닉스와 같은 손해를 입었을 것이다. 나는 이유야 어찌 됐든 리키가 다치는 일이 없기를 바랐다.

나는 자리에서 일어섰다. "흠, 다우티 씨, 점잖게 알려주셔서 고마웠어요. 난 가봐야겠어요."

"아직 가지 마십시오. 본 성소는 고객에 대한 책임감이 단순히 계약서상의 표현에 국한되지 않는다고 생각합니다. 이런 일을 겪은 게 고객님뿐이라고 생각하시는 건 아니겠죠. 저희 이사회에서는 이처럼 어려운 처지에 놓인 고객을 위해 작지만 자유 기금을 마련해뒀습니다. 제 재량으로…."

"다우티 씨, 동정은 필요 없어요. 마음만 받겠습니다."

"동정이 아닙니다, 고객님. 대출입니다. 인격을 담보삼는 대출이라고 생각하셔도 좋습니다. 이 정도 대출을 운영해서 저희 측에 발생하는 손실은 정말이지 극히 미미합니다. 그리고 고객님을 빈털터리 상태로 성소에서 내보내고 싶은 마음이 없기도 하고요."

나는 그의 제안을 한 번 더 생각해보았다. 나는 이발할 돈도 없었다. 하지만 돈을 빌리는 것은 양손에 벽돌을 쥐고 헤엄치는 것과 마찬가지였다. 그리고 적은 돈이 백만 달러보다 더 갚기 힘든 법이다. "다우티 씨." 나는 천천히 말했다. "여기서 나흘 동안 더 먹고 자도 된다는 얘기를 알브레히트 박사께 들었는데요."

"그럴 겁니다. 고객님 진찰 기록을 봐야 알겠지만요. 준비가 덜 된 고객님을 계약 기간이 만료됐다는 이유로 곧장 내쫓지는 않거든요."

"그거야 그렇겠죠. 그런데 그 병실 사용료와 식대가 얼마쯤 될까요?"

"예? 저희는 그런 식으로 병실을 임대하지 않는데요. 병원이 아니니까요. 저희는 그저 고객님을 위한 회복시설을 운영하는 겁니다."

"아, 그럼 그런 식으로 생각하지 마시고요. 일반 병원의 병실 사용료와 식대가 얼마쯤 될까요?"

"그건 제 전문영역과 거리가 좀 있지만… 음, 하루에 약 백 달러쯤이라고 보면 될 것 같습니다."

"나흘 중에 아직 하루도 사용하지 않았거든요. 그러면 4백 달러만 빌려주실 수 있을까요?"

다우티는 대답하는 대신 기계보조원에게 일련번호를 불러주었다. 잠시 후 내 손에는 50달러짜리 지폐 여덟 장이 들려 있었다. "고맙습니다." 나는 돈을 집어넣으면서 진심으로 인사했다. "너무 오래 빌리지 않도록 최선을 다할게요. 이자율은 6퍼센트로 할까요? 너무 낮은가요?"

그가 고개를 저었다. "빌려드리는 게 아닙니다. 고객님께서 말씀하신 대로 남은 성소 사용시간을 취소하고 돈으로 드린 겁니다."

"예? 저기, 다우티 씨. 저는 협박하려던 게 아니었는데요. 물론 이 돈은….."

"그러지 마세요, 고객님. 고객님께 돈을 갖다드릴 때 그렇게 처리하라고 이미 보조에게 지시를 내렸습니다. 회계감사원이 고작 4백 달러 때문에 머리를 쥐어뜯는 모습을 보고 싶으십니까? 원래 빌려드리려던 돈은 그것보다 훨씬 더 많습니다."

"흠, 고집은 더 안 부릴게요. 저기, 다우티 씨. 이게 얼마나 많은 돈이죠? 요새 화폐가치가 어떤가요?"

"음, 그건 아주 어려운 질문인데요."

"단서만 조금 주세요. 식사 비용이 얼마나 되죠?"

"음식값은 꽤 적절합니다. 10달러면 저녁을 아주 풍족하게 먹을 수 있습니다. 가격대가 적당한 식당을 신중하게 선택한다면요."

나는 그에게 감사 인사를 하고 훈훈한 마음으로 성소를 떠났다. 다우티를 보니 군대 시절의 경리관이 떠올랐다. 경리관은 두 종류다. 지급규정을 살펴보니 원하는 돈을 다 받지 못할 거라고 말하는 경리관이 있고, 자격이 모자람에도 불구하고 규정을 모조리 뒤져서 원하는 만큼 돈을 받게 만들어주는 경리관이 있다.

다우티는 후자였다.

성소는 월샤이어 자동도로와 마주하고 있었다. 앞쪽에는 벤치와 덤불과 꽃들이 있었다. 나는 상황을 점검하고 어느 방향으로 갈지 결정하기 위해 벤치에 앉았다. 다우티와 얘기하는 동안 내색은 하지 않았지만, 솔직히 말하자면 청바지 주머니에 일주일 동안 식사할 수 있는 돈이 들어 있었음에도 나는 심하게 불안했다.

하지만 햇볕은 따뜻했고, 자동도로의 소음은 반가웠고, 나는 젊었다(적어도 생물학적으로는 그랬다). 그리고 내게는 두 손과 두뇌가 있었다. 나는 휘파람으로 '할렐루야, 나는 부랑자라네'를 불면서 〈타임스〉 지의 구인구직면을 열었다.

나는 '기술전문직' 항목을 보고 싶은 충동을 억누르고 즉시 '비숙련직' 항목을 들여다보았다.

비숙련직 구직자를 찾는 곳이 거의 없어서 눈을 크게 뜨고 읽어야 했다.

6

냉동수면에서 깨어난 둘째 날인 12월 15일 금요일에 나는 일자리를 구했다. 그사이 사소하나마 법률도 한 건 위반했고, 말하는 방식과 대화하는 방식과 느끼는 방식의 차이 때문에 실수를 연달아 저질렀다. 독서를 통해 '재적응'하는 것은 섹스를 책으로 배우는 것과 비슷했다. 즉 그 두 가지는 전혀 달랐다.

러시아 옴스크나 인도네시아 자카르타, 하다못해 샌디에이고에서 자리를 잡았다면 문제가 덜 생겼을 듯했다. 사람이란 낯선 나라의 낯선 도시에서 가면 당연히 문화가 다를 거라고 생각하니까. 하지만 그레이트 로스앤젤레스에 있다 보니 변화를 눈으로 보면서도 무의식적으로 달라진 게 없으리라는 기대를 품곤 했다. 물론 30년의 격차가 그리 대단한 건 아니다. 누구든 일생을 살면서 그 정도 변화는 겪으니까. 하지만 단숨에 받아들여야 한다면 얘기가 다르다.

예를 들어보자. 나는 아무런 악의도 없이 어떤 단어를 사용했다가 어느 숙녀의 마음에 상처를 주었다. 내가 수면자라는 사실을 다급하게 밝히지 않았다면 그녀의 남편이 내 얼굴에 묵직한 주먹을 날렸을 것이다. 그 단어를 여기서 사용하지는 않겠다. 아니지, 쓰면 안 될 건 또 뭐란 말인가? 어차피 설명하려고 사용하는 건데 말이다. 그렇다고 해서 내가 어릴 적에 그 단어가 좋은 뜻으로 쓰였다고 오해하면 안 된다. 오래된 사전에서 찾아보면 알 수 있을 것이다. 내가 어렸던 시절에 분필로 그 단어를 인도에 끄적거리는 사람은 아무도 없었다.

그 단어는 '킹크(kink)'였다.*

아직도 사용하기 전에 고민부터 하는 단어가 여럿 남아 있었다. 그렇다고 금시기되는 단어들도 아니었다. 그저 뜻이 달라졌기 때문이었다. 예를 들어 '호스트(host)'가 그랬다. 그 말은 한때 손님의 코트를 받아서 침실에 걸어주는 사람을 뜻했다. 출생률과는 아무 상관이 없는 단어였다.

그래도 그럭저럭 잘 지냈다. 나는 신형 지상리무진을 박살 내서 고철로 만들고 배에 실어 피츠버그에 돌려보내는 일을 했다. 캐딜락, 크라이슬러, 아이젠하워, 링컨처럼 하나같이 멋지고 크고 힘이 좋은 신형 터보자동차였는데, 주행거리가 1킬로미터도 안 되는 제품들이었다. 그 차들을 파쇄기의 입안에 집어넣어 다

---

* 보통은 구부러지거나 뒤엉킨 것을 뜻하지만, 변태라는 뜻이 있다.

때려 부수고 용광로에 들어갈 고철로 만드는 게 내 일이었다.

처음에는 마음이 아팠다. 자동도로를 타고 출근하면서 중력차 한 대도 소유하지 못했기 때문이었다. 그런 심정을 털어놨다가 하마터면 일자리를 잃을 뻔했다. 교대근무 감독이 내가 수면자이며 세상 물정을 모른다는 사실을 기억하고 있어서 다행이었다.

"간단한 경제원리야. 저건 정부가 가격 유지 대출에 담보로 받은 잉여 차량이라고. 출시한 지 2년이 지났으니 절대 안 팔릴 제품이지. 정부는 그런 차들을 폐차시켜서 제철산업체에 되파는 거야. 철광석만으로는 용광로를 운영할 수 없어. 고철도 녹여야 하지. 수면자라 해도 그 정도는 알고 있어야 해. 사실 순도 높은 철광석이 아주 귀하기 때문에 고철 수요가 점점 늘어나고 있어. 저런 차들이 제철산업에 필수란 뜻이지."

"그럼 애초에 팔지도 못하는 차를 왜 만들죠? 낭비잖아요."

"보기에만 그럴 뿐이야. 사람들이 실직하는 꼴을 그렇게 보고 싶어? 표준생활 수준 밑으로 떨어지고 싶어?"

"그러면 해외에 팔면 되잖아요. 해외공개시장에 내놓으면 외국 사람들이 고철보다는 비싸게 사줄 것 같은데요."

"뭐? 수출 시장을 말아먹으려고? 차를 외국에 덤핑으로 팔기 시작하면 일본, 프랑스, 독일, 대아시아를 포함해 모든 나라가 우리에게 화를 낼 텐데? 그런 짓을 왜 해? 전쟁이라도 하려고?" 감독은 한숨을 쉬더니 아버지 같은 투로 말을 이었다. "공공도서관에 가서 책 좀 봐라. 뭘 좀 알아야 의견을 낼 권리가 생기는 거라고."

그래서 나는 입을 다물었다. 근무하지 않는 시간을 공공도서관과 UCLA 대학도서관에 모조리 투자하고 있다는 얘기는 하지 않았다. 또한 내가 기술자라는 사실을, 그러니까 예전에 기술자였다는 사실을 드러내지 않도록 조심했다. 그런 상태에서 기술자를 자처한다는 건 듀폰 화학으로 걸어가서 "이보시오, 나는 연금술사요. 나 같은 술사가 필요하지 않소?"라고 말하는 거나 마찬가지일 것이다.

나는 가격 유지용 자동차 가운데 제대로 작동하는 물건이 거의 없다는 사실을 알고 한 번 더 의견을 피력했다. 차들은 만듦새가 엉성했고 계기판이나 에어컨처럼 중요한 부속품이 없는 물건도 흔히 볼 수 있었다. 하지만 어느 날 파쇄기에 의해 찌그러지는 차를 보다가 발전장치조차 없다는 사실을 깨닫고는 그에 관해 물어보았다.

교대 감독은 잠시 나를 노려보았다. "참 대단한 걸 알아냈네. 잉여제품에 불과한 자동차에 최고의 실력을 발휘할 거라고 기대했어? 이 차들은 조립 라인에서 나오기도 전에 가격 유지용 대출에 잡혀 있단 말이야."

나는 그때부터 입을 다물고 다시는 열지 않았다. 아무래도 계속 기술에만 관심을 두는 게 좋을 듯했다. 경제는 내가 감당할 수 있는 영역이 아니었다.

하지만 생각할 시간이 너무 많았다. 내가 하는 일은 내 기준으로 볼 때 진짜 '일'이 아니었다. 작업 대부분은 다양하게 변장하고 있는 만능 프랭크가 도맡았다. 프랭크와 형제들은 파쇄기를 조작하고, 차를 해당 위치에 가져다 놓았으며, 고철을 끌고 가거나 숫자를 기록했고, 중량을 측정했다. 내가 하는 일이라고는 조그마한 플랫폼에 서서(앉는 행위는 금지되어 있었다) 스위치 앞에 붙어 있다가 문제가 발생할 경우 작업 과정 전체를 중단시키는 것밖에 없었다. 정말로 문제가 발생한 적은 없었다. 하지만 나는 얼마 지나지 않아 한 번 근무할 때마다 자동과정에서 최소한 문제점 하나를 억지로라도 찾아내 작업을 중단시키고 문제해결반을 투입해야 한다는 사실을 깨달았다.

그래야 하루에 21달러를 받고 계속 밥을 먹을 수 있었다. 생계란 무엇보다 중요한 문제였다.

사회보장금과 노조 회비와 소득세와 방위비와 의료보험비와 복지상호기금을 제하면 그중 16달러가 내 손에 들어왔다. 저녁 식사비가 10달러라는 다우티의 말은 틀렸다. 진짜 고기에 집착하지 않는다면 3달러에 아주 멋진 저녁을 먹을 수 있었다. 나는 배양탱크에서 탄생한 대체고기로 만든 햄버그스테이크와 방목형 목장에서 온 스테이크를 그 누구 못지않게 가려낼 자신이 있었다. 하지만 방사선 피폭을 유발하는 가짜 고기가 나돈다는 소문을 들은 뒤로는 대체고기에 완전히 만족하고 있었다.

거주지 문제도 간단하지 않았다. 그레이트 로스앤젤레스는 6주 전쟁이 끝난 뒤 일어났던 '즉각적인 빈민가 대청소'의 예외 지역이었기 때문에 엄청난 수의 난민이 그리로 몰려들었다(이제 와서 보면 나도 그중 한 사람이었지만, 당시에는 그렇게 생각하지 않았다). 그 사람들 가운데 어느 누구도 다시는 고향에 돌아가지 않았다. 돌아갈 고향이 남아 있는 사람도 다르지 않았다. 내가 냉동수면에 들어갈 당시에도 이 도시에는 이미 사람이 숨이 막히도록 많았다. 물론 로스앤젤레스를 도시라고 부를 수 있다는 걸 전제로 한 얘기였다. 사실은 질병에 더 가깝다고 생각하지만. 그러던 곳이 이제는 숙녀의 지갑처럼 꽉 들어차 있었다. 스모그를 없앤 건 잘한 일이 아닐 수도 있었다. 그래도 1960년대에는 비염 때문에 매년 소수의 사람들이 떠나곤 했다.

이제는 아무도 떠나지 않았다. 단 한 사람도.

성소에서 퇴소하던 날, 앞으로 할 일을 마음속으로 정해두었다. 중요한 일만 보자면 이랬다. (1) 일자리를 구할 것 (2) 머물 곳을 찾을 것 (3) 기술 수준을 따라잡을 것 (4) 리키를 찾을 것 (5) 인간이 할 수 있는 일이라면, 혼자 힘으로 다시 기술자가 될 것 (6) 벨과 마일스를 찾아내고 없애버릴 것, 그렇다고 감옥에 가지는 말 것 (7) 일벌레의 첫 특허를 조사하고, 그게 실은 만능 프랭크라는 강한 심증을 확인하고(이제는 중요한 문제가 아니지만, 그저 호기심 때문이었다), 가사도우미 주식회사의 기업 연혁을 조사하는 등 여러 가지 일을 처리할 것.

순서는 사안의 중요도에 따라 정했다. 나는 아주 오래전에 (기술과 1학년 시절 낙제할 뻔한 경험을 통해) 우선순위를 정하지 않으면 음악이 멈췄을 때 멍하니 멈춰 설 수밖에 없다는 점을 배웠다. 물론 목록 가운데 몇 가지는 동시에 진행할 수 있었다. 예를 들어 현대 기술의 골자를 배우면서 리키를 찾고, 운이 좋으면 벨과 회사의 종적을 추적할 수 있었다. 그래도 시급한 문제란 어쩔 도리가 없었다. 구직은 잠자리를 찾는 것보다 급했다. 돈이 모든 일을 시작할 수 있는 수단을 제공하니까. 한푼도 없을 때는 그렇다는 얘기다.

나는 도심에서 여섯 번 좌절을 맛보고 광고를 좇아 샌버너디노 자치도시에 갔지만 10분 차이로 실패했다. 그때 싸구려 숙박업소라도 들어갔어야 했다. 하지만 나름대로 머리를 쓴답시고 잘 곳을 찾아 도심으로 돌아갔다. 그러고는 아주 이른 시간에 일어나서 조간신문의 구인목록에 이름을 올린 회사로 간 다음 제일 먼저 줄을 섰다.

그때는 어느 편이 현명한지 알 턱이 없었다. 나는 네 군데의 하숙집 예약자 명단에 이름을 올렸지만 결과적으로 공원에서 밤을 보냈다. 별다른 수가 없었다. 공원에 머물면서 몸을 녹이려고 거의 자정이 다되도록 걸어 다녔다. 그리고 포기했다. 그레이트 로스앤젤레스의 겨울 날씨는 아열대성이라고 하지만 어디까지나 말뿐이었다. 나는 윌샤이어 자동도로의 역으로 대피했고… 새벽 2시쯤에 다른 부랑자들과 함께 체포되었다.

감옥은 옛날보다 좋아졌다. 내가 들어간 곳은 따뜻했기 때문에 바퀴벌레는 발 세척용으로 기르는 거라고 생각해주기로 했다.

나는 소란죄로 체포되었다. 판사는 젊은 청년이었다. 그는 신문에서 눈도 떼지 않고 간단히 말했다. "다 초범입니까?"

"그렇습니다, 판사님."

"30일 구류나 가출소 후 기업노동형입니다. 다음." 법원 측 집행관이 사람들을 몰아내기 시작했지만 나는 꿈쩍도 하지 않았다.

"잠시만 기다려주세요, 판사님."

"뭡니까? 문제라도 있습니까? 유죄를 인정하지 않는 겁니까?"

"음, 잘 모르겠는데요. 저는 뭣 때문에 여기 와 있는지도 모르니까요. 아시다시피…."

"국선변호인을 요구하는 겁니까? 그럴 경우 변호인이 선정될 때까지 수감되어 있어야 합니다. 내가 알기로 요즘엔 6일 정도 걸리는데… 선택은 피고의 몫입니다만."

"저기, 아직도 모르겠는데요. 가출소 후 기업노동형이 더 나을 것 같지만, 그게 뭔지도 잘 모릅니다. 허락하신다면, 법원으로부터 조언을 좀 얻고 싶은 게 제 솔직한 심정인데요."

판사가 집행관에게 말했다. "다른 사람들은 내보내세요." 그리고 나를 바라보았다. "얘기해보세요. 장담하건대 내 조언이 마음에 들진 않을 겁니다. 이 일을 하루 이틀 해온 게 아니다 보니 웬만한 거짓말은 다 들어봤고, 그 결과 그런 사람들 대부분을 크게 혐오하고 있으니까요."

"알겠습니다, 판사님. 하지만 제 얘기는 사실입니다. 확인도 간단하고요. 저기, 저는 어제 장기수면을 마치고…."

판사는 계속 혐오스러운 표정이었다. "수면자라… 우리 조상들은 도대체 무슨 생각으로 쓸모없는 사람들을 이 시대에 떠넘겨도 된다고 생각한 건지, 원. 이 도시에 절대 있어서는 안 되는 게 인구 증가란 말입니다. 제 시대에 적응 못 한 인구는 특히 그렇고요. 할 수만 있다면 수면자가 떠났던 시대가 언제든 간에 그때로 돌려보내고 싶습니다. 미래는 그 시절 사람들이 생각하는 것과 달리 절대, 절대 금으로 길을 포장하지 않는다는 소식과 함께 말입니다." 그는 한숨을 쉬었다. "이래 봐야 분명히 아무 소용도 없겠지만. 그래, 나한테서 뭘 원하는 겁니까? 기회를 한 번 더 달라는 겁니까? 일주일 뒤에 여기서 다시 볼까요?"

"판사님, 그런 생각은 해보지 않았는데요. 일자리를 구할 때까지 먹고살 돈은 있으니까…."

"뭐라고요? 돈이 있는데 왜 소란죄로 잡혀 온 겁니까?"

"판사님, 저는 소란죄라는 게 뭔지도 몰라요." 판사는 조금 전과 달리 내 설명을 전부 들었다. 마스터 보험회사에 사기를 당했다는 대목에 이르자 그가 태도를 완전히 바꿨다.

"돼지 같은 놈들! 우리 어머니께서는 20년 동안 프리미엄 고객이었는데도 그 회사에서 사기를 당했죠. 처음부터 그런 얘기를 하지 그랬어요?" 그는 명함을 꺼내더니 뭔가를 적고 나서 말했다. "잉여폐품청의 고용과로 가서 이걸 보여주세요. 거기서 일자리를 안 주거든 이따가 오후에 다시 나를 찾아오세요. 하지만 소란죄를 다시 저지르면 안 됩니다. 소란죄는 범죄 및 폭력으로 이어지기도 할 뿐 아니라, 뭣보다 잘못하면 좀비 모집꾼을 만나서 엄청나게 위험해지니까요."

그 결과 나는 공장에서 갓 나온 새 지상차를 때려 부수는 일자리를 얻었다. 하지만 나는 지금도 구직부터 시작했던 게 비논리적인 결정이었다고는 생각하지 않는다. 은행 계좌가 두둑한 사람이라면 어디든 집이나 다름없는 법이다. 경찰도 그런 사람은 건드리지 않으니까.

그리고 나는 경제사정이 허락하는 한도 안에서 멋진 방을 구했다. 그 방은 아직 신도시계획의 영향을 받지 못한 서부 로스앤젤레스 한구석에 있었다. 내가 보기에는 옷을 넣어두는 벽장을 개조한 방 같았다.

＊

내가 1970년에 비해 2000년을 싫어한다고 오해할지도 모르겠다. 나는 2000년이 좋았다. 수면에서 깨어나고 2주 정도 지난 뒤 맞이한 2001년도 좋았다. 향수병을 참을 수가 없어서 주기적으로 발작이 일어나곤 했지만, 세 번째 천 년기의 여명에 선 그레이트 로스앤젤레스는 각별했다. 나는 그처럼 멋진 곳을 본 적이 없었다. 도시는 빠르고 깨끗하며 흥분거리가 넘쳤다. 비록 사람이 너무 많긴 하지만 그 문제마저도 대규모로 대담하게 대처하고 있었다. 신도시계획이 진행되는 구역은 기술자의 심장을 뛰게 만들었다. 도시행정부에 결정권이 있어서 유입인구를 10년 동안 막는다면 주거문제도 해결할 수 있을 것이다. 하지만 실제로는 그런 권한이 없다 보니 시에라네바다 산맥을 건너오는 인구 문제에 최선을 다해 노력하는 게 고작이었다. 그 노력은 믿기 어려울 만한 장관을 만들어냈고, 실패의 규모마저도 어마어마했다.

＊

일반적인 감기가 정복되고 비염이 사라진 시대에 사는 것만으로도 30년 동안 잠들 가치가 있었다. 내게는 금성에 개척지를 세웠다는 사실보다 그편이 더 의미가 있었다.

내가 감명받은 것은 두 가지였다. 하나는 감동이 컸고 다른 하나는 작았다. 큰 쪽은 당연히 중력소거기술이었다. 나는 1970년에도 매사추세츠주에 있는 밥슨대학부속 중력연구소에 대해 알고 있었다. 하지만 유의미한 결과가 나오리라고 기대하지는 않았다. 실제로 그 연구소는 아무 수확도 건지지 못했다. 중력소거기술의 기반이 되는 기초 장이론을 만들어낸 것은 스코틀랜드의 에든버러 대학이었으니까. 하지만 내가 학교에서 배운 바에 따르면 중력이란 그 어떤 영향도 끼칠 수 없는 대상이었다. 공간의 형태에 내재되어 있기 때문이었다.

당연한 얘기지만 그래서 사람들은 공간의 형태에 변화를 주었다. 엄밀히 말하면 국지적인 공간의 형태를 임시로 변화시켰다. 하지만 그것만으로도 무거운 물체를 옮기기에는 충분했다. 어머니 지구의 중력장을 벗어날 수 없다는 한계가 있었기 때문에 우주선에는 그 기술을 쓸 수 없었다. 나는 그 사실을 알고 미래 예측을 그만두었다. 물체를 들어 올리려면 아직도 중력에너지를 이기기 위한 별도의 힘이 필요했다. 마찬가지로 물체의 높이를 낮추려면 그 무게를 지탱할 동력이 있어야 했다. 그러지 않았다가는 불꽃이 튀고 폭발이 뒤를 따른다! 하지만 예를 들어 일단 한번 띄운 물체를 샌프란시스코에서 그레이트 로스앤젤레스까지 수평으로 운반해야 한다면 스케이트 선수가 미끄러져 나아가듯 어떤 힘도 들일 필요가 없다.

멋지지 않은가!

나는 중력소거기술의 이론을 공부해보았다. 하지만 텐서 계산이 끝나는 부분부터 수학이 시작되었기 때문에 그만두었다. 기술자가 수리물리학자를 겸하는 경우는 매우 드물었고 그럴 필요도 없었다. 기술자는 사물의 표면적인 현상을 잘 이해해서 실용적으로 활용할 방안을 생각해내면 그만이었다. 다시 말해 실제로 동작하게 만드는 요소만 찾아낼 수 있으면 충분했다. 그 정도라면 할 수 있었다.

내 감동의 '작은 쪽'이란 밀착섬유의 등장으로 달라진 여성들의 옷차림이었다. 나는 누드비치 정도로 놀라는 사람은 아니었다. 그런 거라면 1970년에도 있었으니까. 하지만 여성들이 밀착섬유를 활용하는 방식을 보고는 당황하지 않을 수가 없었다.

우리 할아버지는 1890년생이었다. 할아버지가 1970년대의 생활상을 봤다면 나와 똑같은 반응을 보였을 것이다.

그래도 나는 빠르고 새로운 세계가 좋았다. 그토록 오랜 시간 동안 외롭지만 않았다면 행복하기도 했을 것이다. 나는 지인이 하나도 없었다. 물론 그 모든 지인 대신 지친 수고양이 한 마리를 선택하거나(대개 한밤중에 그랬다), 꼬맹이 리키와 함께 동물원에 가서 오후 시간을 보내는 쪽을 선택하거나, 마일스와 함께 고생과 희망을 나누면서 생겨나는 동지애 쪽을 선택하던 시절도 있었지만 말이다.

때는 아직 2001년 초반이었고 나는 숙제를 반도 해치우지 못한 상황이었다. 하지만 정부지원을 받는 일자리를 그만두고 구식 제도판 앞으로 돌아가고 싶어 몸이 근질거리기 시작했다. 현대기술을 이용하면 1970년에 불가능했던 일들을 많이, 아주 많이 해낼 수 있었다. 나는 십여 개의 제품을 설계하면서 바삐 살고 싶었다.

예를 들어보자. 나는 2000년이 되면 상용화된 자동비서를 볼 수 있을 거라 기대했다. 내용을 불러주면 인간의 손을 단 한 번도 거치지 않고 철자와 구두점과 형식까지 완벽하게 맞춘 업무용 편지를 작성하는 기계 말이다. 하지만 그런 기계는 존재하지 않았다. 아, 듣고 타이핑하는 기계를 만든 사람은 있었다. 그런데 그 기계는 에스페란토어 같은 표음언어만 다룰 수 있었기 때문에 "간장 공장 공장장은 강공장장이고" 같은 말에는 대처할 수가 없었다.

발명가의 편의를 봐주겠다고 언어의 불합리성이 없어지는 일은 발생하지 않는 법이다. 산이 내게 올 리는 없으니 내가 산으로 가야 했다.

고등학교 교육과정을 마친 학생이라면 잘못된 철자를 알아보고 거의 다 제대로 된 단어로 수정할 수 있다. 그렇다면 기계도 그 일을 해낼 수 있어야 했다.

보통 사람들은 그게 '불가능하다'고 말할 것이다. 그 일에는 인간의 판단력과 이해력이 필요하다고 말이다.

그 불가능을 가능으로 바꾸는 게 바로 발명이었다. 정부에서 특허를 내주는 것도 바로 그 때문이었다.

이제는 기억진공관의 소형화가 가능했다. 기술 소재로 금이 중요하다는 내 생각도 틀리지 않았다. 그 두 가지만 있으면 음성부호 10만 개를 0.03세제곱미터 안에 손쉽게 저장할 수 있었다. 다른 말로 표현하자면 대학생용 웹스터 사전에 있는 모든 단어의 발음을 저장할 수 있었다. 하지만 그럴 필요도 없었다. 1만 개면 충분했다. 속기사가 '카나드체적계수'나 '엽랍석' 같은 단어를 제대로 쓸 거라고 기대하는 사람이 몇이나 될까? 그런 단어를 꼭 써야 한다면 철자를 불러주면 될 일이다. 따라서 필요할 때 철자를 입력받는 기능을 넣어주어야 했다. 구두점을 가리키는 단어의 소릿값을 넣어주고, 다양한 문서형식도 넣어주고, 서류에서 주소를 찾는 기능도 넣고… 작성할 문서 수와 발송 절차도 탑재하고… 사업이나 전문직에 사용하는 특수용어를 넣어둘 빈 공간도 1천 개 분량만큼 필요했다. 기계를 소유한 고객이 같은 일을 반복하지 않도록 기록 버튼을 누르고 '리소좀축적질환' 같은 단어의 철자를 직접 저장할 수 있는 기능도 필요했다.

어려울 게 없었다. 시중에 판매 중인 부품을 사다가 잘 엮고 제품 형태로 손질만 하면 끝이었다.

진짜 문제는 동음어였다. 우리의 속기사 데이지는 '간장 공장 공장장' 같은 말에도 끄떡없었다. 각 단어의 발음이 다르기 때문이었다. 하지만 '개발'과 '계발', '살림'과 '산림' 가운데 단어를 골라야 할 경우는 문제가 될 것이다.

공공도서관에 동음어 사전이 있었다. 나는 일반적으로 사용되는 동음어 쌍을 찾아낸 다음 문맥 통계에 정보이론을 적용할 경우 그 가운데 몇 가지를 처리할 수 있는지, 그리고 몇 가지를 특수입력으로 처리해야 하는지 고민해보았다.

혼란스러운 상황에 직면하자 초조해지기 시작했다. 나는 아무 쓸모도 없는 일에 매주 30시간을 낭비했고, 공공도서관에서도 진짜 기술 공부는 손대지 못했다. 설계를 할 수 있는 작업실과 문제를 개선할 수 있는 공장과 거래 목록과 전문잡지와 계산용 기계 같은 것들이 절실했다.

그리고 최소한 전문보조직 자리라도 구해야 한다는 결론에 도달했다. 다시 기술자로 활동하겠다고 생각할 만큼 멍청하지는 않았다. 내가 습득하지 못한 전문기술이 너무나 많았으니까. 새로 배운 지식을 활용해 무언가를 구현할 방법을 떠올린들 이미 누군가가 그 문제를 나의 첫 번째 구상보다 더 깔끔하고 훌륭하게, 저가로, 그것도 십수 년 전에 해결해놓았다는 사실을 도서관에서 알게 되는 경우가 한두 번이 아니었다.

기술 관련 회사에 들어가서 그처럼 새로운 사실을 몸으로 배워야 했다. 나는 보조설계사 자리라면 얻을 수 있다는 희망을 품었다.

그런 회사에서 전동식 반자동 설계 기계를 쓴다는 점은 이미 알고 있었다. 구입하지는 못했지만 입체 그림에서 본 적이 있었다. 그래도 기회만 주어진다면 20분 안에 작동법을 익힐 자신이 있었다. 작동 방식이 내가 예전에 구상했던 것과 너무 흡사했기 때문이었다. 설계 기계는 T형 자와 구식 제도판을 쓰는 작업방식에 기초하고 있었다. 그 둘 사이에는 타자기와 손글씨의 관계 같은 연관성이 있었다. 나는 키를 두드리는 것만으로 직선과 곡선을 원하는 대로 그리는 방법을 머릿속에서 완전히 구상한 적이 있었다.

하지만 설계 기계는 만능 프랭크와 달리 내 구상을 도용해 제작하지 않았다는 점을 쉽게 확신할 수 있었다. 내가 생각했던 설계 기계는 오직 내 머릿속에만 존재했었다. 그 기계는 나와 같은 생각을 한 사람이 논리적으로 같은 길을 따라 개발한 제품이었다. 철도가 등장할 만한 시대가 오면 철로가 깔리게 마련이었다.

일벌레를 만들기도 한 알라딘 회사는 최고 수준의 설계 기계인 '설계사 댄'을 만든 곳이었다. 나는 저금을 털어서 정장과 서류 가방을 구입했다. 그리고 가방에 신문을 넣고 알라딘의 판매소를 찾아가서 구매 예정인 소비자라고 밝혔다. 그러고는 실물을 보여달라고 말했다.

가까이에서 설계사 댄을 살펴보니 그 어느 순간보다 이상한 감정을 느꼈다. 심리학자들은 그런 느낌을 '기시감'이라고 부른다. 이른바 '여기 전에 와본 적이 있는데….'라는 느낌 말이다. 어이없게도 설계사 댄은 내가 시간만 있었다면 만들었을 그 방식 그대로 개발된 기계였다. 납치되어 강제로 장기수면에 들어가지 않았다면 말이다.

그걸 어떻게 알 수 있었는지 물어보면 대답하기 어렵다. 사람이란 자신의 작업 방식을 아는 법이다. 미술비평가들은 붓질과 빛 처리와 구도와 선택된 안료의 종류와 기타 여러 가지를 보고 루벤스나 렘브란트의 그림을 가려낸다. 공학기술은 과학이 아니라 예술이다. 그리고 기술상의 문제를 해결하는 방법은 늘 아주 다양하게 마련이다. 화가가 그렇듯 기술자 역시 설계 과정에서 내린 선택을 통해 자신만의 '서명'을 남긴다.

설계사 댄에서 나만의 고유한 기술적 향취가 아주 강하게 느껴졌기 때문에 마음이 영 편하지 않았다. 나는 결국 텔레파시 비슷한 것이 존재하는 건 아닌지 의심하기 시작했다.

나는 조심스럽게 최초 특허의 일련번호를 알아냈다. 내가 머물던 주의 경우 최초 특허 획득연도는 1970년이었다. 그리 놀랄 일은 아니었다. 나는 발명자가 누구인지 알아내기로 굳게 결심했다. 발명한 사람은 내게 고유한 작업방식을 몇 가지 물려준 선생님 가운데 한 분일 수도 있었다. 또는 나와 함께 일했던 기술자일 수도 있었다.

발명자가 살아 있을 가능성도 있었다. 그렇다면 찾아가서… 나처럼 작업하는 사람과 친해지고 싶었다.

하지만 간신히 마음을 다잡고 영업사원에게 설계사 댄이 작동하는 모습을 보여달라고 요청했다. 그에게 크게 귀찮은 일을 시킬 필요도 없었다. 설계사 댄은 나와 한몸이나 마찬가지였다. 10분 뒤 나는 설계사 댄을 영업사원보다 더 잘 다룰 수 있었다. 나는 설계사 댄과 환상적인 장면을 연출하는 일을 어쩔 수 없이 멈추고, 정가와 할인가와 애프터서비스 등에 관해 물었다. 그리고 영업사원이 내민 계약서의 점선 부분에 서명하기 직전에 조만간 전화하겠다는 말과 함께 그곳을 떠났다. 치사하긴 했지만 그래 봐야 그가 낭비한 시간은 1시간 정도였다.

*

　나는 거기서 곧장 가사도우미 주식회사의 본사 공장으로 가서 입사 지원을 했다.

　이제 가사도우미 주식회사는 벨이나 마일스와 아무 관련이 없었다. 그 점은 잘 알고 있었다. 나는 업무 시간과 현대 기술을 따라잡는 다급한 노력을 제외하고 남는 시간에 벨과 마일스의 흔적을 추적했고, 두 사람보다 리키를 찾는 일에 더 공을 들였다. 그레이트 로스앤젤레스 전화 시스템에는 세 사람의 이름이 등록되어 있지 않았다. 그뿐 아니라 미국 그 어디에서도 세 사람을 찾을 수 없었다. 나는 클리블랜드에 있는 국가사무소에서 유료로 정보를 검색해 그 점을 확인했다. '벨 다킨'과 '벨 젠트리'를 모두 검색하다보니 요금은 네 배가 들었다.

　로스앤젤레스 지역구의 투표권자 등록청에서도 원하는 바는 얻어낼 수 없었다.

　가사도우미 주식회사에 문의한 결과 바보 같은 질문에 대한 대답을 전담하는 제17대 부사장이 답신을 보내왔다. 부사장은 한때 사내에 그런 이름을 가진 직원들이 있긴 했다고 조심스럽게 인정했다. 하지만 30년 전 재직했던 사람들이라 지금은 아무것도 도와줄 수 없다는 게 결론이었다.

　30년 동안 얼어붙었던 흔적을 파헤치는 일은 시간도 없고 돈도 없는 비전문가가 해낼 수 있는 일이 아니었다. 나는 그들의 지문도 없었다. 지문만 있었다면 FBI에 물어볼 수 있었을 텐데. 나는 그들의 사회보장번호도 몰랐다. 내가 사는 곳은 자유의 나라라 경찰국가 같은 명청한 체제와 반대되는 모습을 지향했다. 따라서 국민 개개인의 신상조사를 취급하는 부서는 없었다. 설사 있다 한들 나는 그런 자료에 접근할 만한 위치에 있지 못했다.

사립탐정에게 비용을 충분히 지급하면 행정기록과 신문기사와 그 밖에 여러 가지를 추적할 수 있었을 것이다. 하지만 나는 충분한 비용을 지급할 능력이 없었고, 그런 일을 직접 해낼 재능이나 시간도 없었다.

결국, 마일스와 벨을 포기하는 대신 여력이 생기자마자 전문가를 고용해 리키를 찾아내겠다고 스스로 다짐하는 수밖에 없었다. 이미 리키가 가사도우미의 주식을 보유하지 않았다고 단정하고 있었기 때문에 나는 아메리카 은행에 편지를 보내 혹시 문제의 주식을 리키 대신 신탁하고 있는지, 혹은 그런 적이 있었는지 물었다. 그러자 공문 형식의 답신이 날아왔다. 그런 사항은 기밀에 속한다는 내용이었다. 그래서 나는 수면자이고 리키가 생존해 있는 유일한 친척이라는 편지를 다시 보냈다. 그러자 어조가 더 친절하고 신탁담당 직원의 서명까지 곁들인 편지가 왔다. 신탁담당 직원은 나처럼 예외적인 상황에 놓인 사람이라 해도 신탁수혜자에 관한 정보를 누설할 수는 없으나, 송구한 마음을 표하기 위해서 시기와 지점을 막론하고 프레데리카 버지니아 겐트리를 수혜자로 한 신탁은 유치한 적이 없었다는 부정적인 사실이나마 알려드린다고 말했다.

그로써 한 가지 의문은 해결되었다. 벨과 마일스는 어떤 방법을 써서 꼬맹이 리키에게서 주식을 빼앗았던 것이다. 내가 작성한 양도증명은 지시한 바에 따라 아메리카 은행을 필히 거쳐야만 했다. 그런데 그러지 못한 셈이었다. 불쌍한 리키야! 너나 나나 그 인간들에게 가진 걸 모두 빼앗겼구나.

나는 다른 방향에서 한 번 더 접근해보았다. 모하비의 교육감 기록실에는 프레데리카 버지니아 젠트리라는 초등학생의 기록이 남아 있었다. 하지만… 그 학생은 1971년에 자퇴신청서를 냈다. 기록은 거기서 끝났다.

그래도 어느 시기에 이 세상 어딘가에 리키가 실제로 존재했다는 사실을 확인한 것만으로도 어느 정도 위안이 되었다. 리키가 자퇴한 뒤 미국에 있는 수천 개의 공립학교 가운데 어느 한 곳에 입학신청서를 냈을 가능성은 있었다. 그 모든 학교에 전부 편지를 보내려면 얼마나 걸릴까? 모든 학교가 내 문의에 답해줄 의지가 있다 하더라도 사실을 확인해줄 만큼 기록이 잘 정리되어 있기는 할까?

2억5천만 명의 사람 속에서 어린 소녀 한 명쯤은 바다에 던진 조약돌처럼 사라져버릴 수 있었을 것이다.

✳

하지만 수색에 실패한 탓에 가사도우미 주식회사에서 일자리를 구할 수 있는 자유가 생겼다. 경영자가 마일스나 벨이 아니라는 점은 이미 알고 있었다. 백여 개나 되는 다른 자동화 기업에서 일거리를 구할 수도 있었지만 가사도우미와 알라딘은 가전자동기계의 양대 산맥이었다. 두 회사는 지상자동차의 전성기에 포드와 제너럴 모터스만큼이나 해당 업계에서 중요한 위치에 있었다. 내가 가사도우미를 선택한 데에는 다소 감상적인 이유도 있었다. 내가 세운 옛 회사가 어떻게 성장했는지 보고 싶었던 것이다.

나는 2001년 3월 5일 월요일에 가사도우미 주식회사의 채용과로 가서 사무직 노동자 담당직원 앞에 줄을 서고, 기술자와 아무 상관이 없는 십여 개의 서류와 관련이 있는 서류 하나에 내용을 기입하고… "전화는 이쪽에서 드릴 테니 먼저 연락하지 마세요."라는 말을 들었다.

나는 근처를 돌아다니다가 안으로 밀고 들어가서 경비원 지원자를 찾고 있던 보조사무원을 만났다. 내가 유일하게 의미가 있다고 할 만한 서류를 내어놓자 그는 마지못해 들여다보고는 내 기술자 자격증이 무효라고 말했다. 실무에서 손을 뗀 지 30년이 넘었다는 게 이유였다.

나는 수면자라는 점을 강조했다.

"그럼 상황이 더 안 좋죠. 우리 회사는 어떤 경우에도 45세 이상은 고용하지 않거든요."

"저는 45세가 아닌데요. 서른밖에 안 됐어요."

"1940년생이시잖아요. 미안합니다."

"그럼 뭘 어떡해야 할까요? 자살이라도 할까요?"

그가 어깨를 으쓱했다. "저라면 노령연금을 신청하겠죠."

나는 인생에 도움이 될 만한 얘기를 한마디 해주려다가 재빨리 자리를 떴다. 그리고 1킬로미터 정도를 돌아다니다가 정문으로 가서 안으로 들어갔다. 최고관리자의 이름은 커티스였다. 나는 그를 찾아갔다.

처음 두 층은 그와 약속이 되어 있다고 억지를 부려 통과했다. 가사도우미 주식회사는 자사에서 생산한 자동기계가 아니라 피와 살이 있는 진짜 인간을 안내직원으로 쓰고 있었다. 나는 마침내 여러 층을 올라간 다음 대표이사의 방에서 두 칸 떨어진 방 앞에 도달했다. 그리고 내 용건을 계속 캐묻는, 통과하기가 계측자만큼이나 까다로워 보이는 직원을 만났다.

나는 주변을 둘러보았다. 사무실은 인간 40명이나 기계 여러 대가 들어갈 수 있을 만큼 큼직했다. 직원이 날카로운 목소리로 물었다. "자, 용건을 말씀하시면 커티스 씨 담당 비서에게 확인해보겠습니다."

나는 다른 사람들이 확실히 듣도록 큰 소리로 말했다. "그 작자가 내 아내와 무슨 짓을 벌일 건지 확인하러 온 겁니다!"

나는 60초 뒤 커티스의 개인 사무실에 있었다. 그가 나를 바라보았다. "도대체 그게 무슨 헛소리죠?"

나는 1시간 반 동안 오래된 기록을 제시해 가면서 나에게는 아내가 없다는 점과 이 회사의 진짜 창립자가 나라는 사실을 이해시켰다. 그러자 커티스가 술과 시가를 제공하면서 친근하게 굴기 시작했고, 나는 영업부장과 수석기술자와 기타 다른 부서장을 만났다. "돌아가신 줄 알았습니다." 커티스가 말했다. "사실 회사 공식 연혁에는 돌아가신 거로 돼 있어요."

"잘못된 소문이에요. 다른 댄 데이비스와 착각한 거죠."

영업부장인 잭 갤러웨이가 갑자기 물었다. "이제부터 뭘 하실 겁니까?"

"글쎄요. 지금은, 저기, 자동차사업 쪽에 있는데 그만둘 거예요. 그건 왜요?"

"왜라뇨? 뻔하잖습니까?" 갤러웨이는 수석기술자인 맥비 쪽으로 팔을 내저었다. "맥비, 잘 들었지? 기술자들은 다 똑같아. 판매 실적을 올릴 기회가 제 발로 달려들어서 키스를 해도 알아채질 못한다니까. '왜'냐고요? 댄 데이비스 씨는 광고 문구 그 자체니까요! 데이비스 씨는 살아 있는 낭만이에요. '회사창립자가 무덤에서 걸어 나와 젊은 천재들을 만나다.' '최초의 로봇하인 발명자가 천재성의 결실을 돌아보다.'"

나는 다급하게 말했다. "저기, 잠깐만요. 난 광고 모델도 아니고 매혹영상 배우도 아닌데요. 조용히 살고 싶어요. 그러려고 온 것도 아니고요. 나는… 기술 쪽에 취직하려고 온 거예요."

맥비는 눈썹을 치키고 아무 말도 하지 않았다.

우리는 한동안 논쟁을 벌였다. 갤러웨이는 광고에 출연하는 것이 창립자의 어렵지 않은 의무라고 설득하려 들었다. 맥비는 별말이 없었지만 자신의 부서에선 내가 아무 쓸모도 없을 거라고 생각하는 눈치였다. 어느 순간 그가 내게 고체회로설계에 대해 아느냐고 물었다. 나는 일반교양서적에서 읽어본 게 전부라고 인정할 수밖에 없었다.

마침내 커티스가 절충안을 내놓았다. "제 얘기를 들어보시죠. 댄 데이비스 씨는 아주 특별한 위치에 있어요. 선생께서 우리 회사뿐 아니라 이 업계 전반을 창립했다고 해도 과언이 아닐 거예요. 하지만 맥비가 잠깐 내비친 것처럼, 이 분야는 선생이 장기수면에 들어간 뒤로 계속 발전했어요. 그러니 제안을 하죠. 선생께… 음… '명예연구기술자'라는 직함을 드리면 어떨까요?"

나는 머뭇거렸다. "그게 무슨 뜻이죠?"

"뜻은 편할 대로 생각하세요. 하지만 솔직히 말씀드려서 갤러웨이에게 협력하기를 바라고 드리는 직함이에요. 제품을 만들기도 하지만 팔기도 해야 하니까요."

"저기, 기술 관련 업무를 볼 수는 있는 건가요?"

"그거야 하시기 나름이죠. 시설을 이용할 수 있고 원하는 것도 하실 수 있을 거예요."

"공장시설을 사용할 수 있다고요?"

커티스가 바라보자 수석기술자인 맥비가 대답했다. "그럼요, 당연하죠. 물론 합리적인 수준에서…." 그가 말끝을 하도 흐리는 바람에 나는 뜻을 제대로 이해할 수가 없었다.

갤러웨이가 기분 좋은 목소리로 말했다. "그럼 다 됐죠? 자리 좀 떠도 되겠죠? 댄 데이비스 씨, 여기 그대로 계세요. 가사도우미 원형모델과 함께 사진을 찍을 테니까요."

그는 말한 것을 실행에 옮겼다. 내 손으로 땀 흘려 조립한 바로 그 모델을 만나니 기뻤다. 아직도 작동하는지 보고 싶었지만 맥비가 동력을 넣지 못하게 가로막았다. 아마 내가 작동법을 안다는 사실을 못 믿는 것 같았다.

✳

나는 3월과 4월 내내 가사도우미 주식회사에서 즐거운 시간을 보냈다. 내가 바랐던 전문가용 공구와, 기술 잡지와, 반드시 갖춰놔야 하는 거래 카탈로그와, 실용적인 참고서적들과, 설계사 댄(가사도우미 주식회사는 자동 설계기계를 만들지 않고 알라딘의 최고급 제품을 사서 썼다)이 전부 손닿는 곳에 있었다. 그리고 전문가들의 일 이야기는… 내게 음악과도 같았다.

나는 그중에서도 부품지원과의 수석기술자인 척 프로이덴베르그와 가까워졌다. 내가 보기에 진짜 기술자는 프로이덴베르그밖에 없었다. 다른 사람들은 쓸데없이 고학력이었고 계산자처럼 고지식한 기계공에 불과했다. 맥비도 다르지 않았다. 수석기술자인 맥비야말로 진짜 기술자가 되려면 학위와 스코틀랜드 억양만으로는 부족하다는 사실을 보여주는 산 증거였다. 더 친한 사이가 되자 프로이덴베르그도 내 평가에 동의했다. "맥비는 새로운 거라면 다 싫어해요. 심지어 일도 1900년대 초반의 스코틀랜드 전통곡을 부르던 할아버지처럼 한다니까요."

"그런 사람이 이 회사에서 무슨 일을 하는 거야?"

프로이덴베르그도 맥비가 무슨 일을 하는지 자세히는 알지 못했다. 하지만 현 회사의 모체는 그동안 단순히 가사도우미 주식회사의 특허를(즉, 내가 낸 특허를) 임대해서 제조만 해오던 업체인 것 같았다. 그러다가 20여 년 전쯤 다른 회사들처럼 절세를 위한 합병이 진행되었다. 그 과정에서 제조사의 주식과 가사도우미 주식회사의 주식이 맞교환되었고, 내가 창립한 회사의 이름을 새로 탄생한 회사에 쓰기에 이르렀다. 프로이덴베르그는 맥비가 그때 고용된 사람이라고 생각하고 있었다. "슬쩍 덕을 좀 본 거겠죠."

저녁이 되면 프로이덴베르그와 나는 가끔 술집에 앉아서 맥주를 앞에 놓고 현대 기술과 회사가 원하는 바를 비롯해 이런저런 이야기를 나눴다. 그는 처음엔 내가 수면자라는 점 때문에 흥미가 생겼다고 말했다. 그때쯤 나는 수면자에 관해 괴상한 억측을 하는 사람들이 많다는 점을 알고 있었기 때문에(사람들은 우리를 괴물로 여겼다), 내가 그 가운데 한 사람이란 사실을 숨겼다. 하지만 프로이덴베르그는 시간을 건너뛴다는 개념 자체에 매료되어 있었다. 그리고 옛 시절을 문자 그대로 '어제 일처럼' 기억하는 사람이 들려주는 이야기를 통해 자신의 출생 전 세상에 대한 건전한 궁금증을 해소하고 있었다.

프로이덴베르그는 그 대가로 내 머릿속에서 항상 부글거리고 있는 새 기계장치들을 평가해주었다. 그리고 내가 서기 2001년 기준으로 진부한 제품을 구상하고 있으면(그런 일이 계속 반복되다 보니) 바로잡아주었다. 그가 친절하게 길잡이역을 해준 덕분에 나는 빠른 속도로 시대에 어울리는 기술자가 되어가고 있었다.

하지만 4월 어느 저녁, 자동비서에 대한 착상을 대략 설명했더니 프로이덴베르그가 느린 말투로 물었다. "댄, 업무 시간에 그 작업을 한 적 있어요?"

"응? 아니, 안 했는데. 왜?"

"회사 쪽하고 무슨 계약을 맺었어요?"

"뭐? 계약은 안 했는데." 커티스는 내게 월급을 주었고 갤러웨이는 내 사진을 찍어 간 다음 대필작가를 통해 바보 같은 질문이나 던졌다. 그게 전부였다.

"흠, 저기요. 나라면 진짜 바라던 자리에 서기 전에는 그 작업은 손도 안 대겠어요. 그건 진짜 새로운 제품이니까요. 그리고 당신이라면 제대로 동작하는 제품을 만들 것 같아요."

"그런 문제는 걱정해보지 않았어."

"자동비서는 당분간 작업하지 마세요. 회사 꼴이 어떤지 잘 아시잖아요. 회사는 돈을 잘 벌고 있고 기술자들은 양질의 제품을 만들고 있어요. 하지만 최근 5년 사이에 내놓은 신제품이란 것들은 전부 특허사용료를 내는 것뿐이에요. 맥비가 버티고 있다 보니 나는 새로운 제품을 만들 수가 없어요. 하지만 당신은 맥비를 건너뛰고 대표이사에게 얘기할 수 있잖아요. 월급만 받고 자동비서를 회사에 통째로 넘길 거라면 모를까, 그렇지 않으면 만들지 마세요."

나는 그의 조언에 따랐다. 설계는 계속했지만 잘 나온 도면은 모조리 태워버렸다. 일단 기억하고 나면 도면은 필요 없었다. 나는 그런 행동에 아무 죄책감을 느끼지 않았다. 회사는 나를 기술자로 채용한 적이 없었다. 그저 갤러웨이를 위해 전시장의 인형 노릇을 시키고 대가를 지급했을 뿐이었다. 나라는 인형의 광고가치가 사라지면 한 달분의 월급을 얹어 주고, 감사의 뜻을 표하고, 내보낼 게 뻔했다.

하지만 그때쯤이면 나도 엄연한 기술자로 복귀할 테고 개인 사무실도 열 수 있을 것이다. 프로이덴베르그가 이직을 원한다면 데리고 나갈 생각이었다.

갤러웨이는 내 이야기를 신문에 싣는 대신 전국에 배포되는 잡지에 실으려고 천천히 일을 꾸몄다. 그는 30년 전에 가사도우미의 첫 양산 모델이 그랬듯 이번에도 내 이름을 〈라이프〉 지에 실어 널리 퍼뜨릴 생각이었다. 〈라이프〉 지는 미끼를 물지 않았다. 하지만 그해 봄에 그는 결국 다른 여러 매체에 화면광고까지 묶어서 기사를 싣는 데에 성공했다.

나는 수염을 길러볼까 생각했다. 그러다가 알아보는 사람이 한 명도 없으니 그러든 말든 신경 쓰는 사람도 없을 거라는 점을 깨달았다.

내게 어이없는 편지를 보내는 사람도 적지 않았다. 그중에는 신이 나를 위해 계획한 인생에 반항했기 때문에 지옥불에서 영원히 불탈 거라고 예언하는 남자도 있었다. 나는 그 편지를 내던졌다. 정말로 내게 일어난 일에 신이 반대했다면 애초에 냉동수면이 발명되지 못하게 막았을 테니까. 어쨌든 나는 전혀 신경을 쓰지 않았다.

하지만 2001년 5월 3일 목요일에 나는 전화를 한 통 받았다.

"슐츠 부인께서 전화하셨는데요. 받으시겠습니까?"

슐츠 부인? 아, 이런. 나는 다우티와 마지막으로 통화하면서 그 문제를 알아서 처리하겠다고 말했었다. 하지만 마음이 내키지 않아 미뤄두고 있었다. 슐츠 부인이란 사람이 수면자를 추적해서 개인적인 질문이나 던지는 미치광이 가운데 한 사람일 거라고 거의 확신해서였다.

하지만 다우티의 말에 따르면 그 사람은 내가 12월에 퇴소한 뒤에도 여러 차례 전화를 걸었다고 했다. 성소 측은 정책에 따라 내 주소를 그 사람에게 알려주지 않았고 대신 메시지만 전달해주겠다고 동의했다.

흠, 나는 다우티의 번거로움을 끝내줄 책임이 있었다. "연결해줘요."

"댄 데이비스 씨인가요?" 내 사무실 전화에는 화면이 없었기 때문에 상대는 나를 볼 수 없었다.

"그런데요. 슐츠 부인이신가요?"

"오, 댄, 자기야. 자기 목소리를 들으니 너무 좋다!"

나는 곧바로 대답하지 않았다. 상대는 계속 말을 이었다. "나 누군지 모르겠어?"

누군지는 잘 알고 있었다. 그녀는 벨 다킨이었다.

7

나는 벨과 만나기로 약속했다.

처음에는 지옥에나 가라고 말해주고 전화를 끊고 싶은 충동에 사로잡혔다. 하지만 나는 오래전에 복수가 유치하다는 사실을 깨달았다. 복수를 한들 피트가 돌아올 리 없었고, 정말로 죄에 걸맞은 복수를 실행에 옮기면 아마도 곧장 감옥에 들어가야 할 테니까. 나는 추적을 단념한 뒤로 벨과 마일스에 대해 거의 생각하지 않고 지냈다.

하지만 벨이라면 리키의 소재를 분명히 알고 있을 것이다. 약속은 그래서 잡았다.

그녀는 자신을 데리고 외출해서 저녁을 사달라고 했다. 그럴 생각은 없었다. 내가 예의를 지나치게 따지는 사람은 아니지만, 식사란 친구와 함께하는 행위이다. 그녀를 만나긴 하겠지만 함께 밥을 먹거나 술을 마실 생각은 없었다. 나는 주소를 받아적고 저녁 8시까지 그녀의 집으로 가겠다고 말했다.

주소지는 엘리베이터가 없는 싸구려 임대 아파트였다. 아파트 건물은 도시 한구석 라브레아 변두리에 있었고, 아직 신도시계획으로 재개발되지 않은 상태였다. 나는 초인종을 누르기도 전에 그녀가 나를 또다시 털어먹을 계획은 세우지 않았겠다고 확신했다. 그런 일을 꾸몄다면 그런 집으로 나를 부르지 않았을 테니까.

그리고 그녀를 보자 복수를 하기에는 너무 늦었다는 사실을 알았다. 이미 세월이 복수를 해주었기 때문이었다.

벨이 내게 밝혔던 나이가 사실이라면 그녀의 나이는 적어도 쉰셋이었다. 실제로는 예순에 가까웠을 것이다. 하지만 노인의학과 내분비학이 발전한 덕분에 노화방지에 신경 쓰는 여성은 30대의 외모를 유지할 수 있었다. 그런 여성은 아주 많았다. 매혹영상 배우 중에는 손주가 태어났다고 자랑하면서 순진한 젊은 여성 역으로 주연을 맡는 사람들도 있었다.

벨은 노화방지에 신경을 쓰지 않았다.

그녀는 살이 쪘고 목소리가 새되었으며 교태를 부렸다. 여전히 자신의 신체가 최고의 자산이라고 믿는 게 분명했다. 그녀는 신체를 과다하게 드러내는 밀착섬유 네글리제를 입고 있었다. 그와 동시에 그녀가 여성이고 포유류이며 과식하는 중이고 운동이 부족하다는 점도 함께 드러나고 있었다.

본인은 그 사실을 자각하지 못하는 듯했다. 한때 명민했던 두

뇌도 둔해진 상태였다. 남은 거라고는 자만과 스스로에 대한 과도한 자신감뿐이었다. 그녀는 기쁨을 담아 꺄악 소리를 내면서 내게 몸을 던졌고, 감은 팔을 떼어내기도 전에 입을 맞추려고 바짝 다가붙었다.

나는 손목을 잡고 그녀를 밀어냈다. "진정해, 벨."

"왜 그래, 자기야! 난 자기를 만나서 너무 행복하고 너무 흥분되고 너무 감격했는데!"

"그렇겠지." 나는 화를 내지 않기로 단단히 마음먹고 그 집에 방문했다. 필요한 것만 알아내고 나갈 생각이었다. 하지만 그러기가 쉽지는 않았다. "나를 마지막으로 봤던 날은 기억해? 냉동수면에 집어넣으려고 약물을 잔뜩 주사했잖아."

벨은 어리둥절하다가 상처 입은 표정을 지었다. "아냐, 자기야. 다 자기를 위해서 그런 거라고! 자긴 그때 많이 아팠잖아."

그녀는 진심으로 그렇게 믿는 것 같았다. "알았다고. 됐어. 마일스는 어디 있어? 당신 지금은 슐츠 부인이라고 했던가?"

그녀가 눈을 크게 떴다. "몰랐어?"

"뭘?"

"불쌍한 마일스… 불쌍하고 사랑스러운 마일스. 그 사람은 자기가 떠난 다음에 2년도 채 못 살았어." 그녀의 어조가 갑자기 바뀌었다. "그 망할 자식이 날 속였다니까!"

"그거 안됐네." 나는 마일스가 어떻게 죽었는지 궁금했다. 추락사했을까? 누가 밀었을까? 비소가 든 수프를 먹었을까? 나는 그녀가 화제에서 완전히 벗어나기 전에 가장 중요한 문제에 집중하기로 했다. "리키는 어떻게 됐어?"

"리키?"

"마일스와 함께 살던 어린 딸 있잖아. 프레데리카라고."

"아, 그 살벌한 애새끼! 내가 그걸 어떻게 알아? 제 할머니와 살겠다고 가버렸는데."

"그게 어디야? 할머니 이름은?"

"어디냐고? 툭손인지 유마인지 여하튼 그렇게 따분한 동네였는데. 인디오인지도 몰라. 자기야, 난 그렇게 지긋지긋한 애 얘기는 하기 싫어. 우리 얘기나 하자."

"잠깐 기다려봐. 리키의 할머니 성함이 뭐였어?"

"댄, 자기 진짜 따분하게 군다. 도대체 내가 그런 걸 왜 기억해야 하는데?"

"뭐였냐니까."

"음, 해널론이었나 해니였나 하인츠였나. 힝클리였던 것도 같고. 자기야, 재미없게 이러지 마. 술 마시자. 우리의 행복한 재결합을 위해 건배하자고."

나는 고개를 저었다. "난 이제 술 안 마셔." 거의 사실과 다름없는 말이었다. 나는 위기 상황에서 술은 도움이 안 된다는 사실을 깨달은 뒤로는 대개 척 프로이덴베르그와 맥주를 한 잔 마시는 선에서 자제하고 있었다.

"자기 진짜 재미없네. 나는 마셔도 되지?" 그녀는 말을 마치기도 전에 외로운 여성의 친구인 진 스트레이트를 들이켰다. 하지만 잔을 다 비우기 전에 플라스틱 약통을 집더니 캡슐 두 개를 손바닥 위에 올려놓았다. "하나 줄까?"

나는 그 줄무늬 캡슐이 뭔지 알고 있었다. '유포리언'이었다. 유포리언은 무해하고 중독성도 없다고 알려져 있었지만 그렇지 않다는 의견도 있었다. 그 약품을 모르핀이나 신경안정제와 동급으로 분류하는 방안이 검토 중이었다. "고맙지만 난 지금도 행복해."

"좋기도 하겠다." 벨은 두 알을 다 먹고 뒤이어 진을 마셨다. 유용한 정보를 알아내려면 서둘러야 할 것 같았다. 조금 뒤면 벨은 아무 말도 못 하고 웃기만 할 것이다.

나는 팔을 붙들고 그녀를 긴 의자에 앉혔다. 그리고 맞은편에 자리를 잡았다. "벨, 이제 당신 얘기 좀 해봐. 최근 소식까지 다 말해보라고. 너희 둘과 매닉스 쪽 사람들은 도대체 어떻게 된 거야?"

"뭐? 우리가 안 그랬어." 그녀는 갑자기 화를 냈다. "그건 네 책임이었잖아!"

"음? 내 책임이라니? 난 거기 있지도 않았는데."

"당연히 네 책임이지. 옛날 휠체어로 네가 괴물덩어리를 만들었잖아. 매닉스에서는 그걸 원했는데 사라졌어."

"사라졌다고? 그게 어디에 있었는데?"

그녀는 탐욕스럽고 의심 많은 눈으로 나를 응시했다. "그거야 네가 알겠지. 네가 가져갔으니까."

"내가? 벨, 정신 나갔어? 난 아무것도 못 가져갔어. 딱딱하게 얼어 있었다고. 냉동수면에 들어갔으니까. 그 기계가 어디 있었지? 그리고 언제 사라졌어?" 벨과 마일스가 만능 프랭크를 이용한 게 아니라면, 누군가 다른 사람이 훔쳤다는 내 생각과 앞뒤가 맞긴 했다. 하지만 이 지구상에 사는 수십억 명의 사람들 가운데 절대 그런 짓을 할 수 없는 사람이 바로 나였다. 나는 두 사람이 투표로 나를 이겼던 비참한 날 밤 이후로 만능 프랭크를 본 적이 없었다. "벨, 말해봐. 그게 어디 있었어? 왜 내가 갖고 갔다고 생각하는 거야?"

"너밖에 없었어. 그게 중요한 물건이란 사실은 아무도 몰랐어. 그냥 고철덩어리로 보였으니까! 난 마일스한테 그 물건을 차고에 넣지 말라고 해뒀다고."

"하지만 누가 훔쳐갔다 해도 작동시키는 방법은 몰랐을 거야. 제작기록과 사용법과 도면은 전부 너희가 갖고 있었으니까."

"아냐, 우린 안 그랬어. 그날 밤에 그 물건을 잘 보관해두려고 옮겼거든. 그때 멍청한 마일스가 문서들을 전부 기계 안에 넣어뒀지."

나는 '보관'이란 단어를 문제 삼지 않았다. 그 대신 마일스가 수 킬로그램에 달하는 서류를 만능 프랭크의 몸체 안에 넣을 수는 없었다는 점을 지적하려 했다. 프랭크의 내부는 거위처럼 꽉 차 있었다. 아, 기억이 맞는다면 당시에 나는 작업에 쓰는 공구를 넣어두려고 휠체어식 하체의 바닥면에 임시 선반을 만들어두었다. 급히 서두르는 사람이라면 그 공간에 서류를 넣었을 것이다.

하지만 이제는 상관없었다. 한 가지든 여러 가지든 그 범죄는 이미 30년에 벌어진 일이었다. 나는 두 사람이 왜 가사도우미 주식회사를 잃었는지 알고 싶었다. "매닉스와 계약하지 못한 다음에 회사를 어떻게 했어?"

"당연히 우리가 운영했지. 그러다가 제이크가 그만뒀고, 마일스는 회사 문을 닫자고 했어. 그 사람은 소심했으니까…. 난 끝까지 제이크 슈미트가 마음에 안 들었어. 사람이 음침했잖아. 그리고 네가 왜 그만뒀는지 끝없이 묻더라고. 꼭 우리가 그러기라도 한 것처럼! 그럴 수가 없었는데. 나는 괜찮은 공장장을 고용해서 사업을 이어가고 싶었어. 그러면 가치가 꽤 나갔을 테니까. 그런데 마일스가 고집을 안 꺾더라고."

"그다음에는 어떻게 됐어?"

"아, 그다음엔 기어리 공업에 특허사용권을 주고 돈을 받았지. 뻔하잖아. 너도 알고 있으면서 왜 그래. 너 지금 거기서 일하잖아."

그건 알고 있는 사실이었다. 현재 가사도우미의 완전한 회사명이 '가사도우미 가전 및 기어리 공업 주식회사'였으니까. 나는 늙고 축 처지고 좌절한 벨에게서 필요한 사실을 전부 알아냈다고 생각했다.

그런데 궁금한 점이 하나 더 남아 있었다. "기어리 공업에 사용권을 주고 나서 주식 지분을 팔았나?"

"응? 뭣 때문에 그렇게 멍청한 생각을 하는 거야?" 벨은 말을 더듬더니 훌쩍이면서 힘없이 손수건을 만지작거렸다. 그러다가 결국 포기하고 눈물이 흘러내리도록 내버려두었다. "난 속았어!

속았다고! 그 추접스러운 짠돌이 놈이 속인 거야…. 나를 밀어
냈다고." 그녀는 코를 훌쩍거리고 명상에 잠기듯 덧붙였다. "너
희 둘 다 날 속였어. 그중에서 댄, 네가 더 나빠. 내가 그렇게 잘
해줬는데." 그녀는 다시 엉엉 울기 시작했다.

유포리언 가격이 얼마인지는 몰라도 제값을 못하는 것 같았
다. 혹은 그녀가 울음을 즐기는 것일 수도 있었다. "마일스가 당
신을 어떻게 속였어, 벨?"

"뭐? 흠, 너도 알고 있잖아. 그 사람은 모든 걸 그 더러운 애
새끼한테 넘겼어. 나한테 다 약속해놓고서… 중상을 입어서 간
호해주니까 약속해놓고서. 걔는 친딸도 아니었잖아. 그럼 뻔하
지, 뭐."

나는 그날 저녁 처음으로 반가운 소식을 들은 셈이었다. 내
가 신탁해놓은 주식을 두 사람이 빼돌리긴 했지만, 리키는 결국
나중에 큰 재산을 받은 게 분명했다. 그래서 나는 중요한 문제
로 되돌아갔다. "벨, 할머니 성함이 뭐였어? 두 사람이 사는 곳
은 어디였지?"

"누구 얘기야?"

"리키의 할머니."

"리키가 누군데?"

"마일스의 딸. 잘 생각해봐, 벨. 중요한 일이야." 벨은 그 말
을 듣고 폭발했다. 그녀는 내게 손가락질을 하더니 목소리를 높
였다. "이제 알겠다. 너, 그 아이를 좋아했지. 그래서 그런 거야.
그 조그맣고 더러운… 애나 끔찍한 고양이나."

그녀가 피트를 언급하자 나는 분노가 치솟았다. 하지만 간신히 참아냈다. 그저 그녀의 어깨를 붙들고 조금 흔들었다. "정신차려, 벨. 딱 하나만 말해줘. 리키와 할머니는 어디서 살았어? 마일스가 편지를 보낼 때 적었던 주소를 떠올려봐."

그녀는 발길질을 해댔다. "말 안 해줄 거야! 넌 아까 우리 집에 왔을 때부터 고약한 냄새를 풍겼으니까." 그러더니 순간적으로 멀쩡해졌는지 조용히 말했다. "나도 몰라. 할머니 이름은 하네커였던가? 그 비슷한 이름이었어. 그 아이 할머니는 딱 한 번밖에 못 봤어. 유언장을 공개할 때 법정에서 만났지."

"그게 언제였어?"

"당연히 마일스가 죽은 직후였지."

"마일스가 언제 죽었어, 벨?"

그녀는 다시 태도를 바꿨다. "뭐 그렇게 궁금한 게 많아. 너나 보안관들이나 똑같아. 질문, 질문, 질문!" 그리고 나를 바라보며 애원했다. "다 잊고 우리 둘만 생각하자. 이제 우리 둘밖에 없잖아, 자기야. 우린 앞으로 남은 인생이 있다고. 여자 나이 서른아홉이면 많은 것도 아니야. 슐츠는 자기가 본 사람들 중에 내가 제일 젊다더라. 그 늙은 염소는 만난 사람이 엄청나게 많다고! 우린 행복하게 살 수 있어, 자기야. 우리는⋯."

나는 더 이상 참을 수가 없었다. 탐정 역할도 지긋지긋했다. "나 갈게, 벨."

"뭐라고? 아니, 아직 시간이 이르잖아. 아직 밤이 한참 남았다고. 내 생각엔⋯."

"무슨 생각을 하든 나랑 상관없어. 지금 당장 가야겠어."

"자기야! 너무 아쉽다. 언제 다시 만나러 갈까? 내일? 미칠 듯이 바쁘긴 하지만 약혼을 깨버릴 테니까…."

"두 번 다시 볼 일 없을 거야, 벨." 나는 떠났다.

그리고 그녀를 두 번 다시 만나지 않았다.

나는 집에 오자마자 뜨거운 물로 목욕하고 몸을 벅벅 문질렀다. 그런 다음 앉아서 오늘 일어난 일을 나름대로 정리해보았다. 벨은 리키 할머니의 이름이 H로 시작한다고 기억하는 모양이었다. 물론 그것도 벨의 푸념에 진실이 들어 있다고 가정할 때의 얘기였다. 심히 의심스럽긴 했지만 말이다. 그녀는 리키와 할머니가 애리조나나 캘리포니아주의 사막 도시에 살았다고도 했다. 전문적인 채무자 수색원이라면 그 정도 정보에서 유의미한 정보를 끌어낼 수도 있을 것이다.

물론 실패할 수도 있다. 어쨌든 오래 걸리고 비용도 많이 들거라서 내게 감당할 능력이 생기기 전까지는 시도할 수가 없는 일이었다.

그밖에 유의미한 사실을 더 알아냈던가?

(벨에 따르면) 마일스는 1972년경에 죽었다. 국내에서 죽었다면 두어 시간만 조사해도 날짜를 특정할 수 있다. 그다음에는 유언장 청취일을 추적할 수 있겠지. 벨의 말대로 그런 일이 실제 있었다면 말이지만. 어쨌든 그러면 당시에 리키가 살던 곳까지 알아낼 수 있을 것이다. 법원에 그런 기록이 보존되어 있다면(그 여부는 알지 못했다). 그리고 시간 경과를 28년 이하로 좁히

고 그토록 오래전에 리키가 살았던 도시를 알아내어 뭐든지 간에 얻어낼 수 있다면 말이다.

현재 마흔한 살이고 결혼해서 가정을 꾸린 것이 거의 확실한 여성을 찾아봐야 무슨 의미가 있을까. 벨이 이제는 엉망이 되어 버렸다는 사실 때문에 마음이 흔들렸다. 30년이란 세월이 무슨 의미인지 이해하기 시작했던 것이다. 리키가 정중하고 선량하지 않은 어른으로 자랐을까 봐 두려운 건 아니지만… 그 애가 나를 기억이나 할까? 물론 나를 완전히 잊었을 거라고는 생각하지 않았다. 하지만 한때 자신이 '댄 삼촌'이라고 불렀던 사람, 멋진 고양이를 키우던 사람, 이제는 얼굴도 가물가물한 사람 정도로 기억하는 건 아닐까?

나도 결국 내 나름대로, 벨과 별반 다르지 않게 과거의 환상 속에서 사는 건 아닐까?

아, 뭐, 리키를 다시 찾아 나선다고 손해 볼 일은 없었다. 적어도 1년에 한 번씩 연하장 정도는 주고받을 수 있을 테니까. 리키의 남편이 그것까지 반대하지는 않을 것이다.

8

다음 날은 5월 4일 금요일이었다. 나는 사무실로 출근하지 않고 지역구 기록보관소에 들렀다. 보관소 사람들은 마침 짐을 전부 옮기는 중이었고 다음 달에 다시 찾아오라고 말했다. 그래서 〈타임스〉 지 사무실에 간 다음 목이 뻣뻣해질 때까지 마이크로 스캐너를 돌렸다. 하지만 내가 냉동수면장치에 들어간 날로부터 12개월에서 26개월 사이에 마일스라는 사람이 죽은 날짜는 알아낼 수 없었다. 부고 기사라는 게 정확하다면 그는 로스앤젤레스 지역구에서 죽지 않았다는 뜻이었다.

물론 그가 로스앤젤레스 지역구에서 죽으라는 법은 없었다. 사람은 어디서든 죽을 수 있다. 그 점은 아직 어느 누구도 바꿀 수 없다.

새크라멘토 기록보관소라면 주 관련 기록을 보관해둘 가능성이 있었다. 나는 나중에 확인하기로 마음먹고 〈타임스〉 지 사무실의 사서에게 감사 인사를 한 다음 나가서 점심을 먹고 마침내 가사도우미 주식회사에 있는 사무실로 돌아갔다.

나를 기다리고 있던 것은 전화 두 통과 메시지였다. 발신인은 모조리 벨이었다. 나는 메시지 첫머리에서 '사랑하는 댄'까지만 읽고는 종이를 찢어버렸다. 그리고 안내직원에게 슐츠 부인이 거는 전화를 전부 무시하라고 일러두었다. 그런 다음 경리과에 가서 수석 회계원에게 폐지된 옛 주식의 발행 기록과 소유권을 조회할 수 있는지 물어보았다. 회계원이 알아보겠다길래 내가 한때 소유하고 있던 가사도우미 주식회사의 지분에 해당하는 등록번호를 기억에서 끄집어내어 불러주었다. 그 정도는 그리 대단한 기억력도 아니었다. 회사를 상장할 당시 우리는 정확히 1천 주를 발행했고 내가 앞부분의 510주를 소유했다. 벨에게 '약혼 선물'로 준 주식은 그중에서도 맨 첫 부분이었다.

아늑한 내 사무실로 돌아갔더니 맥비가 기다리고 있었다.

"어디 갔다가 오는 거예요?" 그가 물었다.

"여기저기 볼일이 있어서요. 왜요?"

"그건 내 질문에 대한 대답이 아닌데요. 갤러웨이 씨가 오늘 두 번이나 당신을 찾았어요. 어쩔 수 없이 소재를 모른다고 대답했고요."

"아이고, 저런! 날 만나고 싶으면 본인이 다시 찾아오겠죠. 그럴 시간에 제품의 진가를 알릴 만한 참신하고 재미있는 방법을 연구해서 영업을 하면 회사가 더 성장할 텐데 말이에요." 갤러웨이가 귀찮아지기 시작하는 참이었다. 원래 영업책임자였지만 내가 보기에는 우리와 거래하는 광고에이전시를 괴롭히는 일에 더 몰두하는 것 같았다. 하지만 나는 편파적인 사람이었다. 내가 관심 있는 쪽은 기술뿐이었다. 다른 분야의 문제는 그저 다른 세상의 종이 낭비로 여겨졌다.

갤러웨이가 나를 찾는 이유는 알고 있었다. 솔직히 말하자면 나는 일부러 시간을 끌고 있었다. 그는 내게 1900년의 의상을 입히고 사진을 찍길 바랐다. 나는 1970년 복장이라면 얼마든지 찍겠다고 말했다. 하지만 1900년이라면 내 아버지가 출생하기도 전이었다. 갤러웨이는 그런 차이를 아는 사람은 없을 거라고 말했고, 나는 점성술사가 경찰을 대하듯 그런 식으로는 성공하지 못할 거라고 말했다. 그는 내 태도가 마음에 들지 않는다고 말했다.

대중을 속일 수 있다는 공상에 빠진 사람은 자신만 읽고 쓸 줄 안다고 생각하게 마련이다.

맥비가 말했다. "댄 데이비스 씨, 그건 좋지 못한 태도인데요."

"그래요? 미안하게 됐군요."

"당신은 지금 위치가 애매해요. 우리 부서 소속인데 정작 나는 광고나 영업 쪽에서 부를 때마다 보내줘야 한단 말이죠. 이제부터는 다른 직원들처럼 시간표에 맞춰 근무하는 게 좋겠어요. 그리고 근무 시간에 외출할 일이 있으면 나한테 허가를 받으세요. 꼭 지켜야 합니다."

나는 속으로 천천히 열을 셌다. 그것도 이진수로. "당신도 시간표에 맞춰 일하나요?"

"음? 그럴 필요가 없어요. 수석기술자니까."

"그렇군요. 하긴 사무실 문에 그렇게 적혀 있으니까. 그런데 말이죠. 난 당신이 처음으로 면도하기 전부터 여기서 수석기술자로 일했어요. 그런 내가 시간표를 신경 쓰면서 일할 것 같아요?"

맥비가 얼굴을 붉혔다. "아마 안 그러겠죠. 하지만 이것만은 말해두죠. 그러지 않으면 급여는 못 받을 겁니다."

"그래요? 날 고용한 건 당신이 아니니까 자를 수도 없어요."

"흠, 어떻게 되나 두고 봅시다. 적어도 우리 부서에서 내보내고 당신이 어울리는 광고부로 전출시킬 수는 있을 테니. 당신이 어울리는 데가 있기나 한가 모르겠지만." 그는 내 방에 있던 설계 기계를 슬쩍 쳐다보았다. "여기서는 아무 결과물도 못 낼 게 뻔하군요. 저렇게 비싼 기계를 여기서 계속 썩힐 거라는 꿈은 깨는 게 좋을 겁니다." 맥비가 고개를 까딱거렸다. "그럼 이만."

나는 맥비의 뒤를 따라 밖으로 나갔다. '사환소년'이 굴러오더니 내 바구니에 커다란 봉투를 내려놓았다. 하지만 나는 멈춰 서서 발신자를 확인하지 않았다. 그냥 곧장 직원용 커피점으로 내려가서 담배를 피웠다. 융통성 없는 수많은 사람들과 마찬가지로 맥비도 오래 일하면 창의적인 작품을 만들 수 있다고 생각하고 있었다. 그러니 이토록 역사가 긴 회사가 여러 해 동안 신제품을 하나도 만들지 못하는 것도 무리가 아니었다.

맥비 같은 인간은 지옥에나 떨어지라지. 나는 어차피 가사도 우미 주식회사에 오래 머무를 생각이 없었다.

나는 한두 시간 뒤 어슬렁거리면서 사무실로 돌아갔고, 내 바구니에서 사내부서 사이에 주고받는 우편물 봉투를 발견했다. 나는 맥비가 돌아가자마자 스위치를 누른 모양이라고 생각하면서 봉투를 열었다.

우편물을 발신한 부서는 경리과였다. 내용은 이랬다.

댄 데이비스 씨께

지난번 요청하신 주식 관련 사항입니다.

최초 지분에 관한 대형주 배당은 1971년 1사분기부터 1980년 2사분기에 걸쳐 진행되었습니다. 배당금은 하이니케라는 이름의 제3자 앞으로 신탁 예치되었습니다. 1980년에 조직재배치가 발생한 관계로 문의하신 사항에 대한 사실관계가 다소 불확실합니다만, (재배치 이후) 해당 지분은 코스모폴리탄 보험사 그룹에 매각된 것으로 보입니다. 해당 법인은 지금도 해당 지분을 보유하고 있습니다. 소형주 거래는 (짐작하신 바와 같이) 벨 D. 겐트리가 1972년까지 진행했고 그 이후 시에라 채권인수회사로 이관되었습니다. 이후 시에라 채권인수회사가 도산하면서 해당 주식은 조금씩 분할된 형태로 장외거래되었습니다. 필요하시다면 전체 주식의 거래 이력을 정확히 추적할 수 있습니다만, 그러기 위해서는 시일이 더 소요됩니다.

경리과의 지원이 더 필요하신 경우 언제든 연락해주십시오.

수석 회계원 Y. F. 로이더

나는 로이더에게 전화해서 감사 인사를 하고 궁금증이 전부 해소됐다고 말했다. 리키에게 주식을 양도하려던 노력은 결국 아무런 성과도 거두지 못했다. 기록에 남아 있는 내 주식 소유권의 이전 기록은 전부 허위였다. 그 부분에는 벨의 냄새가 진하게 배어 있었다. 제3자라는 사람은 벨과 한패이거나 가공의 인물이겠지. 벨은 이미 그때부터 마일스에게 사기를 칠 궁리를 했을 것이다.

마일스가 세상을 떠난 뒤로 벨이 돈에 쪼들린 건 분명했다. 그녀는 주식을 잘게 나누어 팔았다. 나는 벨의 손을 떠난 주식의 향방에 대해서는 아무 흥미가 없었다. 그런데 깜빡 잊고 로이더에게 마일스의 주식도 추적해달라는 부탁을 하지 않았다. 그 결과가 나온다면 설사 리키가 더 이상 주식을 소유하지 않는다 해도 단서는 얻을 수 있었을 텐데. 하지만 벌써 금요일 오후였기 때문에 월요일에 물어보기로 했다. 그보다는 계속 나를 기다리고 있던 또 하나의 커다란 봉투에 손을 뻗었다. 반송주소가 눈길을 끌었다.

나는 3월 초에 특허청으로 편지를 보냈었다. 일벌레와 설계사 댄의 최초 특허에 관한 문의였다. 처음에는 일벌레가 만능 프랭크의 또 다른 이름일 거라고 확신했지만, 설계사 댄을 접해보고 흥분한 뒤로 그 믿음이 흔들렸다. 그때부터는 내 구상과 흡사하게 설계사 댄을 기획한 바로 그 이름 모를 천재가 만능 프랭크와 거의 똑같은 일벌레를 만들 가능성도 있다고 생각했다. 그리고 일벌레와 설계사 댄의 특허가 같은 해에 출원되었으며,

두 특허권을 소유한 자가(또는 만료되기까지 특허권을 소유했던 자가) 알라딘이라는 이름의 법인이라는 사실을 확인하자 그 가설도 더욱 공고해졌다.

하지만 나는 발명한 사람이 누구인지 알아내야 했다. 살아 있다면 만나고도 싶었다. 그 사람에게 몇 가지를 배울 수가 있을 테니까.

우선 특허청에 편지를 보내봤지만 만료된 특허자료는 칼즈배드 기록보관소에 있다는 형식적인 답장만 돌아왔다. 그래서 기록보관소에 문의했더니 정해진 요금 목록이 날아왔다. 나는 세 번째 편지에 두 특허의 상세설명서와 권리범위와 도면과 변경 사항 등 모든 걸 알려달라고 요청하고 그 요금에 해당하는 우편환을(개인수표는 이제 지긋지긋했다) 동봉했었다.

눈 앞에 있는 두툼한 봉투에 해답이 들어 있는 모양이었다.

글머리에는 일벌레의 특허번호 4307909가 적혀 있었다. 나는 우선 상세와 권리범위 부분을 건너뛰고 도면을 살펴보았다. 권리범위는 법정에서나 의미가 있었다. 범위를 문서로 작성한다는 것은 기본적으로 해당 특허가 세계 전역에서 유효함을 광범위한 용어로 규정하는 행위였다. 그리고 특허검사관이 물어 뜯을 수 있도록 넘겨준다는 의미가 있었다. 덕분에 변리사라는 직업이 탄생하게 되었다. 반면에 상세설명은 사실에 기반하고 있었다. 하지만 그걸 읽느니 도면을 보는 쪽이 더 빨랐다.

나는 일벌레가 만능 프랭크와 똑같지는 않다는 점을 인정할 수밖에 없었다. 일벌레는 프랭크보다 훌륭했다. 더 많은 일을 할 수 있었고 연결부위 몇 군데가 더 단순했다. 기본개념은 같았지만, 도슨 진공관으로 제어하는 기계인 동시에 내가 만능 프랭크에 사용했던 것과 동일한 원칙에 기반했음에 틀림없는 일벌레의 원형이라면 그 점은 피할 수 없는 결과였다.

나는 바로 그런 기계를, 그러니까 만능 프랭크 2호를 내 손으로 개발하는 광경을 그려보았다. 한번은 나도 그런 구상을 한 적이 있었다. 역할을 가사에 국한하지 않는 만능 프랭크 말이다.

나는 발명자의 이름을 찾다가 결국 권리범위설정과 상세설명서에 도달했다.

한눈에 알아볼 수 있는 이름이었다. 'D. B. 데이비스.'

나는 그 이름을 노려보면서 '때가 되었구나'라는 노래를 휘파람으로, 천천히 음정을 틀려 가며 불었다. 벨은 또 거짓말을 한 셈이었다. 그 여자가 횡설수설 쏟아낸 말 가운데 진실이 있기는 한 건지 의심스러웠다. 물론 벨은 병적으로 거짓말을 했다. 하지만 어디선가 읽은 바에 따르면 병적으로 거짓말을 하는 사람들은 모든 걸 지어내기보다는 진실을 바탕으로 삼아 꾸며내는 습관이 있다고 했다. 내가 만든 프랭크 모델이 '도둑맞지' 않았다는 건 확실히 사실이었다. 그 대신 다른 기술자가 모델을 넘겨받아 손을 보았고 내 이름을 대면서 제품화를 했던 것이다.

그런데 매닉스 쪽과 진행하던 거래는 성사되지 않았다. 그건 분명했다. 회사 기록에 나와 있으니까. 한편 벨은 만능 프랭크를 계약대로 생산하지 못했기 때문에 매닉스와 진행하던 거래가 어그러졌다고 말했다.

마일스가 혼자 프랭크를 집어삼키고 벨에게는 도둑맞았다고 거짓말을 했을까? 물론 그럴 경우 이중절도에 해당하겠지만 말이다.

그럴 경우에는… 나는 추측을 포기했다. 리키를 찾는 것보다 더 가망이 없는 일이었다. 알라딘에 입사해서, 일벌레의 기초가 된 특허를 어떻게 손에 넣었으며 그 행위로 이득을 본 사람은 누구인지 파헤쳐보기 전에는 진실을 알 수가 없었다. 하지만 그조차 헛수고일 수 있었다. 특허는 만료되었고 마일스는 죽었다. 벨은 애당초 그 특허에서 푼돈이라도 받았는지 불분명했지만, 어쨌든 내쫓긴 지 오래되었다. 내게 아주 중요했던 질문, 그리고 알아내려고 애를 썼던 질문의 답을 손에 넣었기 때문에 나는 만족했다. 첫 발명자는 바로 나 자신이었다. 그 사실 덕분에 직업적인 자존심이 구원을 받았다. 게다가 삼시세끼 문제를 해결한 마당에 돈 따위 신경 쓸 필요가 있겠는가? 나는 그런 사람이 아니었다.

그다음에는 '특허번호 4307910'인 설계사 댄의 서류 차례였다.

나는 설계도를 보고 환희에 젖었다. 나라도 그것보다 잘 구상할 수는 없었다. 그 설계자는 진짜였다. 연결부위의 효율성과 구동부품의 수를 최소화한 회로조성방식은 존경스러웠다. 구동부위의 구조는 기어 다니는 벌레와 흡사했기 때문에 준비만 한다면 문제가 발생하는 그 부분만 교체할 수 있었다.

심지어 키보드 부분에는 전동타자기를 갖다 쓰고 있었다. 해당 위치의 도면에는 IBM 제품들의 특허가 명시되었다. 그거야말로 바로 시중에서 구매할 수 있는 제품은 절대 다시 발명하지 않는다는 멋진 기술원리를 구현한 사례였다.

그렇게 똑똑한 발명자가 누구인지 알아내고 싶었기 때문에 서류를 넘겨보았다.

그 사람은 바로 D. B. 데이비스였다.

나는 긴 시간이 흐른 뒤 알브레히트 박사에게 전화를 걸었다. 내 사무실 전화에는 화면이 없었기 때문에 전화가 연결된 뒤 신분을 밝혔다.

"목소리를 듣고 누군지 알았어요." 박사가 대답했다. "잘 지내죠? 새 일자리는 마음에 들어요?"

"꽤 좋아요. 아직 동업 제안은 못 받았지만요."

"그 사람들에게 생각할 시간을 주세요. 다른 문제는 없고요? 적응은 잘하고 있나요?"

"오, 그럼요! 여기 이 시대가 이렇게 멋진 줄 알았다면 장기 수면을 더 일찍 할 걸 그랬어요. 1970년으로 돌아갈 생각은 절대 없고요."

"오, 그래요? 나도 1970년은 잘 기억하고 있어요. 그때 난 네브래스카 쪽 농장에서 사는 꼬마였죠. 가끔 사냥도 하고 낚시도 했어요. 재미있었는데. 지금보다 훨씬 재밌었죠."

"뭐, 사람마다 생각이 다르니까요. 저는 지금이 좋아요. 그런데 선생님, 철학적인 논쟁을 하려고 전화한 건 아니고요. 조금 문제가 있어서요."

"어디 들어봅시다. 그래도 다행이군요. 대개 심각한 문제가 있다고 말하는데."

"선생님, 장기수면자에게 기억상실증이 생길 수도 있나요?"

알브레히트 박사는 대답하기 전에 잠시 주저했다. "그럴 가능성은 있어요. 임상에서 직접 관찰한 적은 없지만요. 그러니까, 장기수면 한 가지 때문에 발생한 기억상실증은 못 봤다는 얘기예요."

"그럼 기억상실증의 원인은 뭔가요?"

"다양하죠. 제일 흔한 건 아마 환자 본인의 무의식적인 욕망일 거예요. 연속해서 발생한 사건을 전부 잊거나 왜곡하는 증상은 사실을 견딜 수 없기 때문에 발생해요. 그게 순수한 기능성 기억상실이에요. 머리에 충격을 겪은 경우에 발생하는 외상성 기억상실이야 워낙 유명하고요. 암시에 의한 기억상실유발도 가능하긴 해요. 약물이나 최면요법을 이용한다면 말이죠. 도대체 무슨 일이 생겼길래 그래요? 수표책이라도 잃어버렸어요?"

"그런 건 아니고요. 지금까지는 꽤 잘 지내고 있어요. 그런데 수면에 들어가기 전에 있었던 일들이 앞뒤가 안 맞아요. 그게 걱정이죠."

"흠, 내가 조금 전에 열거한 원인이 있을 가능성은요?"

"그게 말이죠." 나는 천천히 대답했다. "음, 전부 해당돼요. 머리에 충격을 받은 경우만 빼고요. 사실 술에 취했을 때 그런 일이 있었을지도 모르고요."

"내가 일부러 말을 안 했는데 말이죠." 박사가 사무적으로 말했다. "가장 흔히 볼 수 있는 일시적 기억상실증상은 취중에 있었던 일이 기억나지 않는 거예요. 저기, 와서 자세히 얘기해보

는 게 어때요? 알다시피 나는 심리학자가 아니니까, 내가 원인을
못 찾아내면 최면분석의를 소개해줄게요. 그 사람이라면 양파껍
질 벗기듯 기억을 뒤져서 초등학교 2학년 시절의 2월 4일에 학교
에 지각한 이유까지 밝혀낼 수 있어요. 그 대신 진료비가 꽤 비
싸죠. 그러니 우선 나부터 찾아와요."

"아이고, 아니에요. 벌써 선생님 시간을 너무 많이 빼앗았잖아
요. 게다가 선생님은 돈 욕심이 너무 없으셔서요."

"난 항상 환자들 일에 신경 쓰고 있어요. 내게 가족이라고는
환자들뿐이니까."

나는 문제를 해결하지 못할 경우 즉시 연락하겠다고 말하고는
전화를 끊었다. 고민을 조금 해볼 필요가 있었다.

회사에서 불이 꺼지지 않은 곳은 내 사무실밖에 없었다. 청소
용 가사도우미가 방 안을 들여다보고는 사람이 남아 있다는 사실
을 확인한 다음 조용히 물러갔다. 나는 계속 자리에 앉아 있었다.

이윽고 프로이덴베르그가 고개를 방 안으로 들이밀고 말했다.
"아까 들어가신 줄 알았어요. 그만 졸고 집에 가서 주무세요."

나는 고개를 들었다. "프로이덴베르그, 나한테 아주 좋은 생각
이 떠올랐어. 가서 맥주나 한잔하자고."

그는 진지하게 고민하고 말했다. "음, 오늘은 금요일이잖아
요. 저는 매주 월요일에 머리를 쓰는데요. 그래야 며칠인지 안
잊어먹으니까요."

"일단 움직이고 생각은 나중에 해. 가방 좀 챙겨야 하니까 잠
깐만 기다려."

우리는 맥주를 마시고 식사도 한 다음, 음악 소리가 듣기 좋은 곳에서 한 잔을 더 마셨다. 그러고는 음악이 들리지 않고, 1시간에 한 번씩 주문만 하면 아무 방해도 받지 않도록 칸막이 자리에 일종의 경계선이 그려져 있는 술집으로 옮겼다. 우리는 거기서 대화를 나누었고, 나는 그에게 특허 관련 기록을 보여주었다.

프로이덴베르그는 일벌레의 원형을 훑어보았다. "댄, 이거 정말 대단한데요. 내가 다 자랑스럽네. 사인이라도 받아놔야겠어요."

"그런데 이것도 좀 보라고." 나는 설계기계의 특허서류를 건네주었다.

"어떤 면에서는 이 제품이 더 나은데요. 댄, 옛 시절 에디슨보다 당신이 이쪽 전문분야의 현재 상태에 더 큰 영향을 끼쳤을 거예요. 그건 알고 있어요."

"그만해. 지금 농담할 기분 아니야." 나는 격한 동작으로 서류 사본들을 가리켰다. "그래, 둘 중 하나는 내 책임이 맞아. 그런데 둘 다는 아니라고. 내가 만든 적이 없으니까. 장기수면에 들어가기 전에 내 손으로 인생을 뒤섞어놨다면 모를까. 그것도 아니라면 기억상실증이겠지."

"지금 20분째 같은 말만 하고 있잖아요. 하지만 머릿속에서 회로가 끊긴 것 같진 않은데. 기술자라는 걸 고려하면 꽤 멀쩡해 보이거든요."

내가 탁자를 때리자 큼직한 맥주잔이 춤을 추었다. "난 사실을 알고 싶어!"

"진정하세요. 그래서 사실을 어떻게 밝히려고요?"

"응?" 나는 대답을 고민해보았다. "심리학자에게 돈을 내고 진찰을 받아볼 거야."

프로이덴베르그가 한숨을 쉬었다. "내 그럴 줄 알았어요. 댄, 생각해봐요. 그 두뇌수리공에게 돈을 내고 일을 맡긴다고 치죠. 그랬더니 아무 문제도 없고, 기억력도 정상이고, 머릿속에 들어 있는 계전기도 제대로 작동한다는 결과가 나온다면 다음엔 어떡할 거예요?"

"그건 불가능해."

"콜럼버스도 그런 얘길 듣고 살았죠. 가능성이 가장 큰 설명은 아직 나오지도 않았잖아요."

"뭐? 그게 뭔데?"

프로이덴베르그는 대답 대신 종업원을 부르더니 확장지역까지 다루는 대형 전화번호부를 갖다달라고 부탁했다. "그건 왜 찾아? 나를 실어 갈 차라도 부르려고?"

"그건 이따가 할게요." 그는 엄청나게 두꺼운 전화번호부를 엄지손가락으로 넘기다가 동작을 멈추고 말했다. "댄, 여기 한번 보세요."

나는 그의 말을 따랐다. 그는 '데이비스' 항목을 펼쳐놓고 있었다. 수많은 데이비스들이 줄지어 있었다. 하지만 그의 손가락이 가리키는 곳에는 '데브니'에서 '던컨'에 이르기까지 십여 명의 'D. B. 데이비스'가 있었다.

대니얼 B. 데이비스는 세 명이었고 그 가운데 하나가 나였다.

"7백만 명 중에 이만큼이 있어요." 프로이덴베르그가 말했다. "2억5천만 명 중에는 몇 사람이나 있는지 보고 싶으세요?"

"그런다고 달라질 게 없잖아." 내가 힘없이 말했다.

"맞아요." 그가 동의했다. "달라질 게 없죠. 재능이 비슷한 기술자 두 사람이 동시에 아주 비슷한 작업을 했고, 마침 그 둘이 성씨도 같고 이름 약자도 같다면 그건 대단한 우연의 일치겠죠. 그건 저도 충분히 동의해요. 통계법칙에 따르면 그런 일이 발생할 확률이 엄청나게 낮다는 결론을 내릴 수 있을 거예요. 하지만 사람들이 잘 모르는 게 있어요. 특히 그걸 알 만한 사람들이 그러더라고요. 말하자면 당신 같은 사람 말이에요. 통계법칙으로 볼 때 특정 우연의 일치가 발생할 확률이 극히 낮다는 말은, 역으로 그런 우연의 일치가 일어나긴 한다는 반증이라고요. 이번 일도 그런 경우일 거예요. 저는 제 술친구의 머리에서 부품이 하나 빠졌다는 설명보다는 그쪽이 훨씬 마음에 들어요. 좋은 술친구는 만나기가 어렵잖아요."

"그럼 난 어떡하면 좋을까?"

"첫째, 두 번째 방법을 시도하기 전에 시간과 돈을 낭비하지 마세요. 둘째, 특허문서에 등장하는 D. B. 데이비스라는 사람의 이름을 제대로 조사하세요. 분명히 알아볼 방법이 있을 거예요. 그 사람 이름이 덱스터일 수도 있고 도로시일 수도 있잖아요. 하지만 '대니얼'이라고 하더라도 전원을 끄지는 마세요. 가운데 이름이 '베르조프스키'일 수도 있고 사회보장번호가 서로 다를지도 모르잖아요. 셋째, 사실 이게 첫 번째겠지만, 이제 다 잊고 술이나 더 시키세요."

조금 더 시간이 흐른 뒤 내가 갑자기 말했다. "시간여행이 정말로 가능하다면 답을 알 수 있을 텐데."

"예? 갑자기 무슨 소리예요?"

"내가 고민하는 문제 말이야. 생각해보라고. 난 문제가 많은 구식 시간여행으로 여기에 왔어. 여기란 건 '지금'을 말하는 거야. 문제라는 게 뭐냐 하면, 돌아갈 수 없다는 점이야. 그런데 내 걱정거리들은 전부 30년 전 과거에 있어. 난 돌아가서 진실을 파헤치고 싶다고. 만약에 진짜 시간여행이라는 게 가능하다면 말이지."

프로이덴베르그가 나를 마주 보았다. "가능해요."

"뭐?"

그는 갑자기 술이 깬 것 같았다. "말하면 안 되는 건데."

내가 말했다. "벌써 해버렸잖아. 그게 무슨 뜻인지 설명하지 않으면 이 술잔에 든 걸 전부 머리에 부어버릴 거야."

"잊어버리세요. 말실수였어요."

"말해!"

"그건 안 돼요." 그가 두리번거렸다. 주변에는 아무도 없었다.

"기밀이란 말이에요."

"시간여행이 기밀이라고? 세상에, 도대체 왜?"

"하, 정부와 일해본 적이 없나 봐요? 그 인간들은 가능하기만 하다면 섹스도 기밀로 취급할 거예요. 이유도 필요 없어요. 그냥 방침이 그러니까요. 어쨌든 시간여행은 기밀사항이고 나도 적용을 받아요. 그러니까 포기하세요."

"하지만… 말 좀 그만 돌려, 척. 나한테는 중요한 일이란 말이야. 무지하게 중요하다고." 그가 그래도 대답하지 않고 고집을 부렸기 때문에 나는 말을 덧붙였다. "나한테는 얘기해도 돼. 나 원, 나도 예전에 Q 인증을 받은 몸이라고. 아직 만료되지도 않았고. 그냥 더 이상 정부와 일하지 않는 것뿐이야."

"Q 인증이 뭔데요?"

내가 설명을 마치자 그가 고개를 끄덕였다. "알파 등급이란 뜻이네요. 중요한 인물이었나 봐요. 난 베타 등급에 불과한데."

"그럼 이제 얘기해봐."

"예? 얘기 못 하는 이유는 잘 알잖아요. 보안등급이 어떻든지 간에 '필수열람인가'가 없어서 안 돼요."

"웃기고 있네! Q 인증에는 필수열람인가까지 포함되어 있었다고."

하지만 그는 꿈쩍도 하지 않았다. 나는 결국 넌더리가 나서 말했다. "시간여행은 불가능하겠지. 그냥 술기운에 한 얘기일 거야."

그는 진지한 표정으로 한동안 나를 쳐다보다가 말했다. "댄."

"응?"

"얘기할게요. 당신이 알파 등급이라는 사실만 잊지 마세요. 이걸 얘기해봐야 손해보는 사람은 아무도 없고, 알아봐야 당신 문제에 어떤 도움도 안 된다는 사실을 깨달아줬으면 해서 말하는 거예요. 시간여행은 가능해요. 하지만 실용적이지 않아요.

그래서 쓸 수가 없어요."

"왜 못 써?"

"잠자코 들어봐요. 시간여행에는 결점이 있는데 그걸 해결하지 못했어요. 이론적으로도 앞으로 영원히 해결이 불가능한 문제예요. 실용성이라곤 하나도 없어요. 심지어 연구용으로도 무의미하고요. 그냥 중력소거기술의 부산물일 뿐이에요. 그래서 기밀로 분류한 거죠."

"아니, 잠깐만. 중력소거기술은 공개되어 있잖아."

"그거랑 상관없어요. 시간여행도 상용화가 되면 기밀을 풀어줄지 모르겠네요. 어쨌든 그때까지는 입 다물고 있어요."

유감스럽게도 나는 그러지 못했다. 하지만 입을 다물었던 척하고 이 얘기를 하는 게 좋겠다. 프로이덴베르그는 콜로라도 대학교 볼더 캠퍼스에서 졸업을 앞두고서 연구 조수로 돈을 번 적이 있었다. 학교에는 저온공학 실험실이 있었고 그는 처음에 그곳에서 일했다. 그러다가 학교 측이 에든버러 대학의 장이론과 연관된, 짬짤한 방위산업 연구를 계약하게 되었다. 학교는 마을 밖에 있는 산지에 커다란 물리실험실을 지었다. 프로이덴베르그는 허버트 트위첼 교수의 조수로 재배치되었다. 허버트 트위첼 박사는 아슬아슬하게 노벨상을 놓쳤고, 그 탓에 성격이 더러워졌다.

"트위첼 박사는 새로운 축에 극성을 가하면 중력의 수평이 유지되지 않고 역전될 거라고 생각했어요. 그런데 생각대로 되지 않았죠. 그래서 자신이 했던 작업을 컴퓨터에 입력하고 결과를 보더니 눈이 이글거리기 시작했어요. 물론 그 결과는 절대로 보여주지 않았죠. 박사는 1달러짜리 은화 두 개에 표시를 해두라고 지시한 다음 실험대에 넣었어요. 그때까지도 그런 실험에는 정부보조금을 쓰고 있었거든요. 박사가 솔레노이드식 스위치를 누르자 동전들이 사라져버렸어요.

사실 그건 별로 어려운 일도 아니죠. 자원해서 무대에 올라온 어린 소년의 눈앞에서 동전이 다시 나타나는 모습이나 대충 보여줬어도 됐을 거예요. 그런데 만족한 표정이더라고요. 그래서 나도 만족했죠. 음, 돈은 시급으로 받고 있었거든요.

은화는 일주일 뒤에 나타났어요. 하나만요. 그런데 그 전에 무슨 일이 있었느냐 하면요. 박사가 집에 가고 나서 청소를 하는데 실험대에 기니피그가 나타난 거예요. 실험실에 있던 녀석이 아니었고, 주변에서도 본 적 없는 녀석이었어요. 그래서 퇴근하면서 생물실험실에 데려갔죠. 그랬더니 기니피그가 원래 구분하기 힘들긴 하지만, 실험실에 속한 녀석들은 전부 다 있다더군요. 그래서 집에 데려가서 내가 키웠어요.

은화 하나가 다시 나타난 다음부터 트위첼 교수는 잔뜩 흥분해서 면도도 안 했어요. 그다음에는 생물실험실에서 기니피그 두 마리를 데려와서 실험에 썼죠. 그중 한 녀석이 이상하게 친근해 보이더라고요. 하지만 오래 살펴보기도 전에 박사가 비상버튼을 눌렀고 기니피그들은 두 마리 다 사라졌어요.

그리고 열흘 뒤에 한 마리가 돌아왔어요. 내 쥐와 닮은 녀석 말고 다른 쪽요. 트위첼 박사는 성공했다고 확신했죠. 그러더니 대학 상주 국방부직원이라는 사람이 찾아왔어요. 자신도 한때 식물학 교수였다는 권위적인 대령이었죠. 전형적인 군인이었는데… 박사에게는 필요 없는 사람이었죠. 대령은 '직위'를 걸고 비밀을 엄수하라고 억지로 맹세를 시켰어요. 카이사르가 복사본이란 걸 발명한 이래 군 병참상 가장 위대한 물건을 손에 넣었다고 생각하는 것 같았어요. 패배했거나 패색이 짙은 전투의 전이나 후로 여러 개의 사단 병력을 보내면 승리할 수 있다고 생각한 거죠. 적군은 무슨 일이 벌어졌는지도 모른다나요. 당연히 처음부터 끝까지 미친 소리였죠. 그 사람은 갖은 애를 다 썼지만 결국 별을 못 달았어요. 하지만 내가 아는 한, 그 사람이 남겨둔 '극비' 등급은 해제되지 않고 지금까지 남아 있어요. 정보가 공개됐다는 얘기는 못 들었고요."

"군사적인 용도는 있을 거야." 내가 말했다. "내가 보기엔 그래. 한 번에 1개 사단을 보내도록 개조할 수만 있다면 말이야. 아니, 잠깐만. 뭐가 문제인지 알겠어. 계속 한 쌍이 필요했잖아. 그러니까 2개 사단이 필요해. 하나는 앞으로 가고, 나머지 하나는 뒤로 가는 거지. 그럼 사단 병력 하나가 통째로 사라지는 거야. 뭣보다 병력을 원하는 시간에 원하는 장소로 보낼 수 있어야 실용성이 생기겠네."

"맞아요. 하지만 이유가 틀렸어요. 2개 사단 병력을 동원할 필요도 없고 기니피그도 두 마리일 필요가 없고 뭐든 마찬가지예요. 그냥 질량만 맞추면 돼요. 인간으로 이뤄진 1개 사단이 있을 경우 무게가 동일한 바위덩어리들만 있으면 돼요. 작용이 있

216

으면 반작용도 있어야 하는 거죠. 뉴턴의 세 번째 운동법칙에 따라 당연한 결과예요." 프로이덴베르그는 또 맥주로 등식을 적기 시작했다. "$MV = mv\cdots$ 이게 로켓우주선에서 쓰는 기본 공식이에요. 같은 원리로 시간여행에서는 $MT = mt$죠."

"그래도 뭐가 문제인지 모르겠는데. 바위는 돈이 별로 안 들잖아."

"댄, 머리 좀 굴려봐요. 로켓우주선은 목적지가 있는 방향으로 발사할 수 있잖아요. 그런데 어느 쪽이 지난주일까요? 가리켜보세요. 해보라니까요. 어떤 질량체가 뒤로 가고 어느 쪽이 앞으로 갈지 전혀 알 수가 없었던 거예요. 그 장치로는 시간을 겨냥할 방법이 없어요."

나는 아무 소리도 하지 못했다. 특공대 1개 사단을 기대하고 있었는데 자갈만 우수수 쏟아지면 장군은 그야말로 난처해질 것이다. 자칭 전직 교수가 준장으로 진급하지 못한 것도 당연했다. 하지만 프로이덴베르그의 이야기는 끝나지 않았다.

"두 개체를 한 쌍의 컨덴서라고 생각해보세요. 두 컨덴서에 동일한 시간 포텐셜을 걸어요. 그리고 포텐셜 에너지를 사실상 수직이나 다름없는 비율로 방출하면, 짜잔! 컨덴서 하나는 내년 중반으로 가고 다른 하나는 과거로 사라지죠. 하지만 둘 중 어느 것이 과거로 갈지는 몰라요. 그런데 문제는 거기서 끝나지 않죠. 돌아올 방법이 없어요."

"뭐? 왜 돌아와야 하는데?"

"저기, 돌아올 수 없으면 연구에 쓸 수 있겠어요? 상업적으로

는요? 어느 쪽으로 도약하든 가진 돈은 아무 쓸모가 없고 출발했던 시각과 연락을 주고받을 수도 없어요. 어떤 장비를 써도 마찬가지예요. 그리고 도약을 시작하려면 장비와 동력이 있어야 해요. 동력은 아르코 반응로에서 가져왔거든요. 비용이 많이 든다는 것도 단점이죠."

"돌아올 수 있어." 내가 지적했다. "냉동수면으로."

"예? 과거로 간다면 그렇겠죠. 반대 방향으로 갈 수도 있잖아요. 어느 쪽일지는 알 수 없고요. 냉동수면을 염두에 두고 가까운 과거로만 간다면… 전쟁 전으로는 갈 수 없어요. 그런데 그게 무슨 의미가 있죠? 예를 들어 1980년에 대해 알고 싶으면, 그 시대에 살았던 사람에게 물어봐도 되고 옛날 신문을 봐도 돼요. 십자가에 못 박힌 예수의 사진을 찍을 방법이 있다면야… 그런데 그런 방법이 없다니까요. 불가능해요. 돌아올 수 없다는 점은 둘째치고 이 지구에 그럴 만한 에너지가 없어요. 철저하게 역제곱법칙에 따르니까요."

"그렇다곤 해도 가능하다는 이유만으로 시도하는 사람도 있을걸. 직접 시도한 사람은 없었어?"

프로이덴베르그가 주변을 살폈다. "벌써 말을 너무 많이 했어요."

"조금 더 한다고 크게 달라지겠어?"

"세 사람이 시도했어요. 제가 알기로는 그렇다는 거예요. 한 사람은 전임 강사였어요. 어느 날 실험실에 있는데 트위첼 박사와 레오 빈센트라는 사람이 들어오더라고요. 박사는 나한테 집

218

에 가라고 했지만, 그 말을 안 듣고 근처에 머물러 있었죠. 시간이 조금 지나고 트위첼 박사가 나왔는데 레오 빈센트는 안 나왔어요. 내가 아는 한 그 사람은 아직도 거기에 있어요. 최소한 그 뒤로 볼더 캠퍼스에서 학생을 가르치지 않는 건 확실해요."

"나머지 두 사람은?"

"학생들이었어요. 들어갈 땐 세 사람이었는데 나온 건 박사 한 명이었고요. 그런데 두 학생 가운데 한 명은 다음 날 강의에 출석했어요. 다른 학생은 일주일 동안 보이지 않았고요. 진상은 알아서 생각하세요."

"시간여행을 직접 해보고 싶다는 생각은 안 들었어?"

"내가요? 내가 그렇게 멍청해 보여요? 트위첼 박사는 그게 과학발전을 위한 내 의무라도 되는 양, 나더러 자원하라고 설득했죠. 고맙지만 사양하겠다고 말했어요. 그러느니 맥주를 한 잔만 마시고 집에 가는 편이 낫죠. 하지만 박사가 가겠다고 했으면 기쁜 마음으로 스위치를 눌렀을 거예요. 박사도 더는 권하지 않더라고요."

"나라면 그 기회를 잡았을 거야. 고민거리를 확인해볼 수 있으니까. 그다음에 냉동수면으로 돌아오면 되지. 모험해볼 만한 가치가 있어."

프로이덴베르그가 길게 한숨을 쉬었다. "이제 그만 마셔요. 취했잖아요. 내가 한 말은 다 흘려들었네. 자, 첫째." 그는 탁자 위에 숫자를 적었다. "과거로 간다고 장담할 수가 없어요. 미래로 갈 수도 있다고요."

"그 정도 위험은 감수해야지. 난 1970년보다 지금이 훨씬 더 좋아. 그러니 30년 뒤면 더 좋아하겠지."

"자, 그러면 장기수면을 한 번 더 하세요. 훨씬 안전할 테니까. 아니면 그냥 얌전히 앉아서 그때가 오기를 기다리세요. 나는 그쪽을 선택할 거예요. 내 앞날만 가로막지 마세요. 둘째, 과거로 간다 해도 1970년과 크게 차이가 나는 시각에 도착할 수도 있어요. 내가 아는 한 트위첼 박사의 실험은 눈을 감고 총을 쏘는 수준이에요. 애당초 조정을 할 수 있는지도 의심스러워요. 내가 그 실험에 대해 잘 모르는 것일 수도 있지만요. 셋째, 그 실험실은 1980년에 소나무 지대에 세워졌어요. 그보다 10년 전 과거로 가서 폰데로사 소나무 줄기 속에서 나타나면 어떻게 될까요? 코발트 폭탄처럼 폭발하겠죠? 본인이야 그걸 느끼지도 못하겠지만요."

"그래도… 사실 왜 실험실 근처에서 나타나야 하는지 모르겠네. 원래 실험실이 위치했던 그 시공간 지점에 나타나야 하는 거 아닌가? 그러니까 과거에… 아니, 과거라기보다는….."

"그런 얘기는 해봤자 소용없어요. 본래 속한 세계선을 벗어날 순 없으니까요. 이론은 잊어버리세요. 기니피그한테 일어났던 일만 기억하세요. 실험실을 짓기 전으로 돌아가면 나무의 줄기 속에서 나타나게 될 거예요. 그리고 넷째, 원하는 방향으로 가서 원하는 시간에 도착하고 살아남았다고 치죠. 그다음에는 어떻게 냉동수면을 하고 돌아올 건데요?"

"음? 한 번 해봤는데 또 못 하겠어?"

"그렇군요. 그럼 냉동수면 비용은 어떻게 댈 거예요?"

나는 입을 열었다가 도로 닫았다. 프로이덴베르그가 던진 질문을 생각하니 바보가 된 기분이었다. 지난번에는 돈이 있었지만 지금은 없다. 모아둔 돈도 (얼마 되지도 않지만) 가져갈 수가 없었다. 젠장. (내가 잘 모르는 전문분야이지만) 은행을 털어서 백만 달러를 가져간다 해도 1970년에 쓸 수가 없다. 희한하게 생긴 지폐를 지급했다는 이유로 금세 감옥에 갇힐 것이다. 현재 화폐는 일련번호체계와 날짜와 색깔과 디자인은 물론 모양새까지 1970년의 돈과 달랐다. "거기서 돈을 모아야겠군."

"착하기도 해라. 그 돈을 모으다 보면 여기 이 장소로 돌아올 수는 있겠죠. 목표금액의 반도 못 벌었는데… 머리카락과 이가 다 빠지겠지만."

"그래, 알았어. 그래도 아까 그 문제로 돌아가보지. 그 장소에서 과거에 큰 폭발사고가 있었어? 실험실이 있는 곳 말이야."

"아뇨, 그런 얘긴 못 들었는데요."

"그럼 나무 속에서 나타나지는 않겠네. 그런 일이 일어나지 않았으니까. 무슨 뜻인지 알겠지?"

"그 문제에 관한 설명이라면 아주 잘 알고 있어요. 아주 유명한 시간여행의 모순이잖아요. 난 그 이론을 안 믿지만요. 나도 시간이론에 관해 생각해봤어요. 당신보다 더 많이 해봤을 거예요. 지금 거꾸로 이해한 거예요. 폭발이 안 일어났으니 나무 안에서 출현하지 않았을 거란 얘긴데… 그거야 시간도약을 절대 안 했기 때문이겠죠. 무슨 뜻인지 알겠죠?"

"하지만 내가 한다면?"

"안 할 거예요. 다섯 번째 이유 때문에요. 이게 제일 중요하니까 잘 들으세요. 시간도약은 할 수 없을 거예요. 기밀로 분류되어 있는 기술인데 사용인가를 못 받았잖아요. 그러니까 할 수 없어요. 못 들어간다고요. 그러니까 잊어버리세요, 댄. 덕분에 아주 흥미롭고 지적인 대화를 하면서 저녁 시간을 보냈네요. 내일 아침이면 FBI가 나를 찾아다닐 거예요. 그러니까 한 잔 더 하죠. 내일 오전까지 안 잡혀 가면 내가 알라딘의 수석기술자에게 전화를 걸어서 문제의 D. B. 데이비스라는 사람의 이름을 알아내고 어떤 사람인지 물어볼게요. 아직 거기에서 근무할지도 모르잖아요. 그러면 그 사람과 점심이라도 먹으면서 일 얘기를 하죠. 나도 어차피 알라딘 수석기술자인 스프링어를 소개해줄 생각이었으니까요. 좋은 사람이거든요. 시간여행 같은 헛소리는 잊어버리세요. 지금까지 얘기한 문제점들은 어차피 영영 개선할 수 없어요. 애초에 말을 꺼내지 말았어야 하는데. 만약에 나한테 들었다고 말하고 다녔다가는 똑바로 바라보면서 거짓말은 당신 쪽에서 했다고 주장할 거예요. 언젠가 보안등급을 유용하게 쓸 날이 올지도 모르니까요."

우리는 한 잔 더 마셨다. 나는 집에 와서 목욕하고 몸에서 술기운을 어느 정도 밀어냈다. 그러자 프로이덴베르그의 말이 맞는다는 생각이 들었다. 내 문제를 해결하기 위해서 실용적인 해결책으로 시간여행을 선택한다는 건 두통을 치료하려고 목을 자르는 거나 마찬가지였다. 게다가 내 궁금증은 프로이덴베르

222

그가 스프링어라는 사람에게 물어보고 해결해줄 것이다. 고기 몇 점과 샐러드 한 접시로 손쉽게, 고가의 비용을 들이지 않고 아주 안전하게. 그리고 나는 내가 살고 있는 2001년이 좋았다.

나는 침대에 올라가 손을 뻗어 일주일 치 신문을 집었다. 아침이면 튜브를 통해 〈타임스〉지가 배달되었고, 나는 이제 어엿한 한 사람의 시민이었다. 신문을 자주 읽지는 않았다. 보통은 기술적인 문제로 머리를 가득 채우고 살았다. 그러다 보니 신문 속 자질구레한 기삿거리들은 나를 괴롭힐 뿐이었다. 지루한 기사도 문제였지만 흥미로운 이야기의 경우 정신이 팔리기 때문에 더 문제였다.

그래도 신문을 집어 던지기 전에 적어도 기사 제목은 훑어봤고 인구동향란은 확인했다. 인구동향란에서 관심이 있는 부분은 출생이나 죽음이나 결혼 소식이 아니라 단 한 가지, 냉동수면을 끝내고 나오는 '퇴소자' 명단이었다. 언젠가 과거에 알고 지내던 사람의 이름을 거기서 발견할 수 있을 거라고 생각했기 때문이었다. 그런 일이 벌어지면 찾아가서 인사를 하고, 반겨주고, 도울 일이 있나 물어볼 생각이었다. 물론 그럴 확률은 낮았지만 나는 그 일을 그만두지 않았다. 퇴소자 명단을 보고 있으면 늘 만족감을 느낄 수 있었다.

나는 무의식 중에 모든 수면자를 '동족'처럼 여기고 있었다. 한때 같은 회사에 다녔던 사람을 친구라고 부르고, 적어도 술 한 잔 정도는 같이 마시듯이.

신문에는 이렇다 할 기사가 없었다. 지구와 달 어딘가에서 실종된 우주선을 아직 못 찾았다는 소식만 빼면. 그 이야기는 새 소식이라기보다는 슬픈 소식이었다. 새로 깨어난 수면자 가운데 옛 지인도 발견할 수 없었다. 나는 도로 누워서 조명이 꺼지기를 기다렸다.

＊

나는 새벽 3시쯤 갑자기 잠에서 완전히 깼다. 조명이 켜졌고 나는 눈을 깜빡이면서 불빛을 바라보았다. 아주 이상한 꿈을 꿨다. 악몽은 아니었지만 그와 아주 비슷했다. 꼬맹이 리키가 인구동향란에 실렸건만 발견하지 못하는 꿈이었다.

그런 일이 없었다는 건 알고 있었다. 하지만 눈을 들어 일주일 분의 신문이 제자리에 쌓여 있는 걸 보자 크게 안심이 되었다. 가끔 잠자리에 들기 전에 신문묶음을 폐지 처리 장치에 던져 넣는 경우가 있었기 때문이다.

나는 신문 뭉치를 침대 위에 올려놓고 인구동향란을 다시 읽기 시작했다. 이번에는 출생, 사망, 결혼, 이혼, 입양, 개명, 입소, 성소 등 모든 항목을 다 읽었다. 유일하게 관심이 있는 항목까지 빠르게 내려가는 동안 의식하진 못했지만 리키의 이름을 봤을지도 모른다는 생각이 들었기 때문이다. 리키가 결혼을 했거나 아이를 낳았을 수도 있었다.

나는 그처럼 괴로운 꿈을 꾸게 만들었던 원인을 간신히 찾아냈다. 그 원인은 〈타임스〉 지 2001년 5월 2일 수요일자에 실린 '화요일 퇴소자' 항목에 있었다. '리버사이드 성소… F. V. 하이

니케.'

F. V. 하이니케!

하이니케는 리키 할머니의 성씨였다. 나는 그 점을 확신했다! 그 사실을 알고 있었던 이유는 모르겠지만, 머릿속 깊숙한 곳에 묻혀 있다가 한 번 더 읽자 밖으로 튀어나왔다는 느낌이 들었다. 아마도 언젠가 그 이름을 봤거나, 리키나 마일스의 입을 통해 들었을 수도 있었다. 또는 샌디아에서 그 사람을 만났을 가능성도 있었다. 어쨌든 〈타임스〉 지에서 찾아낸 그 이름은 내가 머릿속에서 잊고 있었던 정보의 한 조각이었고 나는 그 점을 확신했다.

하지만 증거가 필요했다. 나는 F. V. 하이니케가 프레데리카 버지니아 하이니케인지 확인해야 했다.

나는 흥분과 기대와 두려움으로 몸을 떨었다. 새 생활습관을 잘 익혔음에도 나도 모르게 솔기를 붙이는 대신 지퍼를 올리려 했고, 그 결과 옷매무새가 엉망이 되었다. 그래도 몇 분 뒤 나는 현관으로 나가 전화부스 앞에 섰다. 내 방에는 전화가 없었다. 있었다면 그 전화를 썼을 것이다. 나는 집 전화를 받지도 못하면서 전화번호부에 이름만 올려놓은 사람이었다. 그리고 다시 방으로 달려가야 했다. 전화카드를 잊고 왔기 때문이었다. 정말이지 정신을 못 차리고 있었다.

카드를 갖고 온 뒤에도 손이 너무 떨려 투입구에 제대로 넣기가 어려웠다. 하지만 결국 성공하고 말했다. "교환."

"어느 회선으로 연결할까요?"

"음, 리버사이드 성소를 연결해주세요. 리버사이드 자치구에 있어요.”

“검색 중입니다… 기다려주세요… 회선에 연결할 수 있습니다. 신호를 보내는 중입니다.”

마침내 화면이 밝아지고 한 남자가 불만스러운 얼굴로 나를 쳐다보았다. “화면이 잘못 연결됐나 본데요. 여긴 성소입니다. 심야에는 운영하지 않고요.”

내가 말했다. “잠깐만 기다려주세요. 거기가 리버사이드 성소인가요? 그럼 제대로 연결됐는데요.”

“흠, 원하시는 게 뭐죠? 이 시각에?”

“새 퇴소자 중에 F. V. 하이니케라는 사람이 있죠? 알고 싶은 게….”

남자는 고개를 저었다. “전화를 통해 고객분의 정보를 알려드릴 수는 없습니다. 한밤중에는 더욱 안 되고요. 내일 오전 10시 이후에 전화하십시오. 직접 방문하시면 더 좋습니다.”

“갈 겁니다. 갈 거예요. 딱 하나만 알고 싶어서 그래요. F. V.가 어떤 이름의 약자인지만 알려주세요.”

“방금 말씀드렸다시피….”

“제발 제 얘기 좀 들어보세요. 말을 막으려는 게 아니고요. 나도 퇴소자라고요. 소텔에서 나왔죠. 최근에 퇴소했고요. 그래서 비밀 유지 조약이 뭔지도 알고 절차도 다 알아요. 그런데 고객 이름은 이미 신문에 발표했잖아요. 그리고 그쪽이나 나나 성소들이 신문에 퇴소자와 입소자의 전체 이름을 넘겨준다는 사실을 알고 있죠. 그런데 신문사가 공간을 절약한답시고 약자만 적은 거 아닌가요? 맞죠?"

남자가 잠시 생각하고 대답했다. "그렇겠죠."

"그러면 전체 이름을 알려준다고 해도 잘못된 게 전혀 없지 않은가요?"

남자는 더 오랫동안 머뭇거렸다. "그렇군요. 알고 싶은 게 그것뿐이라면 말입니다. 그 대신 그것밖에 못 알려드립니다. 기다려보세요."

남자는 화면 밖으로 나갔다. 그리고 1시간쯤 나타나지 않다가 카드를 한 장 들고 돌아왔다. "조명이 어둡군요." 그가 카드를 노려보며 말했다. "프랜시스… 아니, 프레데리카군요. 프레데리카 버지니아."

나는 귀에서 웅웅 소리가 들리는 바람에 정신을 잃을 뻔했다. "신이시여, 감사합니다!"

"괜찮으신가요?"

"예, 고마워요. 진심으로 마음을 담아 고마워요. 예, 전 괜찮아요."

"음, 한 가지 더 알려드려도 될 것 같습니다. 헛걸음을 안 하시게요. 이분은 벌써 퇴소하고 나가셨습니다."

9

택시를 불러서 리버사이드까지 단숨에 갈 수도 있었지만 현금이 부족하다는 문제가 있었다. 나는 웨스트 할리우드에 살았다. 가장 가까운 24시간 은행은 중심가의 자동도로 대환승역에 있었다. 그래서 일단 자동도로를 타고 번화가로 간 다음 현금을 인출하러 은행으로 갔다. 나는 전역수표발행이라는 진짜 유용한 2000년대 시스템이 존재한다는 사실을 그때 비로소 알았다. 도시 전체의 어음교환소 역할을 하는 단일 연결망과 내 수표책에 찍혀 있는 방사선 부호 덕분에, 나는 지역은행에서와 마찬가지로 24시간 은행에서도 신속하게 현금을 인출할 수 있었다.

나는 리버사이드로 가는 고속자동도로를 잡아탔다. 성소에 도착하니 동이 트고 있었다.

사람이라고는 나와 통화했던 야간 정비담당자와 그의 아내인 야간 간호사뿐이었다. 좋은 인상을 주지 못할 것 같아 걱정되었다. 온종일 면도를 하지 않았고, 눈은 충혈됐고, 술 냄새가 날 게 뻔했고, 그럴듯한 거짓말을 지어내지 못했기 때문이다.

그럼에도 불구하고 야간 간호사인 낸시는 동정적이었고 도움을 주려 했다. 그녀는 서류철에서 사진을 꺼내고 말했다. "이분이 사촌인가요?"

리키였다. 의심의 여지가 없이 리키였다! 아, 내가 알고 있던 리키는 아니었다. 사진 속 주인공은 어린 소녀가 아니라 젊은 성인 여성이었다. 나이는 20대를 웃도는 것 같았고, 머리 모양이 어른스러웠고, 아름다운 얼굴도 어른스러웠다. 그녀는 미소를 짓고 있었다.

하지만 눈은 바뀌지 않았다. 나이에 영향받지 않는 요정 같은 얼굴 때문에 즐거운 어린아이처럼 보인다는 점도 여전했다. 나이를 먹고 더 자라고 아름다워졌지만 여전히 같은 사람의 얼굴이었고, 잘못 알아볼 리 없는 얼굴이었다.

입체사진이 흐릿해졌다. 내 눈에는 눈물이 가득 찼다. "맞아요." 나는 목이 메어 간신히 말했다. "리키가 맞아요."

정비담당자가 말했다. "낸시, 원래 사진을 보여주면 안 되는 거야."

"흥. 행크, 사진을 보여준다고 문제 될 건 또 뭔데?"

"규칙이 그렇잖아." 행크가 내게 말했다. "아까 전화로도 말했지만, 고객에 관한 정보는 알려드릴 수 없습니다. 운영사무실이 10시에 문을 여니까 그때 다시 오세요."

"8시에 와도 돼요." 낸시가 덧붙였다. "번스타인 박사가 있을 테니까요."

"여보, 조용히 해. 정보를 원하는 사람은 소장님을 만나야 해. 번스타인 박사는 우리랑 마찬가지로 질문에 대답하는 사람이 아니라고. 게다가 그 사람은 번스타인 박사의 환자도 아니었 잖아."

"행크, 왜 그렇게 까다롭게 굴어? 남자들은 융통성이 없으니 까 규칙에만 매달리지. 급하게 만날 일이 있으면 10시에는 브롤 리까지도 갈 수 있겠네." 낸시가 나를 바라보았다. "8시에 오세 요. 그게 제일 좋겠어요. 우리 남편하고 나는 진짜 아무것도 말 해줄 수가 없거든요."

"갑자기 브롤리는 왜 말씀하셨죠? 리키가 브롤리로 갔나요?"

남편이 그 자리에 없었다면 낸시는 더 많은 것을 알려줬을 것 이다. 그녀는 주저하고 있었고 행크는 단호한 표정이었다. 그녀 가 대답했다. "번스타인 박사를 만나보세요. 아직 식사 전이면 길따라 내려가세요. 아주 좋은 식당이 있으니까."

그래서 나는 '아주 좋은 식당'에 가서 (맞는 말이었다) 아침을 먹고, 거기서 세면실을 이용했다. 세면실에 있는 자동판매기에 서 면도약을 하나 사고, 다른 자동판매기에서 셔츠를 사고, 입고 있던 셔츠를 버렸다. 성소로 돌아갈 때쯤 나는 꽤 괜찮은 단정한 행색이었다.

하지만 행크가 번스타인 박사에게 무언가 귀띔을 한 모양이 었다. 번스타인 박사는 젊은 남성으로 수련의였는데, 경직된 태도를 취하고 있었다. "본인도 수면자라고 하셨죠. 그러면 갓 깨어난 수면자가 어리숙하고 달리 목표도 없다는 점을 직업적으로 악용하는 범죄자들이 있다는 사실도 아시겠죠. 수면자들은 대부분 상당한 자산을 보유하고 있는 데다가, 하나같이 속세를 떠났다가 돌아온 상태로 이 세상에서 자기 자신을 찾고 있어요. 그러다 보니 보통 외롭고 조금 겁을 먹은 상태죠. 사기꾼들에게는 완벽한 먹잇감이고요."

"내가 알고 싶은 건 리키가 간 곳뿐이에요! 난 그 아이 사촌입니다. 그런데 먼저 수면에 들어가는 바람에 그 아이 역시 장기수면에 들어갔다는 건 몰랐다고요."

"사기꾼은 보통 친척이라고 주장하죠." 번스타인 박사가 나를 자세히 들여다보았다. "혹시 이전에도 저와 만나지 않았나요?"

"그럴 리가 없을걸요. 시내 자동도로에서 우연히 스쳐 지나갔다면 모르겠지만요." 사람들은 나를 보면 늘 만난 적이 있다고 생각했다. 내 얼굴은 12대 평균 얼굴형 가운데 하나와 똑같이 생겼고, 자루 안에서 꺼낸 땅콩처럼 개성이 없었다. "선생님, 소텔 성소에 있는 알브레히트 박사님께 전화해보면 확인할 수 있을 거예요."

그는 법관 같은 표정을 지었다. "이따가 소장님을 만나보세요. 소장님이 소텔 성소에 전화를 해볼 겁니다. 혹은 판단에 따라 경찰을 부를 수도 있겠죠."

그래서 나는 그곳을 떠났다. 그다음 행동은 실수였는지도 모르겠다. 나중에 돌아가서 소장을 만났다면 (알브레히트가 내 얘기를 뒷받침해줄 테니) 내가 알고 싶은 정확한 정보를 얻을 확률이 아주 높았을 것이다. 하지만 나는 초고속택시를 부른 다음 곧장 브롤리에 갔다.

브롤리에서 리키의 자취를 찾아내기까지 사흘이 걸렸다. 리키는 거기 살았던 적이 있었고 그녀의 할머니도 마찬가지였다. 그 사실은 금세 알아냈다. 하지만 할머니는 20년 전에 세상을 떠났고 리키는 냉동수면에 들어갔다. 그레이트 로스앤젤레스의 인구가 7백만 명인 데 비해 브롤리는 인구가 10만 명밖에 안 되는 작은 지역이었다. 따라서 20년 전 기록을 찾는 건 어렵지 않았다. 하지만 채 일주일도 안 되는 흔적을 찾기가 힘들었다.

리키에게 동행이 있었기 때문에 찾기가 더 어려웠다. 내가 홀로 여행하는 젊은 여성을 추적했기 때문이었다. 리키가 남자와 함께 다녔다는 사실을 알게 되자 나는 번스타인이 자세히 설명했던, 수면자를 노린다는 사기꾼이 들러붙었다고 생각하고 걱정스러웠다. 그리고 더 마음이 급해졌다.

나는 잘못된 단서를 좇아 칼렉시코에 갔다가, 다시 브롤리로 돌아온 다음 처음부터 다시 시작했다. 그리고 새 단서를 발견해, 두 사람을 찾아 유마까지 갔다.

하지만 결국 유마에서 추적을 포기했다. 리키가 결혼했기 때문이었다. 자치구 사무원의 사무실에서 등록부에 적힌 사항을 확인한 순간, 나는 너무나 충격을 받아서 모든 걸 집어던졌다. 그리고 프로이덴베르그에게 내 책상을 치우고 사무실에 있는 짐을 싸놓으라는 카드를 우편으로 부친 것을 제외하면 아무것도 하지 않고 곧장 덴버로 가는 배에 올랐다.

✴

　내가 덴버에서 한 일이라고는 치의과재료상에 들른 것뿐이었다. 나는 덴버가 수도로 승격한 뒤 한 번도 가본 적이 없었다. 6주 전쟁이 끝난 직후 마일스와 나는 곧장 캘리포니아로 갔으니까. 지금의 덴버를 보고 나는 충격을 받았다. 세상에, 심지어 콜팩스 애비뉴조차 찾아볼 수가 없었다. 행정에 필수적인 시설이 모조리 로키산맥 밑에 묻혀버렸다는 사실은 알고 있었다. 그렇다면 필수가 아닌 수많은 것들이 지상에 남아 있음이 분명했다. 덴버는 그레이트 로스앤젤레스보다 더 많은 인파로 그득했으니까.

　나는 치의과재료상에서 금의 동위원소 197을 14게이지짜리 금속선 형태로 구입했다. 가격은 1킬로그램당 86달러였다. 상당히 높은 가격이었다. 공업용 금의 가격이 대략 1킬로그램당 70달러 정도였으니까. 그 결과 내가 갖고 있던 단 한 장의 1천 달러짜리 지폐는 심각한 손해를 입었다. 하지만 공업용 금은 용도에 따라 천연 상태에서는 절대 존재하지 않는 합금이거나, 동위원소 196 또는 198을 섞거나, 두 가지를 동시에 섞은 형태로만 구할 수 있었다. 내 목적에는 천연금광석에서 추출한 금과 구분할 수 없는 순금이 필요했다. 내 몸에 잘 맞는 속옷을 태워버릴 금은 원하지 않았다. 샌디아에서 피폭당한 이래 나는 방사선 중독에 대해 상식적인 두려움을 품고 있었다.

나는 가느다란 금을 허리에 두르고 볼더로 갔다. 10킬로그램은 속을 잔뜩 채운 여행용 가방의 무게와 비슷했고, 그만 한 금의 부피는 우유 1리터와 거의 같았다. 하지만 금속선 형태의 금은 금괴 형태일 때보다 부피가 더 컸다. 가느다란 금으로 만든 허리띠는 그다지 추천하고 싶지 않다. 하지만 금화는 운반하기가 더 어려웠고, 허리띠 형태로 가공한 덕분에 나는 금을 늘 소지할 수 있었다.

트위첼 박사는 아직도 그곳에 살고 있었다. 하지만 연구는 하고 있지 않았다. 그는 명예교수였고 잠잘 때를 제외하면 교직원용 클럽의 바에서 시간을 보냈다. 나흘을 투자한 끝에 간신히 다른 술집에서 박사를 만날 수 있었다. 나 같은 외지인은 교직원용 클럽에 들어갈 수 없었기 때문이다. 하지만 일단 만나고 나니 그에게 술을 사기는 쉽다는 사실을 알게 되었다.

그리스 고전 시대의 표현을 빌리자면 트위첼 박사는 비극적인 사람이었고, 한때 위대한, 그것도 아주 위대한 인물이었으나 이제는 폐인이었다. 그는 아인슈타인, 보어, 뉴턴과 같은 위치에 올라 마땅한 사람이었다. 하지만 이제 그의 업적을 정말로 이해하는 사람은 소수의 전공자뿐이었다. 나와 만났을 때 그의 명민한 정신은 실망으로 인해 시들어 있었고, 세월에 침식당해 흐릿했고, 알코올에 찌든 상태였다. 그를 만나는 것은 한때 웅장했다가 이제는 지붕이 주저앉고 기둥의 절반이 쓰러지고 온통 식물 덩굴에 뒤덮인 사원을 방문하는 것과 비슷했다.

그럼에도 불구하고, 비록 한물갔지만 트위첼 박사는 내 전성기 때보다 똑똑한 사람이었다. 나는 아주 영리했기 때문에 만나자마자 그가 진짜 천재임을 알아볼 수 있었다.

처음 만난 순간 그는 고개를 들더니 나를 똑바로 마주 보면서 말했다. "또 왔어?"

"예?"

"예전에 내 강의를 들었던 학생 아닌가?"

"아, 아니에요, 박사님. 유감스럽게도 그런 영광은 누리지 못했죠." 만난 적이 있지 않느냐고 묻는 사람을 보면 나는 보통 부정했다. 하지만 이번에는 가능한 한 그 점을 이용하기로 마음을 먹었다. "제 사촌을 말씀하시나봐요. 걔는 86학번이고 당시에 교수님 강의를 들었죠."

"그랬군. 그 친구 전공이 뭐였지?"

"학위를 못 따고 포기했어요, 박사님. 하지만 박사님을 아주 존경했죠. 틈만 나면 박사님 밑에서 공부했다고 자랑하고 다니고요."

아이가 잘생겼다고 말하면 싫어할 엄마는 없다. 트위첼 박사는 자리를 권했고, 얼마 지나지 않아 내가 술을 살 기회를 주었다. 한때 영광스러운 시절을 보냈으나 몰락한 사람들의 가장 큰 약점은 전문분야에 대한 자부심이었다. 나는 나흘 가운데 일부를 투자해 대학 도서관을 뒤지고 박사에 관한 정보를 모조리 기억하는 방법으로 그에 대한 지식을 긁어모았다. 따라서 그가 쓴 논문, 논문을 제출한 저널, 취득한 학위와 명예 학위, 그의 저서를 전부 알고 있었다. 저서 가운데 한 권을 읽어보기도 했지만

9페이지부터 내 한계를 넘어가고 말았다. 그래도 사소한 은어 몇 개는 건질 수 있었다.

나는 내가 과학추종자라는 얘기를 그에게 들려주었고, 《잊혀진 천재들》이란 제목의 책을 쓰는 중이라고 말했다.

"내용이 뭐지?"

나는 박사가 세간에 알려지기를 꺼린다는 점을 잘 알고 있으나, 그런 면을 조금 양보하고 도입부에서 그의 인생과 업적을 쉽게 풀어 설명하는 편이 좋을 듯하다고 소심하게 털어놓았다. 물론 그러자면 박사 본인에게서 많은 자료를 받아야 한다는 점도 말했다.

트위첼 박사는 다 부질없는 짓이며 그런 일은 생각도 할 수 없다고 대답했다. 하지만 그렇게 하는 것이 다음 세대에 대한 의무라고 내가 지적하자 생각해보겠다고 말했다. 다음 날이 되자 그는 내가 자신의 전기를 쓴다고, 하나의 장이 아니라 책 전체에서 자신을 다룬다고 단순하게 받아들였다. 그런 다음부터는 끊임없이 이야기를 늘어놓았고 나는 들은 사실을 기록했다. 진짜로 종이에 기록했다는 뜻이다. 박사가 가끔 기록한 부분을 되물었기 때문에 흉내만 내는 위험을 감수할 수가 없었다.

하지만 그는 시간여행에 대해서는 입도 뻥긋하지 않았다.

결국, 내가 말했다. "박사님, 예전에 여기 머물렀던 어느 대령만 아니었다면 박사님께서 노벨상을 수상하셨을 거라는 얘기가 사실인가요?"

그는 3분 동안 쉬지도 않고 아주 멋들어지게 욕을 했다. "그 사람 얘기는 어디서 들었지?"

"음, 박사님, 제가 국방부에 관한 책을 쓰느라 자료를 조사하다가 들었는데요. 제가 그건 말씀드리지 않았던가요?"

"아니."

"흠, 그 당시에 다른 부서에서 일하던 젊은 박사에게서 상황을 전부 다 들었어요. 보고서를 전부 다 읽어봤다더군요. 오늘날 물리학계에서 가장 유명한 이름은 트위첼이고, 그 점은 의심할 나위가 없다고 했어요. 만약 박사님의 업적이 세상에 알려지기만 한다면 말이죠."

"어흠! 그거야 사실이지."

"그런데 그게 전부 기밀이라면서요. 그 대령이란 사람이 명령을 내렸다죠. 이름이 플러시버텀이던가요?"

"스러시버덤이야, 스러시버덤 대령. 뚱뚱하고, 잘난 척하고, 얼간이 바보에 무능해서 이미 머리에 쓰고 핀으로 고정해놓은 모자나 찾아다니는 놈이지. 그 핀을 곧장 머리에 박아버렸어야 하는데."

"안타깝네요."

"뭐가 안타까워? 그놈이 바보라는 게? 그거야 자연의 실수지 내 잘못은 아니지."

"그런 이야기를 세상 사람들이 몰라서 안타깝다는 얘기예요. 박사님께서 그 얘기를 하실 수 없다는 건 이해하지만요."

"누가 그래? 난 하고 싶은 말은 다 할 수 있어!"

"저는 그렇게 알고 있었거든요. 국방부에 있는 친구가 그렇게 말해줬으니까요."

"어흠!"

그날 밤 내가 끌어낼 수 있는 건 거기까지였다. 박사가 실험실을 보여주기까지는 일주일이 더 걸렸다.

건물 대부분은 다른 연구자들이 사용하고 있었다. 하지만 박사는 시간 연구실을 절대 포기하지 않고 있었다. 이제는 쓰고 있지 않음에도 그랬다. 박사는 시간 연구가 기밀임을 내세워서 아무도 접근하지 못하도록 막고 있었다. 장비 해체도 허가하지 않았다. 실험실에 들어가보니 오랫동안 한 번도 열지 않은 지하실 냄새가 났다.

트위첼 박사는 술을 꽤 많이 마셨음에도 흐트러지지 않았고 여전히 멀쩡했다. 주량이 상당했다. 박사는 내게 시간이론과 시간치환의(그는 시간여행이라는 말을 쓰지 않았다) 수학 부분을 강의해주었다. 하지만 기록은 하지 말라고 주의를 시켰다. 어차피 기록해도 별 도움은 안 되었을 것이다. 그는 이야기를 시작할 때마다 "따라서 명백하게도…"라는 말로 운을 떼면서 세상 누구도 이해할 수 없고 자신에게만 명백한 사실을 늘어놓았다.

그의 이야기가 느려질 때 내가 말했다. "제 친구가 그러던데 박사님도 정밀하게 조정은 못 하셨다면서요? 그러니까, 시간치환의 정확한 크기는 가려낼 수 없었다죠?"

"뭐? 말도 안 되는 소리! 이봐, 젊은이. 계측할 수 없는 건 과학이 아니라고." 그는 잠시 동안 찻주전자처럼 거품을 내더니 말을 이어갔다. "자, 보여주지." 그는 몸을 돌리고 조정을 시작했다. 장비 중에서 눈에 보이는 것으로는 우선 박사가 '시간중심대'라고 부르는, 철망에 둘러싸인 야트막한 판이 있었다. 그리고 화력발전소나 저압실에서 쓰는 제어판이 보였다. 가까이에서 관찰할 수만 있다면 조종법을 알아내기는 어렵지 않을 것 같았다. 하지만 박사는 날카로운 목소리로, 절대 다가가지 말라고 내게 경고를 했다. 그리고 여덟 개의 숫자가 표시된 브라운 기록기와 엄청나게 튼튼해 보이는 솔레노이드 방식 스위치들을 포함해서 낯설지 않은 십여 개의 장치가 눈에 들어왔다. 하지만 회로도를 보지 않는 한 아무 의미도 없는 사실이었다.

박사가 나를 쳐다보고 물었다. "주머니 안에 잔돈 있나?"

나는 주머니에 손을 넣어 잔돈을 한 움큼 꺼냈다. 그는 5달러짜리 동전 두 개를 골랐다. 예쁘장한 녹색 육각형 플라스틱 동전으로, 둘 다 그해에 새로 발행된 깨끗한 신품이었다. 돈이 얼마 남지 않은 상황이었으니 2.5달러짜리를 골랐으면 좋았을 텐데.

"칼 있나?"

"예, 박사님."

"이름 첫 글자를 양쪽에 다 새겨봐."

나는 시키는 대로 따랐다. 그는 중심대 위에 두 개의 동전을 올려놓으라고 지시했다. "정확한 시각을 기록해봐. 치환을 정확히 일주일로 맞췄으니까. 오차는 플러스 마이너스 6초야."

나는 손목시계를 들여다보았다. 박사가 말했다. "5… 4… 3… 2… 1… 작동!"

나는 시계에서 눈을 뗐다. 동전이 보이지 않았다. 딱히 연기를 할 필요도 없이 눈이 튀어나올 지경이었다. 프로이덴베르그가 비슷한 시연에 대해 이미 얘기를 해줬지만 그걸 눈으로 보는 건 완전히 다른 얘기였다.

트위첼 박사가 기분 좋은 목소리로 말했다. "오늘 밤부터 일주일이 지난 뒤 실험실로 돌아와서 동전 하나가 다시 나타나는 걸 관찰할 거야. 다른 동전은…. 아까 둘 다 실험대에 있는 것 봤지? 자네가 직접 올려뒀지?"

"예, 박사님."

"그때 나는 어디에 있었지?"

"제어판 앞에 계셨죠." 그는 실험대 철망에서 5미터 이상 떨어져 있었고 한 번도 그보다 가깝게 접근한 적이 없었다.

"그렇지. 이리 와봐." 내가 다가가자 그가 주머니에 손을 넣었다. "다른 동전은 여기 있어. 나머지 하나는 지금으로부터 일주일이 지나면 나타날 거야." 그는 5달러짜리 녹색 동전을 내게 건넸다. 동전에는 내 이름의 첫 글자가 새겨져 있었다.

나는 아무 말도 하지 못했다. 턱이 빠져서 제대로 발음할 수 없었기 때문이다. 박사는 계속 말을 이었다. "자네가 지난주에 한 말이 마음에 걸렸지. 그래서 수요일에 여기 왔어. 내가 마지막으로 여기 온 게… 아, 1년 6개월 전이었는데. 여하튼 와봤더니 실험대 위에 이 동전이 있더군. 그래서 내가 이 장치를 다시 사용했다는 걸… 다시 사용할 거라는 걸 알았지. 그리고 오늘 밤이 돼서야 시연을 하기로 결정한 거야."

나는 동전을 눈으로 보고 손으로 만져보았다. "오늘 밤 여기

왔을 때 박사님 주머니에 이게 들어 있었다고요?"

"당연하지."

"그럼 같은 동전이 박사님 주머니와 제 주머니에 동시에 있었다는 건가요?"

"나 원. 이봐, 자넨 눈이 없나? 생각할 뇌가 없어? 자네 존재가 아둔해서 그 너머에 있는 단순한 사실조차 받아들일 수 없는 거야? 자넨 오늘 밤에 여기서, 자신의 주머니에서 이 동전을 꺼냈어. 우리는 그걸 지난주로 날려 보냈어. 그건 자네도 눈으로 봤고. 나는 며칠 전에 여기에 와서 그 동전을 발견했어. 그걸 내 주머니에 넣어뒀고, 오늘 밤에 여기서 꺼냈지. 내가 갖고 있던 동전은 정확히 표현하자면 동전의 시공구조 중에서 일주일만큼 더 낡고 일주일만큼 더 오래된 일부분이야. 우매한 사람들은 그걸 '같은' 동전이라고 부르겠지만. 하지만 그 동일함이란 아기와 그 아기가 성장한 어른을 같은 사람이라고 부르는 것과 같아. 하지만 성장한 쪽이 더 오래됐지."

나는 동전을 쳐다보면서 말했다. "박사님… 저를 일주일 전으로 보내주세요."

박사가 화를 내면서 나를 노려보았다. "말도 안 되는 소리!"

"왜 안 돼요? 사람은 보낼 수 없나요?"

"뭐? 당연히 사람도 보낼 수 있지."

"그럼 해봐도 되잖아요? 저는 안 무서워요. 그리고 그 사실을 책에 포함시키면 얼마나 멋질지 생각해보세요. 제가 체험해보고 트위첼 시간치환이 사실이었다고 증언을 하는 셈이잖아요."

"지금까지 알게 된 사실로 책을 쓰면 돼. 방금 눈으로 봤잖아."

"봤죠." 나는 조금 뜸을 들이고 대답했다. "하지만 사람들은 안 믿을 거예요. 동전 실험은 제가 눈으로 봤고… 저는 믿어요. 하지만 단순히 그 사건을 설명해놓은 글을 읽은 사람이라면 제가 속기 쉬운 사람이라서 박사님이 간단한 손재주로 제게 사기를 쳤다고 생각할 거예요."

"무슨 소리를 하는 건가!"

"사람들이 그렇게 생각할 거라고요. 제가 정말로 본 걸 기록했다고 믿을 수가 없을 테니까요. 하지만 저를 일주일 전으로 보내주시면 직접 체험한 셈이니까 기록을…."

"앉아봐. 해줄 얘기가 있으니까." 트위첼 박사가 말하면서 의자에 앉았다. 하지만 나는 앉을 자리가 없었다. 박사는 그 사실을 알아채지 못한 것 같았다. "오래전에 사람으로 실험한 적이 있었어. 그리고 두 번 다시 같은 실험은 안 하겠다고 결심했지."

"왜요? 죽었나요?"

"뭐? 말도 안 되는 소리 하지 말고." 박사는 나를 날카롭게 노려보면서 덧붙였다. "이건 책에 적으면 안 돼."

"말씀에 따르겠습니다."

"더 작은 규모로 실험해봤더니 시간치환을 경험한 생물은 아무 손상도 입지 않았어. 나는 동료에게 실험을 털어놨지. 미술을 가르치고 건축학교에서 다른 것도 가르치는 젊은 친구였어. 과학자라기보다는 기술자에 가까웠지만 난 그 친구가 좋았지. 정신이 살아 있는 사람이었어. 그 친구는, 이름을 밝혀도 상관없겠지. 레너드 빈센트라는 이름이었는데, 직접 시간치환을 해보겠다고 난리였어. 진심으로. 게다가 대규모 치환을 경험하겠다고 했지. 5백 년짜리 치환을. 나는 마음이 약해서 허락하고 말았어."

"그래서 어떻게 됐나요?"

"그걸 내가 어떻게 알아? 무려 5백 년이라고! 난 그만큼 살지도 못해."

"그럼 그 사람이 5백 년 뒤 미래로 갔다고 생각하시는 건가요?"

"과거로 갔을 수도 있겠지. 그 친구는 15세기로 갔을 수도 있고 25세기로 갔을 수도 있어. 확률은 정확히 반반이야. 불확정성 대칭 방정식을 사용하니까. 나는 가끔 생각하기를…. 아니야, 그냥 우연히 이름이 비슷한 거겠지."

나는 그게 무슨 뜻인지 물어보지 않았다. 두 이름이 비슷하다는 사실을 알아챘기 때문이다. 그 순간 머리가 쭈뼛거렸다. 얼른 그 생각을 머릿속에서 밀어냈다. 내 문제가 더 중요했다. 그리고 우연히 이름이 비슷했을 뿐 둘은 다른 사람이라는 설명이 옳았다. 15세기에 콜로라도에 있던 사람이 이탈리아로 갈 방법은 없었다.

"하지만 두 번 다시 꾐에 넘어가지 않기로 결심했어. 그건 과학이 아니야. 어떤 자료도 추가하지 못했으니까. 그 친구가 미래로 갔다면 행복하게 잘 살았겠지. 하지만 과거로 갔다면… 나 때문에 야만인에게 살해당했거나 야생동물에게 잡아먹혔을 수도 있잖아."

또는 살아서 '위대한 백인 신'으로 불렸을 가능성도 있었다. 하지만 나는 그 생각을 입 밖으로 꺼내지 않았다. "하지만 저는 그렇게 긴 시간치환을 할 필요가 없는데요."

"그 얘기는 그만하지. 부탁이야."

"박사님 뜻대로 하겠습니다." 하지만 나는 포기할 수 없었다. "저기, 제안을 하나 해도 될까요?"

"음? 말해봐."

"예행연습만 해도 거의 비슷한 결과를 얻을 것 같은데요."

"그게 무슨 소리지?"

"살아 있는 대상을 시간치환하는 것처럼 모든 과정을 똑같이 해보자는 뜻이죠. 대상은 제가 맡고요. 저를 치환한다고 생각하고 그 버튼을 누르기 직전까지만 모든 걸 정확히 진행하면 돼요. 그럼 과정을 이해할 수 있을 테니까요. 아직 잘 모르겠거든요."

박사는 조금 툴툴댔지만, 자신의 장난감이 움직이는 모습을 진심으로 보여주고 싶은 모양이었다. 그는 내 체중을 잰 다음 정확히 77킬로그램에 해당하는 금속추를 옆으로 치웠다. "이건 내가 불쌍한 빈센트를 대상으로 실험할 때 사용한 그 저울이야."

우리는 나와 박사 사이에 있는 실험대 한쪽에 금속추를 올려놓았다. "시간 설정은 어떻게 할까? 이건 자네가 제안한 쇼니까 자네가 말해봐."

"음, 아주 정확하게 설정할 수 있다고 하셨죠?"

"그랬지. 왜, 못 믿겠나?"

"아뇨, 아니요. 흠, 어디 보자, 오늘이 5월 24일이니까… 그러면… 저기, 31년 3주 1일 7시간 30분 25초로 하면 어떨까요?"

"어이가 없구먼. 정확하다는 건 오차가 백만 분의 1보다 적다는 뜻이야. 9억 분의 1 수준으로 조정할 수는 없다고."

"아. 그래도 박사님, 제 입장에서 정확한 모의연습이 얼마나 중요한지 아시잖아요. 아는 게 거의 없으니까요. 저기, 그럼 31년 3주로 하죠. 그것도 너무 세세한가요?"

"그 정도는 문제없어. 최대 오차는 2시간을 넘지 않으니까." 박사는 기계를 조정했다. "이제 자네가 실험대에 올라가서 자리를 잡으면 돼."

"그게 전부인가요?"

"그래. 이 상태에서 동력만 공급하면 되지. 동전 실험에 사용했던 선로 전압으로는 이 정도 치환을 시행할 수 없거든. 하지만 정말로 치환하는 게 아니니까 그건 상관없겠지."

나는 실망한 표정을 지어 보였다. 실제로 실망한 상태였다. "그럼 그런 치환을 시행하는 데 필요한 것들이 지금은 전부 갖춰지지 않은 거군요? 어디까지나 이론만 말씀하셨고요."

"무슨 소리야. 난 지금 이론만 얘기하는 게 아니라고."

"하지만 동력이 없다고 하셨는데…."

"그렇게까지 말한다면 동력을 끌어오지. 기다려봐." 박사는 실험실 구석으로 걸어가서 전화기를 집어 들었다. 실험실을 새로 지었을 당시 설치했던 전화가 틀림없었다. 장기수면에서 깨어난 뒤로 그런 모델은 본 적이 없었다. 박사는 대학 발전소의 야간 관리자와 활발하게 대화를 나누고 있었다. 그는 험악한 단어를 사용하는 사람이 아니었다. 그런 말을 단 하나도 사용하지 않으면서도, 일상적인 단어를 이용해 웬만한 진짜 전문가보다 더 신랄하게 공격할 수 있었다. "그쪽 의견에는 눈곱만큼도 관심이 없습니다. 지시사항을 읽어보시죠. 나는 원할 때 언제라도 사용할 수 있는 권한이 있습니다. 혹시 글을 못 읽으시나요? 내일 아침 10시에 총장을 데려가서 읽어드리면 될까요? 오, 그럼 글을 읽으실 수 있는 거네요? 쓸 줄도 아십니까? 아니면 우리가 그런 재능을 다 고갈시켰습니까? 그럼 받아적으시죠. 정확히 8분 뒤 손튼 기념 연구소의 동력 공급을 상한선 너머 최대치로 올릴 것. 한번 읽어보시죠."

박사는 수화기를 제자리에 올려두었다. "자, 시작하지!"

그는 제어판으로 가서 이것저것 조정하고 기다렸다. 나는 실험대 위에 올라서 있었지만, 마침내 세 쌍의 계기판 바늘이 눈금을 넘어가고 제어판 꼭대기에 붙어 있는 빨간 램프가 점등하는 모습을 볼 수 있었다. "동력 준비 완료." 박사가 말했다.

"이제 어떻게 되나요?"

"아무 일도 안 일어나."

"그럴 줄 알았어요."

"그게 무슨 소리지?"

"말 그대로예요. 아무 일도 안 일어날 줄 알았다고요."

"자네를 이해할 수가 없군. 내가 잘못 알아들은 거였으면 좋겠네. 내가 한 말은 이 실험스위치를 누르지 않는 한 아무 일도 생기지 않는다는 뜻이었어. 누르면 자네는 정확히 31년 3주만큼 치환될 거야."

"그래도 제 입장에서는 아무 일도 일어나지 않은 건데요."

박사의 표정이 점점 어두워졌다. "내가 보기에 자네는 지금 일부러 공격적으로 말하는 거야."

"좋을 대로 생각하세요. 박사님. 저는 엄청난 소문을 듣고 조사하러 왔어요. 뭐, 조사는 했죠. 예쁘장한 불빛이 반짝거리는 제어판도 봤고요. 매혹영상에 등장하는 미치광이 과학자가 쓸 법한 계기판이긴 하더군요. 동전 두 개를 이용한 무대용 속임수도 보긴 했네요. 사실 그리 대단한 속임수도 아니었죠. 동전도 박사님이 골랐고, 표시를 남기는 방법도 박사님이 알려줬잖아요. 공연을 하는 마술사들도 그것보다는 잘할 거예요. 그리고 박사님께 아주 많은 얘기를 들었는데요. 말이야 아무나 할 수 있죠. 박사님이 발견했다고 주장하는 건 일어날 수 없는 일이에요. 게다가 국방부 사람들도 그 사실을 알고 있어요. 박사님 보고서는 금지된 게 아니에요. 그냥 별난 서류로 분류된 거죠. 그 사람들은 가끔 그걸 꺼내 돌려보면서 비웃을 테고요."

불쌍하고 늙은 과학자가 그 자리에서 심장마비로 쓰러지는 건 아닌지 걱정이 되었다. 하지만 나는 그에게 마지막으로 남은 반사신경, 즉 자부심을 자극해야만 했다.

"자네 이리 나와봐. 나오라고. 두들겨 패줄 테니까. 맨손으로 박살을 내주겠어."

내가 보기에 박사는 그 나이에 그 체중에 그런 신체 상태로도 자신의 분노를 행동으로 옮길 능력이 있었다. 하지만 나는 한 번 더 말했다. "하나도 겁 안 나요, 노인 양반. 그 가짜 스위치도 안

무섭고요. 어디 한번 눌러봐요."

그는 나를 본 다음 스위치를 쳐다보았다. 하지만 아무 행동도 하지 않았다. 나는 낄낄 웃으면서 말했다. "그것도 가짜죠? 국방부 사람들도 그렇다고 했어요. 트위�첼 박사, 당신은 늙고 잘난 척하는 위선자야. 스러시보덤 대령 말이 맞았다고."

그 말은 효과가 있었다.

제 3 부

10

나는 박사가 스위치를 누르는 순간까지도 그러지 말라고 소리를 지르려 했다. 하지만 너무 늦었다. 나는 벌써 추락하고 있었다. 내 머릿속에 마지막으로 떠오른 것은 그 고통을 겪고 싶지 않다는 생각이었다. 나는 모든 것을 내던졌고 내게 아무 해도 끼치지 않은 가련한 노인을 죽기 직전까지 괴롭혔다. 그리고 어디로 가는지조차 모르고 있었다. 그보다 더 안 좋은 것은, 도착이나 할 수 있는지 그 사실조차 모른다는 점이었다.

그리고 어딘가에 몸을 부딪혔다. 떨어진 거리는 1미터 남짓인 것 같았지만 미처 준비가 안 되어 있었다. 나는 봉지처럼 찌그러지는 하나의 막대기나 마찬가지였다.

그때 누군가가 말했다. "도대체 어디서 나타난 거예요?"

말을 한 사람은 머리가 벗겨진 40대 남성이었다. 몸은 야위었지만 튼튼해 보였다. 남자는 두 손을 골반에 얹고 나를 보며 서 있었다. 첫인상은 유능하고 영리해 보였다. 나를 보고 곤란한 표정을 지었다는 점만 제외하면 얼굴에 악의는 담겨 있지 않았다.

나는 몸을 일으켜 앉았다. 그리고 내가 화강암 자갈과 솔잎 위에 앉아 있다는 사실을 알아챘다. 남자 옆에는 그보다 젊어 보이는 아름다운 여성이 서 있었다. 그녀는 눈을 크게 뜬 채 아무 말 없이 나를 지켜보고 있었다.

"여기가 어디죠?" 나는 바보처럼 물었다. 지금이 언제냐고 물어볼 수도 있었겠지만 그랬다가는 더 바보처럼 보였을 것이다. 그 순간에는 그런 생각조차 할 수 없었다. 나는 두 사람을 보고 나서 적어도 1970년은 아니라는 점을 확신했다. 그렇다고 2001년도 아니었다. 2001년이라면 해변에서나 볼 수 있는 모습이었다. 따라서 나는 엉뚱한 시대에 도착했다고 생각했다.

왜냐하면, 두 사람 모두 살갗이 살짝 그을린 채 아무것도 걸치고 있지 않았기 때문이다. 밀착섬유도 보이지 않았다. 하지만 본인들은 개의치 않는 것 같았다. 부끄럽게 여기지 않는 것만은 분명했다.

"질문 한 번에 대답 하나로 하죠." 남자가 말했다. "내가 먼저 당신에게 어디서 나타났냐고 물었잖아요?" 남자가 머리 위를 흘끗 바라보았다. "나무에 낙하산이 걸려 있진 않군요. 어쨌든, 여기서 뭘 하는 거죠? 여긴 사유지고 지금 그쪽은 사유지를 침범하고 있거든요. 게다가 지금 입고 있는 사육제 복장은 다 뭔가요?"

내 옷에는 아무 문제가 없었다. 두 사람의 옷차림 상태를 감안하면 더욱 그랬다. 하지만 나는 대답을 하지 않았다. 시대가 다르면 문화도 다른 법이니까. 아무래도 문제가 생길 것 같다는 생각이 들었다.

여자가 남자의 팔에 손을 얹었다. "그러지 마, 존." 그녀가 조용히 말했다. "저 사람 다친 것 같아."

남자는 여자를 쳐다보더니 다시 날카로운 눈으로 나를 노려보았다. "다쳤어요?"

나는 버둥거리다가 간신히 일어섰다. "괜찮은 것 같아요. 멍은 좀 들었겠지만. 어, 오늘이 며칠이에요?"

"예? 아, 5월 첫째 주 일요일이에요. 5월 3일요. 그렇지, 제니?"

"맞아."

"저기." 내가 다급하게 말했다. "머리부터 떨어져서 정신이 없거든요. 오늘 날짜가 어떻게 되죠? 자세한 날짜요."

"뭐라고요?"

달력이나 신문을 볼 때까지는 입을 다물고 있어야 했다. 하지만 당장 알고 싶은 마음이 앞섰다. 도저히 참고 기다릴 수가 없었다. "몇 년도죠?"

"도대체 무슨 소릴 하는 건지…. 지금은 1970년인데요." 남자는 내 옷을 다시 노려보았다.

나는 참기 어려울 정도로 안심했다. 성공했다. 결국 성공하고 말았다! 그리 늦지 않은 과거에 도착한 셈이었다. "고맙습니다." 내가 말했다. "너무나 고마워요. 무슨 얘긴지 못 알아들으시겠지만요." 남자가 상비군이라도 부를 것 같은 표정으로 나를 보고 있었기 때문에 급히 덧붙였다. "갑자기 기억상실증이 덮쳐 오거든요. 한번 증상이 발생하면, 그러니까, 5년씩 통째로 잊어버려요."

"그거 진짜 혼란스럽겠네요." 남자가 천천히 말했다. "내 질문에 대답할 수는 있는 상태인가요?"

"괴롭히지 마." 여성이 부드럽게 말했다. "좋은 사람인 것 같으니까. 그냥 조금 실수를 했겠지."

"그건 두고봐야 알지. 그래, 상태가 어떤가요?"

"이제 괜찮아요. 조금 전에는 완전히 혼란스러운 상태였죠."

"다행이군요. 여긴 어떻게 왔죠? 그리고 그런 옷은 왜 입고 있는 거죠?"

"솔직히 말하면 어떻게 여기 왔는지는 모르겠어요. 여기가 어딘지도 모르고요. 그런 현상은 갑자기 발생하거든요. 그리고 지금 이 옷은… 개인 취향이 독특하다고 생각해주세요. 저기… 지금 내 옷차림만 유별난 건 아니니까… 그쪽도…."

그는 자신의 몸을 내려다보고 씩 웃었다. "아, 그렇지. 특정 상황에서는 아내와 내 차림을 설명할 필요가 있겠죠. 그 점은 우리도 잘 알아요. 하지만 설명이 필요한 건 사유지를 침범한 쪽일 텐데요. 생각해봐요. 당신은 여기 속한 사람도 아니고, 옷도 유별나잖아요. 반면에 우리는… 그냥 자연스러운 모습 그대로죠. 덴버 선샤인 클럽에서는 이게 기본이고요."

*

　존 서튼과 제니 서튼은 교양이 있고, 쉽게 충격을 받지 않고, 우호적이고, 상대가 누구든 함께 차를 마시자고 초대하는 사람들이었다. 존은 내 수상한 설명에 만족하지 않는 기색이 역력했다. 그는 다각도로 내 이야기를 확인하려 들었다. 하지만 제니가 말렸다. 나는 '아찔한 현상' 설을 계속 밀고 나아갔다. 어제저녁 이후로 기억이 사라졌고, 당시에는 덴버의 뉴브라운팰리스에 있었다고 했다. 마침내 존이 말했다. "꽤 흥미로운 이야기네요. 흥분될 정도예요. 어쨌든 볼더에 가는 사람이 있으면 덴버 시가지행 버스를 탈 수 있는 곳까지 태워드리라고 부탁해야겠어요." 그는 나를 한 번 더 쳐다보았다. "하지만 댁을 클럽하우스로 데려가면 사람들이 아주, 아주 이상하게 생각할 거예요."

　나는 내 차림을 살펴보았다. 두 사람은 옷을 입지 않았는데 나만 입고 있다 보니 마음이 조금 편치 않았다. 즉 두 사람 쪽이 아니라 내가 비정상인 듯한 느낌이 들었다. "존… 나도 옷을 벗으면 문제가 간단해질까요?" 나는 옷을 벗는다 해도 난처하지 않았다. 취지를 공감할 수 없었기 때문에 누드캠프에 가보지는 않았다. 하지만 프로이덴베르그와 함께 샌타바버라에서 2주, 라구나 해변에서 1주가량을 지낸 적이 있었다. 라구나 해변은 옷을 입지 않는 것이 상식인 장소였고, 그밖에는 어떤 상식도 통용되지 않는 곳이었다.

　존이 고개를 끄덕였다. "분명히 그럴걸요."

"여보." 제니가 말했다. "우리가 이분을 손님으로 초대하면 되잖아."

"음, 맞는 말이야. 내 사랑, 당신은 정말 마음이 아름다워. 적당히 지어내서 원래 우리가 초대할 손님이었다고 하자고. 댄, 어디서 왔다고 말하면 좋을까요?"

"음, 캘리포니아주 로스앤젤레스요. 진짜로 거기서 왔거든요." 나는 하마터면 그레이트 로스앤젤레스라고 말할 뻔했다. 그리고 말을 조심해야 한다는 점을 깨달았다. 1970년에는 영화를 매혹영상이라고 부르지 않았다.

"그래요, 로스앤젤레스에서 온 댄이라고 하면 충분할 거예요. 필요한 경우 아니면 성씨는 안 부르니까요. 여보, 먼저 가서 소문 좀 뿌려놔. 이미 다들 알고 있었던 것처럼. 그리고 30분 뒤에 우리랑 입구 근처에서 만나. 그 전에 여길 먼저 들러서 내 여행가방 좀 가져가."

"가방은 왜, 여보?"

"가면무도회 의상 좀 숨기려고. 댄이 아무리 독특한 취향이라 곤 해도 저 옷은 너무 눈에 띄잖아."

나는 일어선 다음 옷을 벗기 위해 곧장 가까운 덤불로 향했다. 제니가 자리를 뜨고 나면 굳이 탈의실로 가는 등 예의를 차릴 이유가 없음에도 그랬다. 그럴 만한 이유가 있었다. 옷을 벗고 허리에 두른 약 2만 달러 상당의 금을 고스란히 드러낼 수는 없었다. 1970년의 금 시세는 1킬로그램에 약 2,100달러였다. 치마가 아니라 허리띠 형태로 가공해두었기 때문에 몸에서 떼어내기까지는 그리 오래 걸리지 않았다. 맨 처음에는 욕조에 들어가기 위해 고생을 해야 했지만, 그 뒤로는 금으로 된 선으로 몸을 두 바퀴 감은 다음 앞쪽에서 묶어두고 있었다.

나는 벗은 옷 속에 금을 숨기고 전혀 무겁지 않은 척 연기를 했다. 존은 옷 꾸러미를 흘끗 쳐다봤을 뿐 아무 말도 하지 않았다. 그는 발목에 끈으로 묶어두었던 담뱃갑을 집어 들고 내게 권했다. 담뱃갑에는 내가 두 번 다시 볼 수 없을 거라고 생각했던 상표가 찍혀 있었다.

손에 든 담배를 흔들었지만 자동으로 불이 붙지 않았다. 나는 존이 불을 붙여주기를 기다렸다. "자." 그가 작은 소리로 말했다. "이제 둘만 남았네요. 나한테 더 할 말 없어요? 클럽에 가서 아는 사람이라고 소개하려면 적어도 내 명예를 걸고 문제를 일으킬 사람은 아니라고 보장해야 하거든요."

나는 담배를 한 모금 빨았다. 날것처럼 독한 맛이 목을 찔렀다. "존, 아무 문제도 일으키지 않을게요. 그거야말로 내가 이 세상에서 제일 싫어하는 일이에요."

"흠, 그럴지도 모르죠. 그럼 그냥 '아찔한 현상'으로 계속 생각하고 있을까요?"

나는 고민해보았다. 존은 정말 말도 안 되는 상황을 보았다. 그러니 진실을 알 자격이 있었다. 하지만 사실을 말해봐야 믿을리가 없었다. 입장을 바꿔보면 당연한 일이었다. 그가 믿을 경우 정확히 내가 바라지 않았던 바로 그 일이 일어날 테고 상황이 더 나빠질 수 있었다. 만약 내가 솔직하고 합법적인 진짜 시간여행자이고 과학연구를 목적으로 하는 사람이었다면 대중에게 그 사실을 알리고 부정할 수 없는 증거를 보여주고 과학자들을 초대해서 시연할 수도 있을 것이다.

하지만 나는 그런 사람이 아니었다. 나는 사적인 이유로 왔고, 수상한 구석이 있는 시민이었다. 게다가 이목을 끌고 싶지 않은 이런저런 일과 연계되어 있었다. 나는 최대한 조용히, 그저 여름으로 가는 문을 찾을 뿐이었다.

"존, 사실을 얘기해도 못 믿을 거예요."

"흠, 그럴지도 모르죠. 그래도 나는 허공에서 떨어지는 사람을 눈으로 봤다고요. 부상을 입을 만큼 세게 추락하지는 않았지만 말이에요. 그 사람은 옷도 괴상하고 자신이 있는 장소도 모르고 날짜도 몰라요. 댄, 나도 다른 사람들처럼 찰스 포트*의 책은 읽어봤어요. 하지만 직접 목격할 줄은 몰랐어요. 막상 겪고 보니 카드 속임수처럼 설명이 간단할 거라는 생각은 안 드네요. 그렇죠?"

"존, 아까 하신 말씀 중에 어떤 표현이 기억에 남는데요. 혹시 변호사예요?"

"맞아요. 그건 왜요?"

"우리 면책 특권을 설정할 수 있을까요?"

"흠, 내 고객이 되겠다는 거예요?"

"그렇게 표현하고 싶다면, 맞아요. 아무래도 조언이 필요할

---

* 초자연적인 현상을 연구한 미국 작가

것 같아요."

"그러죠, 뭐. 면책 특권이 설정됐어요."

"좋아요. 난 미래에서 왔어요. 시간여행을 했고요."

존은 몇 초 동안 아무 말도 하지 않았다. 우리는 햇빛을 받으며 몸을 쭉 펴고 누워 있었다. 나는 몸을 데우려고 그 자세를 유지했다. 5월의 콜로라도는 볕이 좋았지만 쌀쌀했다. 존은 그렇게 솔잎을 씹으면서 빈둥거리는 일에 익숙한 것 같았다.

"당신 말이 맞았군요." 그가 말했다. "못 믿겠네요. 그냥 '아찔한 현상'으로 하죠."

"그럴 거라고 했잖아요."

존은 한숨을 쉬었다. "싫어서 그러자고 말한 거예요. 나는 유령도 믿기 싫고 환생도 믿기 싫고 초능력 마술 같은 것도 전부 믿기 싫어요. 이해할 수 있는 단순한 게 좋거든요. 다른 사람들도 대개 그럴 거예요. 자, 면책 특권하에 첫 번째 조언을 해드리죠. 딴 데 가서 그런 얘긴 하지 마세요."

"그거 마음에 드네요."

그가 몸을 뒤집었다. "그래도 입고 있던 옷은 태우는 게 좋겠어요. 다른 옷을 구해줄게요. 이 옷 불에 타죠?"

"음, 잘 안 탈 텐데요. 녹을 거예요."

"신발은 도로 신어요. 우리도 신발은 신으니까요. 그 정도면 신고 다녀도 괜찮을 거예요. 누가 신발이 이상하다고 하거든 수제용 건강화라고 대답하세요."

"둘 다 맞는 말인데요."

"좋아요." 그는 내가 미처 말리기도 전에 옷을 펼치기 시작했다. "이게 다 뭐야!"

막기에는 너무 늦었기 때문에 나는 그가 옷을 전부 헤치도록 내버려두었다. "댄." 그가 이상한 목소리로 말했다. "지금 이게 그거 맞아요?"

"그거라뇨?"

"금이오."

"맞아요."

"이건 어디서 났어요?"

"돈 주고 샀죠."

그는 금을 만져보고, 그 치명적인 부드러움과 접합제 같은 촉감을 느껴보더니 이윽고 손으로 들어보았다. "세상에! 댄… 내 얘기 잘 들으세요. 딱 한 가지만 물어볼게요. 진짜로 잘 생각해서 대답해야 해요. 나는 거짓말하는 고객을 도와줄 생각이 없으니까요. 거짓말이면 즉시 관계를 끊을 거예요. 중범죄에 가담할 생각도 없고요. 이거 합법적으로 취득한 물건 맞아요?"

"예."

"1968년에 공표된 금보유법에 대해 들어봤어요?"

"알고 있어요. 그 금은 합법적으로 구입했고요. 덴버 조폐청에 돈을 받고 팔 생각이에요."

"귀금속거래 허가증은 있겠죠?"

"없어요. 존, 내 말을 못 믿을지 몰라도 난 명백하게 진실을 말했어요. 나는 원래 있던 곳에서, 자연스럽고 합법적인 방법으로, 계산대에서 돈을 치르고 구입했어요. 지금은 최대한 빨리 금을 달러로 환전할 생각이고요. 금보유법을 위반하는 행위라는 것도 알아요. 조폐청에 가서 계산대에 이 금을 올려놓고 무게 좀 재달라고 하면 그쪽에서 어떻게 나올까요?"

"아무 일도 없을 거예요. 장기적으로는요. 끝까지 '아찔한 현상' 얘기를 고수한다면 그래요. 하지만 그 과정에서 당신을 아주 많이 괴롭힐 거예요." 그가 나를 쳐다보았다. "아무래도 금 위에 흙을 좀 끼얹는 게 좋겠어요."

"땅에 묻으라고요?"

"그렇게까지 할 필요는 없고요. 하지만 나한테 한 설명이 진실이라면 산에서 발견했다고 말하는 편이 나아요. 금광 추적자들이 대개 그런 식으로 금을 발견하죠."

"음… 시키는 대로 하죠. 악의 없는 거짓말을 조금 섞는 건 신경 안 써요. 어쨌든 저 금의 합법적인 소유주는 나니까요."

"하지만 산에서 발견했다는 게 거짓말일까요? 그 금을 언제 처음 발견했죠? 당신 소유가 된 날짜가 언제예요?"

나는 기억을 돌이켜보았다. 내가 유마에서 떠나던 날이었으니까 2001년 5월이었다. 그리고 2주 전에….

이걸 어쩐다?

"존, 이렇게 하죠. 금을 처음 발견한 날은… 오늘이에요. 1970년 5월 3일."

그가 고개를 끄덕였다. "장소는 산이고요."

＊

　존과 제니 부부는 월요일 아침까지 머무를 예정이었다. 그래서 나도 그때까지 머물렀다. 다른 클럽 회원들은 하나같이 친절했다. 그러면서도 내가 지금까지 속했던 그 어떤 집단의 사람들보다 타인의 사생활에 관심이 없었다. 나는 그런 태도가 누드 클럽의 표준이라는 점을 나중에 알게 되었다. 하지만 당시에는 그 사람들이 내가 알던 어떤 이들보다 더 사려 깊고 더 예의 바른 사람으로 보였다.

　존과 제니는 전용 오두막이 있었다. 나는 클럽하우스 공동 숙소의 간이침대에서 잤다. 잠자리는 꽤 차가웠다. 다음 날 존이 셔츠와 청바지를 가져다주었다. 내가 입고 온 옷은 금을 싸서 존의 자동차 짐칸 속 가방 안에 들어 있었다. 존의 차가 재규어 임퍼레이터였기 때문에 나는 그가 싸구려 변호사는 아닐 거라고 확신했다. 하지만 그전부터 그의 행동방식으로 미루어 짐작은 하고 있었다.

　나는 밤을 그들과 함께 보냈다. 화요일이 되자 돈이 조금 생겼다. 나는 두 번 다시 금을 구경할 수 없었다. 하지만 존은 그 뒤로 여러 주에 걸쳐서 금덩어리의 시세와 정확히 일치하는 금액을 내게 건네주었다. 금구매 자격증 임대 비용은 제하고서. 그가 항상 금 구매자의 증명서까지 함께 보여주었기 때문에, 나는 그가 조폐청과 직접 거래하지 않았다는 사실을 알고 있었다. 그는 자신의 수수료를 공제하지 않았고, 단 한 번도 세부사항을 알려주지 않았다.

나도 신경 쓰지 않았다. 나는 다시 현찰이 생기자마자 바삐 움직였다. 제니는 1970년 5월 5일 화요일에 나를 차에 태우고 이리저리 돌아다녔다. 나는 구 상가지역에 작은 방을 얻었다. 그리고 방 안에 제도용 탁자와 작업대와 군용 간이침대와 잡다한 것들을 들였다. 방에는 이미 120볼트 및 240볼트 전기와 가스와 수돗물이 공급되고 있었고, 자주 막히는 화장실도 있었다. 더 이상 바랄 것이 없었다. 한편으론 돈을 아껴야 하기도 했다.

구식 컴퍼스와 T자로 설계를 하는 건 지겹기도 하거니와 시간 낭비였다. 나는 일분일초가 아까웠기 때문에 '만능 프랭크'를 재설계하기에 앞서 '설계사 댄'을 만들었다. 그리고 만능 프랭크는 '변화무쌍 피트'로 다시 태어날 예정이었다. 변화무쌍 피트는 도슨 진공관에 적절한 지시를 저장한다는 전제하에 문자 그대로 어떤 용도로든 사용할 수 있고, 인간이 하는 일이라면 거의 다 할 수 있도록 구동부가 탁월한 자동기계가 될 예정이었다. 나는 변화무쌍 피트가 그런 형태를 끝까지 유지하지 못한다는 사실을 알고 있었다. 피트의 후예들은 일군의 전문 기계로 분화할 것이다. 그래도 나는 특허권을 최대한 넓게 적용하고 싶었다.

특허를 받는 데 실제로 작동하는 실물까지 필요하진 않았다. 도면과 상세설명이면 되었다. 하지만 나는 완벽하게 동작하고 누구든 작동시킬 수 있도록 완성된 실물이 필요했다. 실물이 있으면 저절로 판촉 효과를 불러일으킬 수 있다. 이 실물은 실용성을 비롯해 앞으로 필요하게 될 생산기술적인 면까지 고려해 경제적으로 설계되었다는 점까지 보여줄 것이다. 그러면 작동을 보증하는 것뿐 아니라 투자까지 유도하는 효과가 있다. 특허청에는 작동은 하지만 상업적으로 가치가 없는 물건들이 잔뜩 쌓여 있으니까.

작업 진척은 빠르기도 했고 느리기도 했다. 내가 할 일을 이미 정확히 알고 있었기 때문에 시간을 단축할 수 있었지만, 그 대신 적절한 기계상점이나 도와줄 일손이 없다는 점이 발목을 잡았다. 나는 어쩔 수 없이 피 같은 돈을 써서 기계도구를 대여했다. 그러자 작업 속도가 올라갔다. 나는 일주일에 7일씩, 아침 식사 후부터 지쳐 쓰러질 때까지 일을 했다. 쉬는 날은 한 달에 한 번뿐이었다. 그날이 되면 엉덩이를 드러내는 볼더 근처의 누드클럽으로 가서 존과 제니와 함께 시간을 보냈다. 9월 1일에 제대로 작동하는 두 대의 기계가 완성됐고, 제출용 도면과 상세 설명을 작성할 준비가 갖춰졌다. 나는 직접 도안을 그린 다음 두 기계에 입힐 예쁘장한 얼룩무늬 몸체를 주문했다. 외부 구동부용으로는 크롬으로 도금된 몸체를 선택했다. 외주를 준 작업은 그게 유일했다. 돈을 쓰자니 마음이 아팠지만 꼭 필요한 일이었다. 아, 나는 제작과정에서 최대한 카탈로그에 등재된 표준 부품만 사용했다. 다른 선택은 할 수가 없었다. 그러지 않았다가는 제작이 끝났을 때 상업성이 크게 떨어지기 때문이었다. 원래 나는 멋들어진 수제품에 돈을 쓰는 걸 좋아하지 않았다.

돌아다닐 시간이 별로 없었다. 오히려 다행스러운 일이었다. 어느 날 서보 모터를 사러 나갔다가 캘리포니아에서 알던 지인과 마주쳤다. 그가 먼저 말을 거는 바람에 나는 생각할 틈도 없이 반응을 하고 말았다. "어, 댄! 댄 데이비스! 여기서 만난 줄은 몰랐네. 모하비에 있는 줄 알았거든."

나는 악수를 했다. "사업차 잠깐 들렀어. 며칠 있다가 돌아가야 해."

"난 오늘 오후에 돌아가는데. 마일스한테 전화해서 널 만났다고 얘기해야겠네."

나는 걱정스러운 표정을 지었다. 실제로도 걱정되었다. "부탁인데 전화하지 마."

"왜? 넌 마일스랑 항상 붙어 다니는 사이잖아?"

"음, 저기, 모트. 마일스는 내가 여기 온 줄 몰라. 회사 업무 때문에 앨버커키에 있는 걸로 알아. 지극히 사적이고 비밀스러운 업무 때문에 비행기를 타고 슬쩍 빠져나온 거야. 무슨 얘긴지 알겠지? 회사와 아무 상관 없는 일이야. 그리고 이 일로 마일스랑 얘기하고 싶지도 않고."

그는 다 안다는 눈빛으로 말했다. "여자구나?"

"어… 응."

"기혼자야?"

"그렇다고 볼 수 있지."

그는 내 옆구리를 쿡 찌르고 한쪽 눈을 찡긋했다. "그럴 줄 알았어. 마일스가 나이도 있고 꽤 보수적이지. 알았어. 덮어둘 테니까 너도 언젠가 비슷한 일이 있으면 묻어줘. 그 여자 예뻐?"

이 허접한 바람둥이 놈아. 삽으로 흙을 떠다가 묻어줄까? 나는 속으로 그렇게 생각했다. 모트는 변변찮은 외판원이었고 고객을 관리하기보다 식당 종업원을 유혹하는 일에 시간을 더 많이 쓰는 인간이었다. 그리고 그가 다루는 제품들 역시 그와 비슷하게 규격에 맞는 경우가 단 한 번도 없었다.

하지만 나는 그에게 술을 샀고 문제의 '기혼자'에 관해 완전히 지어낸 얘기를 들려주었다. 그리고 역시 지어냈음에 분명한 그의 모험담을 들어주었다. 그다음 그와 악수하고 헤어졌다.

한번은 트위첼 박사에게 술을 사려다가 실패하기도 했다.

나는 캄파 스트리트에 있는 식당의 스탠드에서 박사의 옆자리에 앉아 있었다. 그러다가 거울을 통해 그의 얼굴을 알아보았다. 순간적으로 스탠드 밑으로 기어 들어가 숨고 싶은 충동이 일었다.

하지만 마음을 다잡고 1970년에 사는 모든 이들 가운데 박사야말로 걱정해줄 필요가 없는 사람이라는 사실을 깨달았다. 어떤 문제도 생길 리가 없었다. 왜냐하면 실제로 그랬… 실제로 그럴 테니까. 나는 적합한 표현을 궁리하다가, 시간여행이 보편화되는 날에는 영어의 구조에 재귀적인 상황을 표현할 수 있는 시제를 추가해야 한다고 생각했다. 아마도 프랑스 문어체의 시제나 라틴어의 시제마저 간단해 보일 만큼 복잡한 동사활용형이 필요할 것이다.

과거든 미래든 어느 쪽이든 간에 트위첼 박사는 내가 당장 걱정해줄 필요가 없는 사람이었다. 나는 긴장을 풀었다.

만에 하나 외모가 흡사한 사람과 혼동하는 건 아닌지 확인하려고 거울을 통해 그의 얼굴을 자세히 뜯어보았다. 잘못 본 게 아니었다. 트위첼 박사는 나처럼 개성 없는 얼굴이 아니었다. 그는 엄격하고, 자신감이 넘치고, 살짝 오만하고, 제우스 신의 모국에서 찾아볼 수 있는 꽤 준수한 외모의 소유자였다. 내가 기억하고 있었던 박사의 얼굴은 피폐한 모습뿐이었지만 의심의 여지가 없었다. 내가 박사에게 얼마나 못되게 굴었는지 회상하자 몸이 뒤틀릴 정도로 마음이 불편했다. 그리고 어떡해야 보상을 할 수 있을지 생각했다.

트위첼 박사는 내가 거울 속으로 노려본다는 사실을 알아채고 나를 향해 몸을 돌렸다. "문제라도 있나요?"

"아뇨, 저기… 트위첼 박사님 맞죠? 대학에 계시는."

"예, 덴버 대학에 있는데요. 우리 구면인가요?"

나는 그 해에 박사가 시립대학에서 가르치고 있었다는 사실을 깜빡하고 말실수를 할 뻔했다. 과거와 미래를 동시에 기억하는 건 어려웠다. "아뇨, 박사님. 강의는 들었지만요. 박사님 팬이라고 생각하시면 돼요."

그는 미소를 지을 것처럼 입술을 꿈틀댔지만 끝내 입꼬리를 올리지는 않았다. 그런 모습을 포함해 여러 가지를 보고 나서, 나는 트위첼 박사가 아직은 칭송을 갈구할 만한 상황에 있지 않은 모양이라고 생각했다. 젊은 시절의 박사는 스스로를 믿고 있었고 다른 사람의 인정은 조금도 바라지 않았다. "영화배우하고 헷갈리는 건 아니고요?"

"아, 아니에요! 허버트 트위첼 박사님이시고… 위대한 물리학자시잖아요."

그의 입이 다시 움찔거렸다. "그냥 물리학자라고 부르세요. 아니면 물리학자를 꿈꾸는 사람이라고 해도 좋고요."

우리는 한동안 잡담을 나눴다. 나는 박사가 샌드위치를 다 먹은 뒤에도 조금 더 붙잡아보려 했다. 술 한잔 살 수 있는 영광을 주면 좋겠다고 했더니 그는 고개를 저었다. "난 술을 잘 안 마셔요. 특히 낮에는 절대 안 마시죠. 어쨌든 고마워요. 만나서 반가웠어요. 학교에 들를 일이 생기거든 제 연구실로 한번 오세요."

나는 그러겠다고 말했다.

하지만 1970년에서 실수를 자주 저지르진 않았다(다 합쳐봐야 두 번이었다). 1970년에 대해서는 이미 잘 이해하고 있었고, 나를 알아볼 만한 사람은 거의 다 캘리포니아에 있었기 때문이다. 나는 아는 사람을 더 만나면 매서운 눈으로 노려보고 얼른 무시해서 기회를 주지 않기로 결심했다.

하지만 사소한 일 때문에 괴로울 수도 있는 법이다. 예를 들어 나는 지퍼에 살이 자주 끼었다. 그보다 더 편하고 훨씬 안전한 밀착섬유에 그새 익숙해졌기 때문이었다. 나는 겨우 6개월밖에 경험하지 못한 사소하고 수많은 것들을 벌써 당연하게 여기고 있었고, 크게 그리워했다. 면도도 그랬다. 나는 다시 면도를 해야 했다! 한번은 심지어 감기에 걸렸다. 비가 옷을 적신다는 사실을 잊은 바람에 그 끔찍한 과거의 유산에 시달려야 했다. 발전을 비웃고 옛 시절이 더 좋았으며 아름다웠다고 조잘대는 고귀한 탐미주의자들에게 한마디 해주고 싶었다. 음식이 식어가도록 내버려둘 수밖에 없는 접시, 세탁해야 하는 셔츠, 꼭 들여다볼 때마다 김이 서리는 욕실 거울, 콧물, 더러워지는 발과 폐에 쌓이는 먼지들…. 나는 더 나은 생활방식에 길들어 있었고 1970년은 내가 다시 이해하기 전까지 자질구레한 불만의 연속이었다.

하지만 개는 제 몸의 벼룩에 적응하게 마련이고, 나도 그랬다. 1970년의 덴버는 훌륭한 구식 정취가 풍기는, 아주 기이한 지역이었다. 나는 덴버를 매우 좋아하게 되었다. 그곳은 내가 유마를 떠나서 도착했던(혹은 도착하게 될), 신도시계획으로 재정비되었던(혹은 앞으로 재정비될) 빈틈없는 미로와 완전히 달랐다. 인구는 여전히 2백만이 채 못 됐고, 거리에는 아직도 버스를 비롯한 여러 교통기관이 오가고 있었다. 거리도 아직 남아 있었다. 나는 아무 어려움 없이 콜팩스 애비뉴를 찾을 수 있었다.

덴버는 국가 행정의 중심지가 됐다는 사실에 계속 적응하는 중이었고, 처음으로 저녁 식사용 정장을 입은 소년처럼 그 역할을 마냥 기뻐하지만은 않았다. 덴버는 외교관과 스파이와 식도락 명소를 두루 갖춘 국제적인 대도시로 성장해야 한다는 사실을 알고 있었다. 하지만 그 영혼은 아직도 굽이 높은 장화와 서부시대의 콧소리가 섞인 억양을 갈망했다. 도시 전역에서는 관료와 로비스트와 중개인과 타이피스트와 심부름꾼이 거주할 집들이 날림으로 세워지고 있었다. 건물이 얼마나 빨리 솟아올랐는지 젖소가 미처 빠져나오기도 전에 그 자리에 새 건물이 세워질 지경이었다. 하지만 도시 자체의 크기는 이제 겨우 동쪽으로 오로라를 넘고, 북쪽으로는 헨더슨을 넘고, 남쪽으로는 리틀턴을 넘어 수 킬로미터 정도밖에 확장되지 않은 상태였다. 공군사관학교와 도심지 사이에는 아직 넓은 토지가 미개발상태로 남아 있었다. 물론 도시 서쪽은 구릉지대로 이어졌으며, 연방 기관들이 산속으로 굴을 뚫고 있었다.

나는 연방정부의 전성기를 맞이한 덴버가 좋았다. 그럼에도 불구하고 내가 속한 시대로 돌아가고 싶은 열망을 참기 힘든 지경이었다.

늘 사소한 일이 문제를 일으켰다. 나는 2001년에 가사도우미 주식회사의 직원이 되어 금전적인 여유가 생기자마자 치아를 완전히 치료했었다. 그리고 치과의사를 다시 만날 거라고는 꿈에도 생각하지 못했다. 하지만 1970년에는 항충치 알약이 없었기 때문에 이가 썩었다. 통증이 너무 심해서 무시할 수가 없었다. 그래서 치과의사를 찾아갔다. 나는 고통에 시달리느라 의사가 내 입안을 들여다보면 무슨 일이 생길지 예상하지 못했다. 의사는 눈을 끔뻑거리면서 반사경을 이리저리 들이대보고 말했다. "이게 도대체 뭐죠? 전에 누구한테 치료를 받으셨어요?"

"머아오여?"

치과의사가 내 입에서 손을 빼냈다. "누가 치료했냐고요. 어떤 식으로 하던가요?"

"예? 내 이 말씀인가요? 아, 인도에서 실험적으로 시행하는 치료법이라던데요?"

"어떻게 한다던가요?"

"그걸 내가 어떻게 알아요?"

"으흠, 잠시만 기다리세요. 사진을 좀 찍어놔야겠어요." 의사는 엑스레이 장비를 만지작거리기 시작했다.

"아, 하지 마세요." 내가 반대했다. "그냥 어금니를 깨끗하게 만들고 구멍이나 대충 때워주세요. 얼른 가야 하니까요."

"그래도…."

"미안해요, 선생님. 제가 너무 급해서요."

의사는 이를 관찰하느라 가끔 동작을 멈추면서도 내가 바라는 대로 해줬다. 나는 치료비를 지급하면서 이름을 밝히지 않았다. 사실 사진을 찍게 그냥 둘 수도 있었지만 둘러대는 일이 몸에 배다 보니 반사적으로 나온 반응이었다. 의사가 사진을 손에 넣는다 해도 문제가 생길 리는 없었다. 그리고 어차피 별 도움도 되지 않았을 것이다. 엑스레이로는 치아재생법을 알아낼 수 없었으니까. 물론 나도 알려줄 방법이 없었다.

옛날처럼 공들여 작업을 완료할 만한 시간이 없었다. 나는 설계사 댄과 변화무쌍 피트를 만드느라 하루에 16시간씩 힘들게 일하는 한편 다른 일도 진행시켰다. 존의 법률사무소를 통해 익명으로 작업을 하면서 전국에 지부를 둔 사설탐정 회사에 의뢰해서 벨의 과거를 조사했다. 탐정 회사에 그녀의 주소와 자격증 번호와 자동차 모델을 알려주고(운전대는 지문을 채취하기에 안성맞춤인 장소다), 그녀가 이중삼중으로 결혼을 했을 가능성이 있으며 전과기록도 있을 거라고 일러두었다. 예산을 극도로 제한해야 했으므로 광범위한 조사는 의뢰할 수가 없었다.

열흘이 지나도록 탐정 회사에서 결과 보고가 없었기 때문에 나는 헛돈만 썼다고 생각했다. 하지만 그로부터 며칠 뒤 두툼한 봉투가 존의 사무실로 배달됐다.

벨은 바쁘게 살았다. 나이는 본인의 주장보다 여섯 살이 많았다. 그녀는 18세가 되기 전에 두 번 결혼했다. 그중 한 번은 합법적인 결혼이 아니었다. 남편이 기혼자였기 때문이었다. 두 번째 결혼이 이혼으로 이어지지 않았다면 탐정 회사에서 그 사실을 알아낼 수 없었을 것이다.

그녀는 그 뒤로 네 번 더 결혼한 모양이었다. 하지만 그중 한 번은 의심스러웠다. 죽어서 항변할 수 없는 사람의 도움을 받아 가짜 '전쟁미망인' 노릇을 한 것 같았다. 그녀는 한 번 이혼했고 (귀책사유가 그녀에게 있었다) 남편 가운데 한 사람은 사망했다. 그래도 여전히 누군가와 혼인한 상태였다.

전과기록은 길고 흥미진진했지만 중혼죄로 기소된 건 네브래스카에 있던 시절 한 번뿐이었다. 그 경우도 복역 기간 없이 가석방을 선고받았다. 전부 지문 하나만으로 알아낸 사실이었다. 벨은 가석방 기간에 도주해서 이름을 바꾸고 사회보장번호까지 새로 받았다. 탐정 회사는 네브래스카 당국에 신고해야 할지 내게 물었다.

나는 그러지 말라고 했다. 벨은 9년 동안 사라진 상태였고 유죄 판결을 받은 죄목은 기껏해야 미인계를 이용한 사기 정도였다. 나는 그녀가 마약이라도 판매했을 경우 어떻게 결정을 내리는 편이 좋을지 고민해보았다. 원래 반사적으로 결정을 내리면

후유증이 있게 마련이다.

　설계 작업은 예정보다 늦어졌고 어느새 10월이 다가오고 있었다. 특허신청서에 첨부할 상세설명은 아직 절반밖에 작성하지 못한 상태였다. 설명서와 도면을 함께 제출해야 했기 때문에 특허신청은 엄두도 못 내는 형편이었다. 게다가 특허를 받고 나서 바로 이어져야 하는 판매 준비는 하나도 못하고 있었다. 시연이 완벽하게 이뤄져야 다음 단계로 넘어갈 수 있었기 때문이다. 사람을 만나러 다닐 시간도 없었다. 나는 트위첼 박사에게 30년과 아무 의미도 없는 3주가 아니라 최소한 32년 전으로 설정하라고 요청하지 않은 것을 후회하기 시작했다. 나는 원하는 바를 이루는 데 필요한 시간을 과소평가했고, 내 능력은 과대평가했던 것이다.

　나는 친구인 존과 제니에게 내가 만든 장난감을 보여주지 않았다. 숨기려고 그런 것이 아니라, 미완성인 제품을 두고 많은 얘기를 나누거나 불필요한 조언을 듣는 게 싫었다. 9월 마지막 토요일에는 존과 제니와 함께 클럽에 가기로 약속이 되어 있었다. 하지만 작업 진행이 예정보다 늦어 밤늦은 시각까지 일을 한데다가, 두 사람이 오기 전에 면도와 외출준비를 끝내려고 맞춰놨던 시계의 알림 소리에 고문을 당하면서 일찍 일어난 상태였다. 나는 주인의 고통을 즐기는 시계의 알림 소리를 끄고 그처럼 끔찍한 기계가 2001년에는 남아 있지 않다는 사실에 감사했다. 그리고 녹초가 된 몸을 이끌고 간신히 일어선 다음 두 사람에게 전화를 걸어 할 일이 있어서 함께 가지 못한다는 말을 하려고 가까운 잡화점으로 향했다.

전화 너머에서 제니가 말했다. "댄, 일을 너무 많이 하는 거 아니에요? 교외에 나가서 주말을 보내면 충전이 된다고요."

"나도 어쩔 수가 없어요, 제니. 일을 해야 해요. 미안해요."

존이 다른 수화기에 대고 말했다. "이게 다 무슨 소리예요?"

"할 일이 있어서 그래요, 존. 반드시 해야 하는 일이에요. 클럽 사람들에게 안부나 전해줘요."

나는 다시 집으로 올라와서 토스트를 태워 먹고, 계란을 폭발시키고, 설계사 댄 작업을 하려고 자리에 앉았다.

1시간 뒤 존과 제니가 문을 박차고 들어왔다.

우리는 그날 산에 가지 못했다. 나는 그 대신 두 사람 앞에서 두 대의 자동기계를 시연했다. 제니는 설계사 댄을 보고 시큰둥했다(그녀가 기술자라면 모를까, 설계사 댄은 여성이 좋아할 기계가 아니었다). 하지만 변화무쌍 피트를 보더니 눈이 휘둥그레졌다. 그녀는 가사도우미 2호에게 집안일을 맡기고 있었기 때문에 변화무쌍 피트가 얼마나 더 유용한지 알아볼 수 있었다.

반면에 존은 설계사 댄의 중요성을 알아차렸다. 키를 몇 개 누르는 것만으로 내가 알아볼 수 있는 내 서명이 완성되는 과정을 보여줬더니(나는 연습했다는 사실을 미리 밝혔다), 치켜올라간 존의 눈썹이 내려올 줄을 몰랐다. "당신 때문에 제도사 수천 명이 일자리를 잃겠군요."

"아니에요. 우리나라에는 재능있는 기술자가 부족하고 그런 상황은 앞으로 매년 악화될 거예요. 이 기계는 그저 기술자의 공백을 메꿔줄 뿐이고요. 다음 세대가 되면 모든 기술사무소와 건축사무소가 이 기계를 쓰는 모습을 볼 수 있을 거예요. 현대 기계공이 전동 공구 없이는 아무것도 못 하듯이 이 기계 없이는 사무소를 운영할 수 없을 거예요."

"이미 알고 있는 것처럼 말하네요."

"알고 있으니까요."

그는 내가 미리 내린 지시에 따라 작업대를 정리하는 변화무쌍 피트를 쳐다보더니 다시 설계사 댄에게 눈길을 주었다. "댄…. 난 가끔 우리가 처음 만난 날 당신이 했던 얘기가 진실일 수도 있겠다는 생각을 해요."

나는 어깨를 으쓱했다. "나한테 예지능력이 있다고 해두죠. 어쨌든 난 알고 있어요. 분명히 그렇게 돼요. 문제 될 거 있어요?"

"없겠죠. 그래서 이 기계를 어떻게 쓸 계획이에요?"

나는 인상을 찡그렸다. "그게 문제예요, 존. 난 실력 있는 기술자고 필요할 때면 적당히 기계공 역할도 할 수 있지만 사업은 전혀 못 해요. 실패도 해봤고요. 정말로 특허법은 안 다뤄봤어요?"

"벌써 얘기했잖아요. 그건 전문가의 영역이에요."

"아는 사람 중에 정직한 변리사 없어요? 그러면서도 정말로 똑똑한 사람 말이에요. 바로 지금 그런 사람이 꼭 필요하거든요. 게다가 회사도 차려야 하고, 그걸 운영해야 하고, 재정업무도 봐야 해요. 하지만 시간이 얼마 없어요. 시간 압박 때문에 미칠 것 같아요."

"왜요?"

"왔던 곳으로 돌아가야 하거든요."

존은 자리에 앉더니 한동안 아무 말도 하지 않았다. 마침내 그가 입을 열었다. "시간이 얼마나 남았어요?"

"음, 9주 정도요. 목요일이 되면 정확히 9주 남아요."

존은 기계 두 대를 쳐다보고, 다시 나를 바라보았다. "일정을 바꿔요. 내가 보기엔 9개월이 있어도 모자라요. 그래도 생산은 시작할 수 없을 거예요. 간신히 생산 라인은 완성할 수 있겠네요. 운이 좋다면."

"존, 난 그럴 수 없어요!"

"나도 그럴 수 없다고 말했잖아요."

"내 말은, 일정을 바꿀 수 없다고요. 내 능력 밖의 일이에요… 이제는." 나는 두 손에 얼굴을 묻었다. 피로하다 못해 죽을 것 같았다. 나는 5시간밖에 못 잔 상태였고, 최근 며칠간의 평균 수면 시간도 그것과 크게 다르지 않았다. 나는 자신의 상태를 돌아보면서 이 '운명적인' 사업엔 무언가가 있을 거라고 믿고 싶었다. 보통 운명이라 하면 한 사람의 인간이 대항할 수는 있으나 절대 이길 수는 없는 것을 가리켰다.

나는 존을 바라보았다. "운영할 수 있겠어요?"

"예? 어느 분야를요?"

"전부 다요. 내가 할 줄 아는 건 다 해봤거든요."

"그건 아주 큰 의뢰인데요. 당신이 해놓은 걸 내가 다 훔쳐 갈 수도 있어요. 알고 있죠? 이 사업은 금광 그 자체인데요."

"그렇게 돼요. 난 그 사실도 알고 있어요."

"그럼 왜 나한테 전부 맡겨요? 그냥 변호사로 옆에 두는 편이 나아요. 의뢰비를 내고 조언을 받는 식으로."

나는 머리가 아픈 가운데 생각을 집중하려 애썼다. 나는 이전에도 한 번 동업자를 둬보았다. 하지만 젠장, 아무리 여러 번 상처를 입어도 사람을 믿긴 해야 했다. 그러지 않으려면 동굴에서 은둔자로 살면서 한쪽 눈을 뜬 채 잠들어야겠지. 그럴 경우 안전하게 사는 길은 없을 테고, 극도로 위험한 상황에서 간신히 목숨만 부지하다가… 치명적인 상황을 맞이하면 죽는 수밖에 없다.

"제기랄, 존, 당신도 대답이 뭔지 알고 있잖아요. 당신은 날 믿어줬어요. 난 한 번 더 도움을 청하고 있고요. 날 도와주겠어요?"

"그 사람은 당연히 도와줄 거예요." 제니가 온화하게 말했다. "지금까지 무슨 얘길 나눴는지는 못 들었지만요. 댄? 이 기계가 접시도 닦을 수 있어요? 이 집 접시는 전부 더럽네요."

"예? 아, 닦을 수 있을 거예요. 맞아요. 당연히 할 수 있죠."

"그럼 부탁이니까 시켜봐요. 보고 싶어요."

"아, 설거지는 아직 한 번도 프로그래밍하지 않았어요. 원한다면 할게요. 하지만 제대로 하게 만들려면 대여섯 시간은 걸려요. 물론 한 번만 입력해두면 그다음부터는 언제든지 할 수 있고요. 그래도 처음엔… 알고 있잖아요. 설거지를 하려면 수많은 선택을 내려야 해요. 벽돌 쌓기나 운전처럼 단순반복이 아니라 '판단'이 필요한 작업이니까요."

"세상에! 집안일을 제대로 이해하는 남자가 최소한 한 명은 있다니 정말 반갑네요. 여보, 방금 저 얘기 들었지? 댄, 우리 남편한테 그걸 가르치겠다고 하던 일을 멈추지는 말아요. 설거지는 내가 할게요." 제니가 두리번거렸다. "댄, 아무리 점잖게 표현하려 해도 여긴 돼지우리네요."

사실만 간단히 말하자면 나는 변화무쌍 피트가 나 대신 일할 수 있다는 사실을 까맣게 잊고 있었다. 나는 녀석이 다른 사람을 위해 상업적으로 유의미한 일을 하도록 설계하고 그 방법을 가르치는 일에 푹 빠져 있었다. 그러느라 정작 나 자신은 먼지를 방구석에 모아놓고 외면하고 있었다. 나는 만능 프랭크가 기존에 배웠던 집안일을 피트에게 모조리 가르치기 시작했다. 도슨 진공관을 프랭크보다 세 배 더 많이 설치했기 때문에 변화무쌍 피트는 그럴 능력이 있었다.

존이 맡아주기로 했기 때문에 나는 그럴 시간이 생겼다.

상세설명은 제니가 우리 대신 타자기로 작성해주었다. 존은 특허신청서 작성을 도와줄 변리사와 연락을 유지했다. 존이 그에게 의뢰비를 지급했는지, 아니면 일정 지분을 주기로 했는지는 알 수 없었다. 한 번도 물어본 적이 없었으니까. 나는 지분 할당률을 포함해 모든 일을 존에게 떠넘겼다. 덕분에 내 일을 할 수 있는 자유가 생겼다. 나는 존이 업무를 처리하는 모습을 보면서 그라면 마일스와 달리 절대 유혹에 넘어가지 않을 거라고 생각했다. 그리고 솔직히 말해 나는 신경을 쓰지 않았다. 돈이 문제가 아니었다. 존이나 제니 같은 사람도 배신을 한다면 나는 어차피 동굴에 가서 은둔자로 살아야 했다.

나는 딱 두 가지만 고집을 부렸다. "존, 회사명은 반드시 '알라딘 자동기술 주식회사'로 지어야 돼요.

"너무 가벼운데요. '데이비스 앤 서튼'은 싫어요?"

"그냥 그래야 해요, 존."

"그래요? 그것도 예지능력으로 알아냈나요?"

"그렇게 말할 수 있겠네요. 맞아요. 그리고 알라딘이 램프를 문지르는 그림을 상표로 써야 해요. 위쪽에 지니의 모습이 나타나야 하고요. 초안을 대략 그려줄게요. 그리고 하나 더 있어요. 본사는 로스앤젤레스에 세우는 게 좋겠어요."

"뭐라고요? 그건 도가 지나친데요. 그러니까, 내가 회사를 운영하길 바란다면 말이죠. 덴버가 어디가 어때서요?"

"덴버야 아무 문제가 없죠. 좋은 도시예요. 하지만 공장을 세우기에는 적합하지 않아요. 여기서 좋은 부지를 선택해두면 어느 화창한 아침에 일어나서 눈을 뜨고 연방 기관들이 그리로 몰려드는 걸 구경하게 될 거예요. 그럼 사업은 끝장나고 다른 곳에 새로 자리를 잡아야겠죠. 그건 둘째로 치더라도, 여긴 우선 노동력이 부족해요. 천연자원도 먼 곳에서 육로로 운반해야 하고요. 건축자재도 전부 비정규 유통으로 거래돼요. 로스앤젤레스는 숙련작업자를 무제한으로 구할 수 있을 뿐 아니라 계속 노동력이 유입돼요. 로스앤젤레스는 항구도시고요. 게다가 로스앤젤레스에서는…."

"스모그는 어쩌고요? 그게 제일 문제인데."

"얼마 안 있으면 스모그 문제가 해결될 거예요. 내 말 믿어요.

그리고 덴버도 슬슬 스모그를 만들어내고 있는데, 몰랐어요?"

"댄, 잠깐 기다려봐요. 당신이 혼자만의 복잡한 업무를 보는 동안 내가 이 사업을 운영해야 한다고 주장한 건 바로 당신이에요. 나도 동의했고요. 하지만 근무 조건에 관해선 나도 선택권이 있어야 한다고요."

"존, 그건 필수적으로 따라줘야 해요."

"댄, 제정신을 갖고 콜로라도에 사는 사람이라면 캘리포니아로 이사하지 않아요. 거기서 복무를 했기 때문에 잘 알아요. 제니도 거기서 만났죠. 제니는 캘리포니아 토박이예요. 본인은 부끄럽다고 그 사실을 숨기지만요. 제니더러 그리로 돌아가자고 할 순 없어요. 여기는 겨울도 있고 계절 변화도 있고 공기도 상쾌하고 엄청난…."

제니가 말했다. "오, 난 절대 안 간다고 말하진 않을 거야."

"그게 무슨 소리야?"

제니는 그 순간까지 조용히 뜨개질을 하고 있었다. 그녀는 본래 꼭 해야 할 말이 없는 한 어지간해선 입을 열지 않았다. 그녀가 뜨개질감을 내려놓았다는 건 할 말이 있다는 분명한 신호였다. "여보, 그쪽으로 이사하면 오크데일 클럽에 들어갈 수 있어. 1년 내내 야외에서 수영할 수 있다고. 지난 주말에 볼더에 있던 수영장에 얼음이 뜬 걸 보고 계속 그 생각을 하고 있었어."

나는 최대한 늦게까지, 1970년 12월 2일 저녁까지 머물렀다. 그리고 어쩔 수 없이 존에게 3천 달러를 빌렸다. 날강도 수준의 부품비를 지급한 뒤였기 때문이다. 대신 그에 상응하는 주식을 담보로 맡겼다. 존은 담보증서에 내 서명을 받더니 찢어서 쓰레기통에 집어넣었다.

"갚을 수 있을 때 갚아요."

"그러려면 30년이 지나야 하는데요."

"그렇게 오래 걸려요?"

나는 곰곰이 생각해보았다. 존은 6개월 전 그날 오후에 솔직히 핵심적인 부분을 못 믿겠다고 말했으면서도 클럽 사람들에게 내 신원을 보증해주었다. 그리고 그 뒤로 단 한 번도 내게 모든 걸 털어놓으라고 요구하지 않았다.

나는 그에게 얘기할 때가 된 것 같다고 말했다. "제니를 깨울까요? 제니도 들을 자격이 있잖아요."

"으음… 아니요. 당신이 떠나기 직전까지 낮잠을 자게 내버려 둬요. 댄, 제니는 아주 단순한 사람이에요. 당신이 마음에 들었기 때문에 어떤 사람인지, 어디서 왔는지 신경 쓰지 않는다고요. 제니가 알아도 괜찮다면 내가 나중에 전해줄게요."

"원하는 대로 해요." 나는 모든 걸 얘기했다. 존은 술잔을 채우러 갈 때만 잠시 내 말을 막았다. 나는 진저에일을 마셨다. 알코올을 섭취하면 안 되는 이유가 있었기 때문이다. 나는 볼더 외곽에 있는 산기슭에 추락한 지점까지 얘기하고 말을 멈췄다. "그게 다예요." 내가 말했다. "그런데 확실하지 않은 부분이 딱 한 군데 있어요. 그 뒤에 지형을 살펴봤더니 내가 추락한 거리는 60센티미터가 채 안 돼요. 만약에 그 연구실을 지었을 때, 그러니까 앞으로 그 연구실을 지을 때 부지를 조금이라도 더 깊게

판다면 나는 생매장당했을 거에요. 이 지역 자치구 전체가 날아가진 않더라도, 어쩌면 당신들 부부는 휘말려서 나와 함께 죽었을지도 몰라요. 이미 질량이 있는 물체가 점유하고 있는 바로 그 자리에서 일직선 파형이 또 하나의 질량체로 변환되면 무슨 일이 일어날지 모르니까요."

존은 계속 담배를 피웠다. "자." 내가 말했다. "어떻게 생각해요?"

"댄, 당신은 앞으로 로스앤젤레스가, 그러니까 그레이트 로스앤젤레스가 변한 모습을 다방면으로 얘기해줬잖아요. 다음에 만나면 그 설명이 얼마나 정확했는지 알려줄게요."

"기억에 살짝 오류가 있다면 모를까 정확해요."

"흠, 확실히 논리적인 이야기이긴 해요. 하지만 난 당신이 세상에서 가장 그럴듯한 얘기를 지어내는 조현병 환자라고 생각해요. 그게 기술자의 능력 면에는 아무 영향도 안 줬지만요. 우리가 친구 사이라는 점에도 아무 영향을 안 끼쳤고요. 난 당신이 마음에 들어요. 크리스마스 선물로 구속복을 사줄게요."

"믿고 싶은 대로 믿으세요."

"나는 방금 얘기한 대로 믿어야겠어요. 혹은 내가 미친 쪽일 수도 있겠지만… 그러면 제니한테 심각한 문제가 되겠죠." 그는 시계를 흘끗 쳐다보았다. "이제 깨워야겠어요. 작별인사할 기회도 안 주고 당신을 보내면 제니가 내 머릿가죽을 벗길 거예요."

"나도 그럴 생각은 하지도 않았어요."

두 사람은 나를 덴버 국제공항까지 차로 데려다줬다. 제니는 게이트에서 입을 맞추며 작별인사를 했다. 나는 11시에 출발하는 로스앤젤레스행 왕복 비행기를 탔다.

11

다음 날인 1970년 12월 3일에 나는 택시를 타고 마일스의 집에서 한 구역 떨어진 곳에 꽤 일찍 도착했다. 내가 애초에 그 집에 도착했던 정확한 시각을 몰랐기 때문이다. 그 집으로 향할 때는 해가 이미 저문 뒤였다. 하지만 인도에 주차된 마일스의 차는 눈으로 확인할 수 있었다. 나는 길게 이어진 인도를 감시할 수 있는 지점까지 백 미터쯤 물러나서 기다렸다.

담배를 두 대 피웠을 때 다른 차가 올라오다가 멈추고 라이트가 꺼지는 모습이 보였다. 나는 2분쯤 더 기다렸다가 재빨리 차에 다가갔다. 내 차가 확실했다.

차 열쇠가 없었지만 문제 될 건 없었다. 나는 늘 기술적인 문제에 몰두하느라 열쇠를 잃어버리곤 했다. 그래서 꽤 오래전부터 여분의 열쇠를 짐칸에 넣어두는 습관을 들였다. 나는 그 열쇠를 사용해 차에 올라탔다. 차는 얕은 내리막에, 아래쪽을 향해 주차되어 있었다. 덕분에 라이트를 켜거나 시동을 걸지 않고도 굽잇길까지 내려갈 수 있었다. 나는 거기서 차를 돌리고 시동을 걸었다. 라이트는 켜지 않았다. 그리고 마일스의 집 뒤편에 있는 골목에 차를 다시 주차했다. 차의 정면으로 마일스의 차고가 보였다.

차고는 잠겨 있었다. 먼지가 낀 유리를 통해 들여다보니 어떤 물체가 덮개를 뒤집어쓰고 있었다. 윤곽으로 보아 덮개 안에 있는 물체는 내 오랜 친구 '만능 프랭크'였다.

차고문이란 본래 바퀴 교체용 핸들과 단호한 결심으로 무장한 사람을 이겨내지 못하도록 만들어진 물건이다. 1970년의 남부 캘리포니아에서는 그랬다. 문은 몇 초 지나지 않아 항복했다. 프랭크를 적당한 크기로 분해해서 차에 싣는 일은 그보다 훨씬 더 오래 걸리는 작업이었다. 하지만 우선 예상했던 장소에 문서와 도면이 있는지 확인해보았다. 내 예상대로 들어맞았다. 나는 문서들을 끌어내서 자동차 바닥에 내려놓았다. 그리고 프랭크를 해체했다. 녀석의 조립법을 나보다 잘 아는 사람은 없다. 게다가 프랭크가 손상을 입지 않도록 신경 쓸 필요가 없었기 때문에 시간이 엄청나게 단축되었다. 그래도 나는 거의 1시간 동안 1인 밴드처럼 바쁘게 움직였다.

나는 마지막 부품인 휠체어 몸체를 짐칸에 넣고는 최대한 뚜껑을 닫았다. 그때 집 안에서 피트가 울부짖는 소리가 들리기 시작했다. 프랭크를 분해하느라 시간이 너무 오래 걸린 탓에 혼잣

말로 욕을 하고 있다가 재빠르게 차고를 우회해서 뒤뜰로 이동했다. 그리고 난리가 시작되었다.

나는 피트가 승리하는 광경을 낱낱이 보며 즐길 생각이었다. 하지만 집 안이 보이질 않았다. 뒷문은 열려 있었고 망사문을 통해 빛이 흘러나왔다. 하지만 뛰고 충돌하는 소리와 피를 얼어붙게 만드는 피트의 포효와 벨의 비명이 들리는 동안에도 그들은 시야에 벗어나 내게 관람할 기회를 주지 않았다. 그래서 나는 대학살을 엿보려고 망사문으로 기어갔다.

얼어죽을 망사문은 고리로 잠겨 있었다! 오직 그 점만이 내가 정해놓은 예정과 달랐다. 나는 미친 듯이 주머니를 뒤졌고 칼을 펴다가 손톱을 하나 부러뜨렸다. 그리고 칼날을 밀어넣어 고리를 벗겼다. 바로 그 순간 오토바이를 탄 스턴트맨이 울타리와 부딪치듯 피트가 망사문을 쳤기 때문에 나는 펄쩍 뛰어 물러섰다.

그리고 장미덤불로 넘어졌다. 마일스와 벨에게 피트를 쫓아 나올 의향이 있었는지는 모르겠다. 내 생각엔 없었다. 내가 그런 상황이었더라도 위험을 감수하지 않았을 것이다. 하지만 당시에는 덤불에서 빠져나오느라 바빠서 그 점까지 생각할 수가 없었다.

나는 다시 일어선 다음 덤불 뒤에 숨은 채 집의 측면으로 이동했다. 열린 문으로 도망치고 싶었지만 밝은 빛이 쏟아져나오고 있었다. 이제 남은 일은 피트가 진정할 때까지 기다리는 것뿐이었다. 그때까지는 피트를 만질 생각이 없었다. 피트를 들어 올릴 생각은 더더욱 없었다. 고양이의 습성을 잘 아니까.

피트는 진지한 도전의식을 소리로 표현하면서 입구를 찾아 기어 다니느라 여러 차례 내 앞을 지나갔다. 나는 그때마다 작은 소리로 피트를 불렀다. "피트, 이리 와. 피트, 착하지, 자. 이제 괜찮아."

녀석은 내가 있다는 사실을 알았고 나를 두 번이나 쳐다보았다. 하지만 그때를 제외하면 나를 무시했다. 고양이들은 한 번에 한 가지 행동밖에 못 한다. 당장 긴급한 용무가 있다 보니 주인과 머리를 맞댈 시간 여유가 없었다. 하지만 나는 녀석의 감정이 풀리면 내게 올 거라는 사실을 알고 있었다.

쪼그리고 앉아서 기다리는 동안 마일스네 욕실에서 물이 흐르는 소리가 들렸다. 두 사람이 나를 거실에 남겨두고 씻으러 간 것 같았다. 그때 무시무시한 생각이 떠올랐다. 안으로 숨어 들어가서 무방비상태인 나 자신의 목을 그으면 무슨 일이 벌어질까? 하지만 나는 그 생각을 머리 밖으로 밀어냈다. 나는 그 정도로 호기심이 많은 사람은 아니었다. 그리고 자살은 상황이 아무리 수학적으로 흥미롭다 한들 마지막 순간에나 해볼 법한 실험이다.

나는 그 문제의 해답을 끝내 알아내지 못했다.

게다가 나는 무슨 일이 있어도 집 안으로 들어가고 싶지 않았다. 그러다가 마일스와 마주칠 수도 있었다. 나는 죽은 사람과 함께 트럭에 탈 생각이 없었다.

피트가 마침내 나로부터 1미터가량 떨어진 곳에서 걸음을 멈췄다. "므르오오르?" 피트가 말했다. 그 말인즉슨, "같이 들어가서 뼈에 붙은 고기를 뜯어내자. 네가 위를 맡아. 내가 아래를 맡을 테니."

"안 돼. 쇼는 끝났어."

"아우, 따라와아앙."

"집에 갈 시간이야, 피트. 이리 와."

피트는 앉아서 제 몸을 닦기 시작했다. 녀석이 고개를 들었을 때 내가 팔을 내밀었다. 녀석은 내 품으로 뛰어올랐다. "크어어엉?"("폭동이 일어났는데 넌 어디 있었어?")

나는 피트를 데리고 차로 돌아가서 녀석을 운전석에 내려놓았다. 남은 공간은 거기밖에 없었다. 피트는 자신의 본래 자리를 차지한 물건의 냄새를 맡더니 비난하는 얼굴로 두리번거렸다. "내 무릎에 앉아." 내가 말했다. "까다롭게 굴지 말고."

나는 거리로 진입하고 라이트를 켰다. 그다음 동쪽으로 차를 몰아 빅 베어와 걸스카우트 캠프로 향했다. 처음 10분은 피트가 자신의 자리로 돌아갈 수 있게 프랭크의 부품을 차창 밖으로 집어 던지면서 소모했다. 그러자 우리 둘 다 편안해졌다. 나는 10킬로미터쯤 이동한 다음, 바닥을 치우기 위해 차를 멈추고 기록문서와 도면을 호우용 배수관에 던져버렸다. 휠체어 몸체는 산지에 진입한 다음 없애버렸다. 몸체는 협곡 아래로 굴러내려가면서 꽤 멋진 효과음을 들려주었다.

나는 새벽 3시쯤 길 건너 모텔에 도착한 다음 걸스카우트 캠프로 들어가는 진입로에서 조금 떨어진 곳에 차를 세웠다. 그리고 오두막 대여료치고는 꽤 비싼 요금을 치렀다. 모텔 주인이 나올 때 피트가 머리를 불쑥 내밀고 한마디 하는 바람에 하마터면 거래가 파탄 날 뻔했다.

내가 물었다. "로스앤젤레스에서 오는 아침 우편은 몇 시에 여기 도착하죠?"

"헬리콥터가 정각 7시 30분에 와요."

"그렇군요. 7시에 전화로 깨워주시겠어요?"

"손님, 여기서 7시까지 잘 수 있다면 손님이 나보다 대단한 사람이에요. 어쨌든 적어놓기는 할게요."

피트와 나는 8시에 아침을 먹었다. 나는 샤워를 하고 면도도 했다. 햇빛 아래에서 피트를 살펴보니 두어 군데 멍든 곳을 빼면 전혀 피해를 입지 않고 전투를 완수한 것 같았다. 나는 체크아웃을 하고 캠프로 향하는 사유도로로 차를 몰았다. 우체국 트럭이 내 차 앞에서 방향을 바꾸고 있었다. 나는 온종일 운이 아주 좋을 것 같다고 생각했다.

그렇게 많은 소녀들을 본 건 처음이었다. 그들은 새끼고양이처럼 잽싸게 뛰어다녔고 초록색 제복 때문에 모두 똑같아 보였다. 스쳐 지나가는 소녀들은 피트를 자세히 보고 싶은 표정이었지만 대개 수줍은 눈길만 줄 뿐 다가오지는 않았다. 나는 '본부'라고 적힌 오두막으로 가서 더 이상 소녀라고 부를 수 없는 제복 차림의 걸스카우트에게 말을 걸었다.

그 사람은 당연하게도 나를 의심스러운 눈으로 바라보았다. 낯선 남자가 이제 막 청소년이 되려는 어린 소녀들을 방문할 수 있도록 허가해달라고 말할 경우 의심해야 마땅했다.

나는 그 아이의 삼촌이고, 이름은 대니얼 B. 데이비스이며, 아이에게 가족과 관련된 소식을 전해야 한다고 설명했다. 그 사람은 부모가 아닌 방문객의 경우 부모 중 1인과 동반해야 허가를 받을 수 있으며, 어떤 경우든 방문 시간은 4시 이후라고 못박았다.

"저는 프레데리카를 만나려고 온 게 아니에요. 하지만 소식은 전해야만 한다고요. 비상상황이라서요."

"그렇다면 전할 내용을 적어주세요. 그 아이가 리듬 게임을 끝내자마자 전해드릴게요."

나는 화가 난 얼굴로(실제로 화가 난 상태였다) 말했다. "그러고 싶지 않은데요. 직접 만나서 얘기하는 쪽이 훨씬 사려 깊은 행동일 거예요."

"가족 중에 돌아가신 분이 있나요?"

"그건 아니지만 가족에 문제가 생기긴 했어요. 미안합니다만 제 마음대로 아무에게나 말할 수가 없는 일이라서요. 조카의 어머니가 관계된 일이에요."

그녀는 다소 마음이 누그러졌지만 결정을 내리지는 못했다. 그때 피트가 토론에 참가했다. 나는 왼팔을 구부려 피트를 받치고 오른팔로 녀석의 가슴을 지탱하고 있었다. 피트를 차 안에 남겨두기 싫기도 했고, 리키가 피트를 보고 싶을 거라고 생각한 때문이기도 했다. 그렇게 안으면 꽤 오랫동안 얌전히 있는 녀석이었는데 점점 지루해졌는지 소리를 내고 말았다. "크르와앙?"

본부 직원이 피트를 보고 말했다. "고양이가 잘생겼네요. 우리 집에도 얼룩고양이가 있는데 한배에서 태어났나 싶을 만큼 닮았어요."

나는 진지하게 말했다. "프레데리카가 키우는 고양이예요. 여기까지 데려온 건… 흠, 그럴 수밖에 없었거든요. 돌봐줄 사람이 아무도 없어요."

"아이고, 불쌍한 것." 그녀는 피트의 턱밑을 제대로 긁어주었다. 천만다행이었다. 피트도 그녀의 손길을 받아들였다. 또 한번 천만다행이었다. 피트는 목을 길게 뽑고, 눈을 감고, 건전하지 못한 쪽으로 기분 좋은 표정을 지었다. 녀석은 낯선 사람의 접근이 마음에 들지 않을 경우 아주 강경한 반응을 보일 만한 능력이 있었다.

아이들의 수호자는 나더러 나무 밑에 있는 탁자 옆에 앉아 있으라고 말했다. 그녀가 감시하고 있었으니 비밀스럽게 만나는 것과는 거리가 멀었지만 나는 감사인사를 하고 기다렸다.

리키의 모습은 보이지 않았지만 대신 외치는 소리가 들렸다. "댄 삼촌!" 소리가 나는 쪽으로 몸을 향하자 다른 외침이 들렸다. "피트도 데리고 왔네요! 아, 너무 기분 좋아요!"

피트는 한참 동안 갸르릉대더니 내 품에서 뛰어내려 리키에게 달려갔다. 리키는 피트를 능숙하게 붙들고는 자세를 바꿔 녀석이 제일 좋아하는 방식으로 안았다. 그리고 몇 초간 나를 무시하고서 단둘이 고양이식 신호를 주고받았다. 이윽고 리키는 나를 올려다보면서 침착하게 말했다. "댄 삼촌, 와주셔서 엄청나게 기뻐요."

나는 리키에게 입을 맞춰 인사하지 않았다. 그뿐 아니라 그 아이와 조금도 접촉하지 않았다. 나는 단 한 번도 아이들을 쓰다듬은 적이 없었고, 리키는 피할 수 없는 상황이 아니면 그런 행동을 참고 견디지 않는 소녀였다. 애초부터, 그러니까 리키가 여섯 살이었던 시절부터 우리는 상대의 독자성과 각자의 존엄성을 점잖게 존중해주는 관계였다.

나는 리키를 바라보았다. 리키는 무릎이 울퉁불퉁했고, 말랐지만 근육형이었다. 자라는 속도가 아주 빨랐는데, 여전히 성장하는 중이었지만 아기 때보다는 예쁘지 않았다. 리키가 입고 있는 반바지와 티셔츠나, 볕에 타서 껍질이 벗겨지는 피부나, 긁힌 상처나, 멍든 자국이나, 적당히 뒤집어쓴 흙먼지는 어느 하나 여성적인 매력과 관계가 없었다. 어린 리키는 미래의 리키를 직선만 사용해 그려놓은 듯한 모습이었다. 오직 어마어마하게 근엄한 눈과 가늘고 얼룩덜룩한 게 특징인 요정 같은 아름다움만이 그런 장난꾸러기의 꼴사나움을 완화시켜주고 있었다.

사랑스러운 아이였다.

내가 말했다. "나도 여기 오게 돼서 엄청나게 기쁘다, 리키."

리키는 한쪽 팔로 어설프게 피트를 지탱하면서 다른 손으로 불룩하게 튀어나온 반바지 주머니를 뒤졌다. "그리고 놀라기도 했어요. 조금 전에 삼촌이 보낸 편지를 받았거든요. 우편물을 나눠주는 자리에서 갑자기 끌려 나오느라 편지는 읽지도 못했어요. 오늘 방문한다는 편지였어요?" 리키는 너무 작은 주머니에 억지로 들어가는 바람에 구겨지고 엉망이 된 편지를 꺼냈다.

"아니야. 내가 떠난다는 내용이야. 하지만 편지를 부친 다음에 직접 만나서 작별인사를 해야 한다고 마음을 먹었지."

리키는 처량한 얼굴로 눈물을 뚝뚝 흘렸다. "떠난다고요?"

"그래. 지금부터 설명해줄게, 리키야. 그런데 얘기가 조금 길어. 앉아보렴. 얘기해줄 테니." 우리는 폰데로사 소나무 밑에서 야외용 탁자를 사이에 두고 마주 앉았다. 나는 이야기를 하기 시작했다. 피트는 탁자 위에 앉아서는 도서관에 간 사자처럼 구겨진 편지에 앞발을 올려놓고는, 만족감으로 눈을 가늘게 뜨고 기다란 클로버 주변을 도는 벌처럼 낮은 소리로 노래를 불렀다.

리키가 마일스와 벨의 결혼사실을 이미 알고 있어서 나는 크게 마음을 놓았다. 그 소식을 리키에게 전달하는 사람이 되고 싶지 않았으니까. 리키는 나를 쳐다보더니 얼른 시선을 떨구고는 그 어떤 감정도 드러내지 않았다. "알아요. 아빠가 편지로 얘기해줬어요."

"아, 그랬구나."

리키는 갑자기 전혀 아이답지 않게 우울한 표정을 지었다. "삼촌, 난 그 집에 안 돌아갈 거예요. 가기 싫어요."

"그래도… 우리 리키, 내 얘기 좀 들어보렴. 네 기분이 어떨지는 알아. 나도 네가 그 집으로 돌아가는 게 싫어. 할 수만 있다면 내가 데려가고 싶다만. 그래도 어쩔 수 없잖니? 마일스는 네아빠고 넌 이제 겨우 열한 살이잖아."

"그 집에 가지 않아도 돼요. 진짜 아빠가 아니니까요. 할머니가 데리러 오실 거예요."

"뭐? 언제 오시는데?"

"내일요. 브롤리에서 차를 타고 오셔야 하거든요. 할머니한테 편지로 얘기했어요. 그리고 아빠네 집에서 '그 여자'와 같이 살고 싶지 않은데 할머니랑 살면 안 되느냐고 물어봤어요." 리키는 성인이 모욕적인 단어를 쥐어짜서 표현할 수 있는 것보다 더 큰 경멸을 명사 하나에 담아서 드러내 보였다. "할머니가 답장에서 그랬어요. 아빠가 나를 입양한 적이 없으니까 원하지 않으면 그 집에서 살 필요가 없대요. 그리고 할머니가 '서류상의 보호자'라고 했어요." 리키가 걱정스러운 눈으로 나를 쳐다보았다. "할머니 말이 맞죠? 아빠네 집에 억지로 안 가도 되죠?"

나는 차고 넘치는 안도감을 강렬하게 맛보았다. 내가 여러 달에 걸쳐 고민했지만 답을 얻지 못한 단 하나의 문제는 리키가… 그러니까 2년에 걸쳐 벨의 악독한 영향력에 희생되지 못하도록 막는 방법이었다. "리키, 마일스가 널 입양하지 않았다면 분명히 너희 할머니가 법적으로 널 보호할 수 있어. 할머니와 네 의사가 확고하다면 말이야." 나는 그렇게 말하고는 인상을 찡그리고 아랫입술을 깨물었다. "하지만 내일은 문제가 생길 수도 있어. 이곳 사람들이 네가 할머니와 떠나지 못하게 막을 거야."

"날 어떻게 막아요? 그냥 차에 올라타고 갈 건데."

"리키야, 그렇게 간단한 문제가 아니야. 캠프를 운영하는 사람들은 규칙을 지켜야 하거든. 네 아빠가, 그러니까 마일스가 너를 이 사람들에게 맡겼잖니. 그러니까 캠프에서도 너를 아빠에게 돌려보낼 수밖에 없어."

리키는 아랫입술을 삐죽 내밀었다. "안 갈 거예요. 할머니랑 갈 거예요."

"그래. 원하는 바를 쉽게 달성하는 방법이라면 내가 알려줄 수도 있지. 내가 너라면 이곳 사람들에게 캠프를 떠난다고 말하지 않을 거야. 그냥 할머니와 차를 타고 근처를 구경하고 오겠다고 말할 거야. 그다음에 안 돌아오면 되지."

리키가 긴장을 조금 풀었다. "알았어요."

"음, 가방을 싸면 네 계획이 들통 날 수도 있어. 입고 있는 옷 말고 다른 옷은 하나도 가져가면 안 돼. 돈이나 진짜 중요한 게 있으면 주머니에 넣어둬. 절대로 놓고 가기 싫은 건 여기 안 가져왔지? 응?"

"그럴걸요." 리키는 곰곰이 생각하더니 말했다. "완전 최신 수영복을 가져왔는데."

어린아이에게 때로는 자기 물건을 포기해야 한다는 점을 어떻게 설명할 수 있을까? 그건 불가능하다. 아이들은 제 인형이나 장난감 코끼리를 구하기 위해 불타는 건물에도 들어갈 것이다. "으음…. 리키야, 할머니한테 캠프에는 너랑 같이 애로헤드에 가서 수영하고 오는 걸로 해두라고 말씀드려. 그리고 그곳에 있는 호텔에서 함께 저녁을 먹은 다음 소등 나팔을 불기 전에 돌아온다는 얘기도 해두시라고 해. 그러면 수영복하고 수건을 가져가도 되잖아. 하지만 다른 건 가져가면 안 돼. 어, 너희 할머니가 너를 위해서 사소한 거짓말 정도는 해주실까?"

"그럴걸요. 네, 분명히 해주실 거예요. 사람은 선의의 거짓말도 할 줄 알아야지, 안 그러면 서로 못 견딘다고 할머니가 그러셨어요. 하지만 그런 거짓말은 필요할 때 써야지 남용하면 안 된다고도 하셨어요."

"양식 있는 분인 것 같구나. 내가 말한 대로 할래?"

"정확히 그대로 할게요, 댄 삼촌."

"좋았어." 나는 닳아빠진 봉투를 집어 들었다. "리키, 내가 떠나야 한다고 아까 말했지? 난 아주 오랫동안 떠날 수밖에 없어."

"얼마나 오래요?"

"30년이야."

리키의 눈이 더욱 커졌다. 열한 살짜리 아이에게 30년은 그냥 긴 시간이 아니다. 영원이다. 나는 말을 덧붙였다. "미안하다, 리키. 그래도 가야 해."

"왜요?"

그 질문에는 대답할 수 없었다. 진실은 믿지 못할 테고 거짓은 통하지 않을 것이다. "리키, 너무 어려워서 설명할 수가 없구나. 그래도 떠나야 해. 다른 방법이 없거든." 나는 머뭇거리다가 말을 이었다. "난 장기수면에 들어갈 거야. 냉동수면 알지?"

리키는 알고 있었다. 때로는 아이들이 어른보다 신개념에 빨리 적응하는 법이다. 냉동수면은 아이들이 좋아하는 만화책 소재였다. 리키는 겁을 집어먹고 항의했다. "댄 삼촌, 그럼 이제 영영 못 보는 거잖아요!"

"아니야. 볼 수 있어. 오랜 시간이 지나야 하지만 다시 만나게 될 거야. 피트도 그렇고. 피트도 나와 함께 가거든. 녀석도 냉동수면을 할 거야."

리키는 피트를 흘끗 쳐다보더니 더욱 슬픔에 잠긴 얼굴이 되
었다. "하지만… 삼촌하고 피트가 그냥 브롤리에 와서 우리랑 같
이 살면 안 돼요? 그러면 진짜 훨씬 좋을 텐데. 할머니도 피트를
좋아하실 거예요. 삼촌도 좋아하실 테고요. 집 근처에 남자가 있
으면 아주 편하다고 하셨거든요."

"리키… 우리 리키… 난 가야 해. 날 힘들게 만들지 말아주
렴." 나는 봉투를 찢어서 열기 시작했다.

리키는 화가 나서 턱을 떨기 시작했다. "지금 그 여자 때문
에 이러는 거죠!"

"뭐? 벨 얘기라면 이 일과 상관없어. 딱히 그 여자 때문은 아
니라는 얘기야."

"그 여자랑 함께 냉동수면에 들어가는 거 아니에요?"

나는 그 얘기를 듣고 몸을 떨었던 것 같다. "세상에, 아니야!
그 여자라면 아주 질색이야."

리키는 살짝 진정된 것 같았다. "저기요, 그동안 그 여자 때문
에 삼촌한테 화가 났어요. 엄청나게 분노했다고요."

"미안하다. 리키. 진심으로 미안해. 네가 옳고 내가 틀렸어.
하지만 그 여자는 이 일과 아무 상관도 없어. 그 여자와 나는 끝
났어. 영원히 영원히 십자가에 걸고 맹세할게. 자, 이제 이걸 보
렴." 나는 가사도우미 주식회사에서 내가 소유하고 있는 전부를
증명하는 문서를 손에 들었다. "이게 뭔지 아니?"

"아니요."

나는 리키에게 설명했다. "이걸 너에게 줄 거야, 리키. 난 아주 오래 떠날 테니까 네가 가졌으면 좋겠다." 나는 리키에게 양도한다고 직접 적은 종이를 손에 들고 찢은 다음 종잇조각을 주머니에 넣었다. 하지만 그런 식으로는 위험을 완전히 배제할 수 없었다. 종이를 한 장씩 찢어본들 벨은 그 정도 어려움을 손쉽게 돌파할 수 있었다. 위험성은 여전히 남아 있는 셈이었다. 나는 증명서를 뒤집고, 제한된 공간에 무슨 말을 적을지 고민하면서 뒷면에 있는 표준양식을 살펴보았다. 나는 마침내 표현을 쥐어짜서 아메리카 은행에 신탁한다는 뜻을 밝혔다. 수혜자는….

"리키, 네 이름 좀 전부 불러줘."

"프레데리카 버지니아예요. 프레데리카 버지니아 겐트리. 알고 계시잖아요."

"'겐트리'가 맞아? 마일스는 널 입양하지 않았다면서?"

"아! 전 계속 리키 겐트리로 살았잖아요. 지금 진짜 이름을 물어보는 거죠? 마지막이 할머니랑 같아요. 진짜… 아빠랑도 같고요. 하이니케예요. 하지만 그 이름을 부르는 사람은 아무도 없는데."

"이제부터 부를 거야." 나는 '프레데리카 버지니아 하이니케'라고 적다가 소름이 끼쳐서 '…의 21번째 생일에 본인에게 재양도할 것.'이라고 덧붙였다. 무슨 일이 생길 경우 첫 표현은 위조가 가능했다.

나는 서명을 하다가 감시자가 사무실 밖으로 고개를 내밀고 있는 모습을 발견했다. 나는 손목시계를 들여다보았다. 리키와 나는 1시간째 얘기하고 있었다. 시간이 얼마 없었다.

하지만 확실하게 매듭짓고 싶었다. "선생님!"

"예?"

"혹시라도 이 근처에 공증인이 있을까요? 여기 없다면 마을에는 있을까요?"

"제가 공증인인데요. 무슨 일인데요?"

"오, 세상에! 이렇게 좋을 수가! 인장 있으세요?"

"항상 갖고 다니죠."

그래서 나는 그녀가 보는 가운데 서명을 했다. 그녀는 (나를 잘 안다는 리키의 보증과, 내가 고양이를 키우는 사람들 형제단의 동료 일원으로 손색이 없음을 증명해주는 피트의 소리 없는 증언 덕분에) 특별 대우를 해주면서도 '…개인적으로 대니얼 B. 데이비스라고 알고 있는…'이라는 긴 표현을 사용했다. 그녀가 내 서명에 대고 인장을 꾹 누르자 나는 비로소 안도의 한숨을 내쉬었다. 아무리 벨이라도 그것까지 망칠 수는 없을 것이다.

그녀는 나를 이상하다는 눈으로 쳐다봤지만 아무 말도 하지 않았다. 나는 기운차게 말했다. "비극을 완전히 되돌릴 수는 없어도 이 정도면 도움이 되겠죠. 아시다시피 이 아이 교육을 위해서 하는 일이에요."

그녀는 수수료를 사양하고 사무실로 돌아갔다. 나는 다시 리키를 바라보고 말했다. "이걸 할머니께 드려. 브롤리에 있는 아메리카 은행 지점에 갖고 가시라고 해. 그럼 은행에서 다 알아서 할 테니까." 나는 서류를 리키에게 내밀었다.

리키는 손도 대지 않았다. "그거 엄청나게 많은 돈이죠?"

"꽤 많지. 나중엔 더 많아질 거야."

"받기 싫어요."

"리키, 꼭 받아줬으면 좋겠다."

"싫어요. 안 받을 거예요." 리키의 눈에 눈물이 고였고 목소리가 흔들렸다. "영원히 떠난다면서요…. 그럼 더 이상 나한테 신경도 안 쓰는 거잖아요." 리키가 훌쩍거렸다. "그 여자랑 약혼했을 때도 그랬어요. 그냥 피트랑 할머니랑 나랑 같이 살면 되잖아요. 그 돈 받기 싫어요!"

"리키, 내 말 들어봐, 리키야. 이제 너무 늦었어. 취소하고 싶어도 그럴 수가 없어. 이건 이제 네 거야."

"그런 거 몰라요. 손도 안 댈 거예요." 리키는 손을 내밀어서 피트를 가볍게 두드렸다. "피트라면 나를 두고 가지 않을 텐데… 삼촌 때문에 가는 거잖아요. 이젠 심지어 피트도 곁에 없는 거잖아요."

나는 떨리는 목소리로 물었다. "리키? 리키야? 나와 피트를… 다시 만나고 싶어?"

리키는 알아듣기 힘들 만큼 작은 소리로 말했다. "당연하죠. 하지만 그럴 수 없잖아요."

"그럴 수 있어."

"예? 어떻게요? 장기수면을 할 거라면서요. 아까 30년이라고 그랬잖아요."

"장기수면은 해야 해. 어쩔 수가 없어. 하지만 리키야, 이런 방법은 있어. 착하게 지내다가, 할머니와 함께 살고 학교에 가는 거야. 돈은 그냥 내버려두면 알아서 늘어날 거야. 그러다가 스물한 살이 되면… 그때도 우리를 만나고 싶으면… 돈은 많이 있을 테니까 너도 장기수면을 할 수 있어. 깨어나면 내가 기다리고 있을게. 피트와 함께 기다리고 있을게. 이건 아주 엄숙한 약속이야."

리키는 표정이 바뀌었지만 미소를 짓지는 않았다. 리키는 아주 오랫동안 생각에 잠겼다. 그리고 말했다. "정말 거기서 기다리고 있을 거예요?"

"그래. 하지만 날짜를 정해야 해. 만약 장기수면을 할 거라면 정확히 내가 시키는 대로 해야만 해. 장기수면은 코스모폴리탄 보험 회사와 계약해. 성소는 반드시 리버사이드에 있는 리버사이드 성소로 지정하고. 그리고 정확하게 2001년 5월 1일에 깨우라는 조건을 달아. 내가 그날 거기서 널 기다리고 있을게. 그것도 적어놔야 해. 안 그러면 대기실밖에 못 들어가거든. 내가 리버사이드 성소에 대해서 좀 아는데 그 사람들 엄청 깐깐해." 나는 덴버를 떠나기 전에 준비해두었던 봉투를 꺼냈다. "전부 외우지 않아도 돼. 여기 다 적어놨거든. 이 봉투는 그냥 잘 보관해두고, 스물한 번째 생일이 되거든 잘 생각해서 결정을 내려. 하지만 피트와 나는 네가 나타나든 그러지 않든 거기서 널 기다리고 있을 거야." 나는 주식 양도증서 위에 준비해둔 지시사항을 얹었다.

겨우 설득했다고 생각했건만 리키는 봉투에 손을 대지 않았다. 그녀는 나를 물끄러미 바라보다가 마침내 입을 열었다. "댄 삼촌?"

"그래, 리키야."

리키는 고개를 숙이고 있었고 목소리도 알아듣기 어려울 정도로 너무 작았다. 하지만 나는 리키의 말소리를 확실히 알아들었다. "그렇게 하면… 나랑 결혼해줄래요?"

귀에서 굉음이 들리고 눈앞이 번쩍거렸다. 하지만 나는 확실하게, 리키보다 훨씬 큰 소리로 대답했다. "그래, 리키야. 나도 그러길 바라. 그래서 이러는 거야."

✳

리키에게 줄 것이 하나 더 있었다. '마일스 젠트리가 사망할 시 개봉할 것'이라고 적힌 봉투였다. 나는 아무 설명도 덧붙이지 않았다. 그냥 보관만 해두라고 말했다. 봉투 안에는 결혼 문제 등 벨의 다양한 이력에 관한 증거가 들어 있었다. 변호사의 손에 들려주면 마일스의 유언장이 공개된들 법정 싸움에서 쉽게 승리할 수 있는 무기가 될 것이다.

그런 다음 리키에게 내 공대 졸업반지를 주었다(가진 거라고는 그게 전부였다). 그리고 이제 리키의 반지라고, 약혼선물이라고 말했다. "너한테는 너무 크지만 꼭 갖고 있어. 수면에서 깨어나면 다른 걸 줄게."

리키는 반지를 꼭 움켜쥐었다. "다른 건 필요 없어요."

"알았다. 리키, 이제 피트에게 작별인사를 해야지. 가야 하거든. 이젠 지체할 시간이 없어."

리키는 피트를 꼭 안아보고 내게 돌려보냈다. 그리고 글썽거리는 눈물 너머로 나를 지그시 바라보았다. 눈물은 코까지 흘러내리면서 얼굴에 선명하게 자국을 남겼다. "안녕, 댄 삼촌."

"'안녕'이 아니야, 리키. '곧 또 봐요'라고 해야지. 피트와 내가 기다리고 있을 테니까."

✳

마을로 내려와보니 10시 15분이었다. 25분 뒤에 도시 중심가를 향해 출발하는 헬리콥터버스가 있었다. 나는 마을에 하나뿐인 중고차 매매상을 찾아내서 타고 갔던 차를 넘기고 역사상 가장 빠른 속도로 거래를 완료했다. 그리고 시세의 절반에 해당하는 현금을 그 자리에서 손에 넣을 수 있었다. 버스회사 사람들이 비행기 멀미를 하는 고양이를 싫어하기 때문에 시간에 딱 맞춰 피트를 버스에 숨겨 넣었고, 7시가 막 지났을 때 파웰의 사무실에 도착했다.

파웰은 상호보증회사에 자산을 위임했던 계약을 파기했다는 사실 때문에 심하게 짜증을 냈다. 그리고 내가 서류를 분실했다는 사실에 대해 유독 설교를 하려 들었다. "24시간 이내에 위임 여부를 번복하시니 같은 판단 기준을 적용하기가 어렵겠습니다. 이런 경우는 극히 드물거든요."

나는 그의 눈앞에서 설득력 있는 숫자가 적힌 현금을 흔들었다. "나를 옥박지를 생각이라면 꿈 깨요. 나와 거래를 할 거예요, 말 거예요? 안 할 거라면 그렇다고 얘기하세요. 그럼 센트럴 밸리로 갈 테니까. 난 오늘 들어가야 하거든요."

파웰은 계속 씩씩대면서도 항복했다. 그는 내가 냉동수면 기간을 6개월 연장하자 투덜거렸고 깨우는 일시를 정확히 보장해주지 않으려 들었다. "일반적으로 관리상의 위험 요소를 감안해서 계약서상으로 플러스 마이너스 1개월은 허가해주시는데요."

"이번엔 다르게 해야 해요. 이 계약서는 2001년 4월 27일로 작성할 거예요. 나야 계약서 앞부분이 상호보증회사든 센트럴 밸리든 상관없어요. 파웰 씨, 구매자는 나고 판매자는 그쪽이에요. 내가 사고 싶은 걸 안 팔겠다면 당연히 파는 쪽으로 가야죠."

파웰이 계약서를 수정했고 우리는 함께 서명을 마쳤다.

나는 12시 정각에 회사 소속 의사에게 최종신체검사를 받으러 돌아갔다. 의사가 나를 보며 말했다. "술 안 드셨죠?"

"판사만큼 멀쩡해요."

"그건 믿음이 가는 표현이 아닌데요. 어디 볼까요." 의사는 '어제'와 거의 마찬가지로 나를 찬찬히 검사했다. 그는 마침내 고무망치를 내려놓은 다음 말했다. "놀라운데요. 상태가 어제보다 훨씬 좋아졌어요. 신기할 정도로요."

"선생님, 그동안 무슨 일이 있었는지 상상도 못 하실 거예요."

내가 피트를 붙잡고 진정시키는 동안 사람들이 녀석에게 첫 번째 진정제를 주사했다. 나는 그런 다음 누워서 절차가 진행되도록 몸을 맡겼다. 나는 하루나 그 이상을 기다릴 수도 있었다. 어차피 별 차이는 없을 것이다. 하지만 솔직히 말하면 나는 한시라도 빨리 2001년으로 돌아가고 싶었다.

　나는 오후 4시쯤 피트의 납작한 머리를 가슴에 올려놓고 행복한 마음으로 다시 잠에 빠졌다.

12

이번에는 더 기분 좋은 꿈을 꾸었다. 나쁜 꿈이 딱 한 가지 기억났지만, 그것도 그리 심하지는 않았다. 그저 끝없이 혼란에 시달리는 꿈이었다. 나는 추위로 몸을 떨면서 수없이 갈라진 복도를 방황했다. 모든 문을 열어보면서, 다음 것은 분명히 여름으로 가는 문일 거라고, 그 너머에서 리키가 기다리고 있을 거라고 생각하면서. 피트는 내 앞을 왔다 갔다 하며 그런 나를 방해했다. 고양이들은 사람이 자신을 밟거나 걷어차지 않을 거라고 신뢰하면서 다리 사이를 오가기를 즐기는 버릇이 있다.

피트는 문을 새로 열 때마다 내 발 사이에서 몸을 웅크리고 쳐다보았다. 그다음엔 밖이 아직 겨울이라는 사실을 깨닫고 방향을 틀었다. 나는 그 바람에 넘어질 뻔했다.

하지만 우리는 다음 문이 여름으로 가는 바로 그 문일 거라는 피트의 신념을 절대로 외면하지 않았다.

　이번에는 쉽게 눈을 떴다. 어리둥절하는 일도 없었다. 사실 내가 아침 식사와 〈그레이트 로스앤젤레스 타임스〉나 갖다달라면서 대화는 사양하겠다고 말하자 의사가 짜증을 낼 정도였다. 냉동수면을 두 번째 경험하는 거란 사실을 의사에게 말할 필요는 없었다. 어차피 믿지도 않았을 테니까.

　존이 일주일 전에 보내둔 쪽지가 나를 기다리고 있었다.

　댄에게.

　좋아요. 내가 졌어요. 도대체 어떻게 한 거예요?

　　제니가 반대했지만 나는 만나러 가지 않겠다는 약속을 지키는 거예요. 제니가 사랑한다고 전해달래요. 그리고 얼른 만나러 오래요. 일단 당신이 한동안 바쁠 거라고 말해두긴 했지만요. 예전에 뛰어다니던 곳을 이제는 걸어다녀야 하지만 그걸 빼면 우린 둘 다 잘 지내고 있어요. 제니는 전보다 더 예뻐졌어요.

　　　　　　　　　　　　　　　　　　나중에 봅시다, 친구.
　　　　　　　　　　　　　　　　　　존으로부터

　추신 : 동봉한 게 부족하거든 언제든 전화만 해요. 아주 많이 있으니까. 내가 보기엔 우리가 그동안 아주 잘해온 것 같아요.

　존에게 전화를 걸어서 인사도 하고 자는 동안 떠올랐던 놀랄 만한 새 착상도 얘기할까 고민해보았다. 나는 목욕을 귀찮은 일에서 선정적인 즐거움으로 바꿀 수 있는 기계를 고안해두었다. 하지만 전화를 걸지 않기로 결정했다. 마음에 둔 일이 따로 있었기 때문이다. 그래서 구상이 생생히 남아 있는 동안 기록을 해두고, 피트의 머리를 겨드랑이에 끼고 조금 더 잤다. 나는 피트의 그런 버릇을 고쳐주고 싶었다. 제 딴에는 애교였지만 사실 좀 불편했다.

나는 4월 30일 월요일에 퇴소하고 리버사이드로 갔다. 그리고 오래된 미션 인 호텔에 방을 얻었다. 예상대로 호텔 측은 고양이를 방에 데리고 들어가지 못하게 막았다. 짐꾼자동기계에게는 뇌물도 통하지 않았다. 그걸 과연 진보라고 생각해야 할지 의심스러웠다. 하지만 부지배인은 시냅스에 유연성이 더 많이 들어 있는 진짜 인간이었다. 그는 내 가방에서 나는 바스락거리는 소리를 듣더니 이해해주었다. 나는 깊이 잠들지 못했다. 흥분이 가시지 않았다.

나는 다음 날 오전 10시에 리버사이드 성소의 소장에게 내 소개를 했다. "럼지 선생님, 나는 대니얼 B. 데이비스라고 하는데요. 프레데리카 하이니케라는 고객이 여기 입소했죠?"

"신원 확인 좀 해도 될까요?"

나는 덴버에서 1970년에 발급받은 운전면허증과 포레스트론 성소에서 만들어준 퇴소증명서를 보여주었다. 그는 증명서와 나를 번갈아 보고는 되돌려주었다. 나는 다급하게 말했다. "퇴소예정일이 오늘이라고 알고 있는데요. 혹시 깨어날 때 저를 동석시키라는 요구사항은 없었나요? 일반적인 절차를 얘기하는 게 아니고요. 최종 재활성화와 의식회복을 진행할 준비가 됐을 때를 얘기하는 건데요."

그는 입술을 쭉 내밀고 판사 같은 표정을 지었다. "우리가 아는 바에 따르면 그 고객님은 오늘 깨우라는 지시를 하지 않았습니다."

"안 했다고요?" 나는 실망하고 마음에 상처를 입었다.

"안 했습니다. 정확한 지시사항을 알려드리죠. 정확히 오늘 깨울 필요는 없다더군요. 당신이 올 때까지는 깨우지 말라던데요." 그는 나를 훑어보고 미소를 지었다. "마음이 아주 고운 분인가 봅니다? 외모만 봐서는 모르겠는데 말이죠."

나는 안도의 한숨을 쉬었다. "고마워요, 선생님."

"로비에서 기다리셔도 되고 이따가 돌아오셔도 됩니다. 앞으로 두어 시간은 여기 계실 필요가 없으니까요."

나는 로비로 가서 피트와 함께 산책을 했다. 피트는 새로 산 여행가방에 들어가 있었고, 그 상황을 그리 좋아하지 않았다. 최대한 옛날에 쓰던 것과 비슷한 가방을 고르고 전날 밤에 일방통행식 창문까지 달아줬는데도 말이다. 익숙한 냄새가 아니라서 그러는 모양이었다.

우리는 '아주 좋은 식당' 앞을 지나갔다. 아침을 많이 먹지 못했지만 배는 고프지 않았다. 반면에 피트는 내 계란을 먹어치우고 효모 조각에도 코를 들이밀었다. 나는 7시 30분에 성소로 돌아갔다. 성소 측은 마침내 리키를 만날 수 있도록 나를 들여보내주었다.

눈에 보이는 거라고는 리키의 얼굴뿐이었다. 몸에는 시트가 덮여 있었다. 하지만 신체가 성장하고 잠든 천사처럼 보이는 리키임에 분명했다.

"현재 후최면 상태입니다." 럼지 박사가 작은 소리로 말했다. "거기서 기다리고 계시면 제가 깨울 겁니다. 어, 고양이는 내보내는 게 좋겠는데요."

"그건 안 돼요, 선생님."

박사는 입을 열려다가 어깨를 으쓱하고 다시 담당환자를 향했다. "프레데리카 씨, 일어나세요. 일어나세요. 이제 일어날 시간입니다."

리키는 눈꺼풀을 흔들다가 눈을 떴다. 눈동자가 잠시 방황하는가 싶더니 리키가 우리를 알아보고 졸린 얼굴로 미소를 지었다. "댄… 피트." 그녀가 두 팔을 들었다. 나는 그녀가 왼쪽 엄지손가락에 내 공대 졸업반지를 끼고 있다는 걸 알아챘다.

피트가 고개를 들더니 침대로 뛰어내렸다. 그리고 어깨를 그녀에게 들이밀면서 격렬하게 환영인사를 했다.

＊

럼지 박사는 다음 날 아침까지 머물라고 했지만 리키는 말을 듣지 않았다. 나는 성소 문 앞에 택시를 대기시켰고 우리는 단숨에 브롤리에 도착했다. 리키의 할머니가 1980년에 세상을 떠나는 바람에 리키와 브롤리의 사회적인 연결점은 세월에 따라 소멸되어버렸다. 하지만 리키가 창고에 두고 온 물건이 있었다. 거의 책이 전부였다. 나는 그것들을 알라딘에 있는 존 서튼 앞으로 부쳤다. 리키는 고향의 달라진 모습 때문에 잠시 정신을 못 차렸고 내 팔을 한 번도 놓지 않았다. 하지만 리키는 수면자에게 가장 큰 위험요소인 지독한 향수병에는 굴복하지 않았다. 그저 브롤리를 최대한 빨리 떠나고 싶다고 말할 뿐이었다.

그래서 우리는 다른 택시를 부르고 유마로 날아갔다. 나는 거기서 자치구 사무원의 등록부에 또렷한 글씨체로 전체 이름을 적었다. '대니얼 분 데이비스.' 그로써 걸작을 설계한 D. B. 데이비스가 누구인지 의심할 여지는 깨끗이 사라졌다. 몇 분 뒤 나는 리키의 작은 손을 잡고 목이 메어 말하고 있었다. "나, 대니얼은, 프레데리카를… 맞이합니다, 죽음이 우리를 갈라놓을 때까지."

신랑 들러리는 피트였다. 결혼식 선서의 증인은 법원에서 모집했다.

✳

우리는 즉시 유마를 빠져나와 투손 근처에 있는 관광객용 목장으로 날아갔다. 그곳에는 본 건물과 떨어진 오두막이 있었다. 우리는 다른 사람을 만나지 않으려고 일벌레에게 모든 잡일을 떠맡겼다. 피트는 그때까지 목장에서 군림하던 수고양이와 기념비적인 전투를 벌였다. 그 덕분에 피트를 항상 실내에 가둬두거나 감시해야 했다. 리키는 자신이 결혼이라는 것을 발명하기라도 한 것처럼 새 생활에 적응했고 나는… 음, 리키를 얻었다.

　　　　　　　　　　＊

　더 할 얘기는 얼마 없다. 나는 리키가 소유한 가사도우미 주
식의 의결권을 사용해서 맥비를 '명예연구기술자'로 승진 발령
하고 프로이덴베르그를 수석기술자 자리에 앉혔다. 리키가 가
진 주식은 아직도 단일주로는 최대였다. 알라딘의 대표인 존은
은퇴하겠다고 계속 나를 협박했다. 그리 위협적이지는 않았지
만 말이다. 존이 사임하는 대신 우선주 발행과 채권 발행에 더
관심을 가지면서 회사는 그와 나와 제니가 함께 이끌었다. 나는
가사도우미와 알라딘 어느 쪽에서도 이사회에 소속되지 않았다.
내가 운영하지 않았기 때문에 두 회사는 경쟁했다. 경쟁은 좋은
것이다. 다윈은 경쟁을 좋게 생각했다.
　나는 그저 '데이비스 기술사무소'만 운영했다. 그 회사는 제
도실과 작은 공장, 그리고 내가 미쳤다고 생각하면서도 허용 오
차 내에서 내 설계를 정확히 따라주는 나이 든 기계공 한 명이
전부였다. 나는 결과물이 나오면 특허권을 임대하고 사용료를
받을 계획이었다.
　나는 트위첼 박사에 관해 만들어두었던 기록을 갖고 있었다.
나는 박사에게 편지를 보내서 과거로 가는 시간여행에 성공했
으며 냉동수면으로 복귀했다고 알려주었다. 그리고… 그를 "의
심해서 미안하다"고 비굴하게 보일 정도로 사과했다. 원고 초안
이 완성되면 원할 경우 보여주겠다고도 말했다. 하지만 답장이
없는 거로 보아 여전히 내게 화가 난 것 같았다.

그래서 나는 책을 쓰고, 내 돈을 들여서라도 출판해서 모든 대형 도서관에 비치할 생각이다. 나는 박사에게 그럴 만한 빚을 졌다. 아니, 그보다 더한 빚을 졌다. 리키와 피트는 모두 박사 덕분에 지금 나와 함께 있다. 나는 책의 제목을 복수형을 뺀 《잊혀진 천재》라고 바꿔 지을 예정이다.

제니와 존은 영원히 살 것 같다. 노인의학과 신선한 공기와 햇볕과 운동과 절대 근심하지 않는 정신 덕분에 제니는 그 어느 때보다 더 예뻤다. 나이가… 짐작하기로는 63세쯤인데도 불구하고. 존은 내가 '그냥' 천리안이었다고 생각할 뿐 증거는 쳐다볼 생각도 하지 않았다. 리키는 도대체 어떻게 한 거냐고 물었고, 나는 최대한 설명을 했다. 하지만 우리가 신혼여행을 하는 동안 또 한 명의 내가 정말로, 거짓말 안 하고 볼더에 있었다는 얘기와, 내가 걸스카우트 캠프로 가서 그녀를 만나는 동안 샌퍼난도 밸리에서 약물로 마비되어 있기도 했다는 얘기를 듣자 폭발하고 말았다.

리키는 얼굴이 창백해졌다. 그래서 내가 말했다. "이론적으로 설명해볼게. 수학적으로 생각하면 아주 논리적인 현상이야. 기니피그가 한 마리 있다고 쳐. 흰 쥐인데 갈색 얼룩이 있는 녀석이야. 녀석을 시간실험대에 넣고 일주일 전으로 보내. 하지만 우리는 벌써 일주일 전에 그 자리에서 녀석을 발견했지. 그래서 그 녀석을 자기 자신이 있는 우리에 집어넣는 거야. 그럼 이제 기니피그가 두 마리지. 하지만 사실 둘이 같은 기니피그야. 한 녀석은 다른 녀석보다 나이를 일주일만큼 더 먹었지만. 그다음에 둘 중 하나를 일주일 전으로 보내면….”

“잠깐만! 어느 쪽을?”

“어느 쪽이냐니? 저기, 원래 기니피그는 한 마리밖에 없었어.
물론 일주일만큼 젊은 쪽을 골라야지. 왜냐하면….”

“처음에는 기니피그가 한 마리라고 했잖아. 그다음엔 두 마리
라고 했고. 그다음엔 둘이 하나라고 했어. 그런데 둘 중 하나를
골라서… 원래 하나밖에 없는데….”

“나는 두 마리가 원래 하나인 이유를 설명하려고 한 거야. 그
러니까 젊은 쪽을 선택해서….”

“똑같이 생겼는데 젊은 쪽을 어떻게 가려내?”

“음, 과거로 보내는 쪽의 꼬리를 자르면 돌아왔을 때….”

“댄! 그건 너무 잔인해! 그리고 기니피그는 꼬리가 없어.”

리키는 그렇게 말함으로써 무언가를 증명했다고 생각하는 눈
치였다. 애당초 설명을 시도하지 말았어야 했다.

하지만 중요하지 않은 일로 고민하는 건 리키만이 아니었다.
리키는 내가 흥분한 모습을 보고 차분하게 말했다. “이리 와.” 그
녀는 얼마 남지 않은 내 머리카락을 헝클면서 키스했다. “나한테
는 한 사람의 당신만 있으면 돼. 둘은 감당할 수 없을 거야. 한
가지만 말해줘. 내가 성장할 때까지 기다렸다는 사실이 기뻐?”

나는 모든 노력을 다해 기쁘다는 사실을 그녀에게 전달했다.

하지만 내가 리키에게 말해주려던 이론만으론 모든 걸 설명
할 수 없었다. 나 자신이 회전목마에 타고 회전수를 세고 있었음
에도 놓친 부분이 있었다. 나는 왜 나의 퇴소 기사를 못 봤을까?

그러니까 2001년 12월의 첫 번째 퇴소 말고 2001년 4월의 두 번째 퇴소기사 말이다. 그건 반드시 봤어야 했다. 나는 그때 2001년에 있었고 퇴소자 목록을 확인했으니까. 내가 (두 번째로) 깨어난 일시는 2001년 4월 27일 금요일이었다. 그 소식은 다음 날 〈타임스〉 지에 실려야 했다. 하지만 나는 보지 못했다. 그 뒤에 다시 찾아보니 내 이름은 분명히 실려 있었다. 2001년 4월 28일 토요일자 〈타임스〉에 'D. B. 데이비스'라고.

철학적으로 보자면, 한 줄짜리 정보의 유무는 유럽 대륙의 유무와 동일한 문제였다. 오래된 '시간흐름 분기'와 '다중우주' 가설이 맞았단 말인가? 나는 계획을 세운 탓에 다른 우주로 튕겨나온 것일까? 그 우주 안에서 리키와 피트를 찾아냈는데도? 그러면 어딘가에 (혹은 언젠가에) 다른 우주가 있고, 그 우주에 있는 피트는 울부짖다가 절망하고, 자립하기 위해 방황하다가 쓸쓸히 사라지는 것일까? 그 우주에 사는 리키는 결국 할머니와 함께 도망치지 못하고 벨에게 보복당해 고통을 겪어야 한단 말인가?

인쇄된 글자 한 줄만으로 그럴 순 없다. 아마 나는 그날 밤 조는 바람에 내 이름을 놓쳤을 것이다. 그리고 다음 날 아침 신문을 폐지 처리 장치에 넣었을 것이다. 다 읽어봤다고 생각하고서. 나는 특히 일을 생각할 때면 얼이 빠지곤 했다.

만약 그 기사를 읽었다면 나는 어떻게 됐을까? 찾아가서 나 자신을 만나고… 완전히 미쳐버렸을까? 그렇지는 않았을 것이다. 그 기사를 봤다면 나는 나중에 (내 입장에서 나중에) 했던 일을 하지 않았을 테고, 그 뒤에 이어진 일들도 없었을 것이다. 즉 그런 식으로 일이 진행된 적은 없었다는 뜻이 된다. 이 우주는 안전장치를 내장한 네거티브 피드백 방식으로 움직이는 듯하다. 왜냐하면 내가 보지 못했다는 사실 때문에 그 한 줄의 존재가 결정됐으니까. 내가 그 한 줄을 읽었을 가능성은 이 우주의 기본 회로 설계에 따라 '불가능'으로 규정되고 배제되었던 것이다.

'우리의 결말을 만든 신적인 존재가 있다. 그 결말을 다듬는 건 우리 몫이다.' 자유의지와 운명예정설은 같은 문장이고 둘 다 진실이다. 진짜 세상은 하나뿐이고 과거와 미래도 하나뿐이다. '처음과 같이 이제와 항상 영원히, 아멘.'* 세상은 하나뿐인 대신 자유의지와 시간여행과 기타 모든 것을 구동부와 피드백과 보호회로 속에 담을 만큼 크고 복잡하다. 규칙 안에서는 뭐든 해도 상관없다. 하지만…결국 자신의 문 앞으로 돌아오고 말 것이다.

시간여행을 한 사람은 나만이 아니었다. 찰스 포트는 시간여행이 아니면 설명할 수 없는 사건을 아주 많이 찾아냈고 앰브로즈 비어스**도 그랬다. 베르사유 트리아농 별궁 정원에 놀러 갔던 숙녀들의 이야기도 있다. 나는 늙은 트위첼 박사가 자신의 입으로 인정한 것보다 더 많이 스위치를 눌렀을 거라고 확신하고 있다. 그러니 과거나 미래에 시간여행 방법을 알아낸 다른 사람들의 수까지 생각한다면…. 하지만 그랬다고 한들 얼마나 큰 차이가 생겼는지는 모르겠다. 내 경우 그 사실을 아는 사람은 셋이지

---

*   카톨릭의 소영광송 가운데 일부
** 미국 풍자작가. 《악마의 사전》이 유명하다.

만 그 가운데 두 사람이 내 말을 믿지 않았다. 시간여행을 한다 해도 할 수 있는 일은 그리 많지 않다. 찰스 포트가 말했듯 철로의 시대가 와야 철로를 깔 수 있는 법이다.

그래도 레너드 빈센트의 일은 머리에서 지울 수가 없다. 그가 레오나르도 다빈치일까? 그가 어떻게 해선가 대륙을 가로지르고 콜럼버스와 함께 돌아간 것일까? 백과사전에는 그의 일생이 기록되어 있다. 하지만 그가 위조한 기록일 가능성도 있다. 나는 그 방법을 알고 있고, 실제로 어쩔 수 없이 조금 바꾸기도 했다. 15세기 이탈리아에는 사회보장번호도 없고 신분증도 없고 지문조회도 없었으니 바꾸기는 쉬웠을 것이다.

하지만 한번 상상해보자. 그는 익숙한 세계로부터 쫓겨났지만 비행에 대해 알고 있었고, 전기도 알았고, 백만 가지에 달하는 사실들을 알고 있었다. 그리고 그런 것들을 만들어보려고 필사적으로 그림을 그렸다. 하지만 오늘날과 달리 수 세기에 걸쳐 누적된 전문기술이 없었기 때문에 절망하면서 최후를 맞이할 수밖에 없었을 것이다.

탄탈루스*도 그처럼 고통스럽지는 않았을 것이다.

나는 시간여행의 기밀이 해제됐을 때 상업적으로 어떻게 활용할 수 있는지 생각해보았다. 단기 시간여행을 할 수 있고, 돌아오도록 기계를 조정할 수 있고, 필요한 부품을 갖고 다닐 수도 있다면 어떨까. 하지만 너무 시간을 자주 건너다니다가는 귀환

---

* 그리스 신화 속 인물. 벌을 받아 배고픔과 갈증에 영원히 시달렸다.

할 수 없는 순간이 올 것이다. '철로'를 설치할 수 없는 시대에 도 착했기 때문에. 그저 특수한 금속 하나 때문에 발이 묶일 수도 있다. 그리고 어느 방향으로 갈지 모른다는 진정 두려운 위험도 존재한다. 25세기용 반수축성 파사르타를 잔뜩 갖고 헨리 8세 의 법정에 나타난다고 생각해보자. 그보다는 아열대무풍대에서 오도 가도 못하는 쪽이 더 나을 것이다.

기계장치는 문제를 다 해결하기 전에 절대로 시장에 내놔서 는 안 된다.

하지만 나는 '인과모순'이나 '시대착오'에 대해서는 걱정하지 않는다. 30세기 과학자가 시간여행의 위험성을 전부 해결한 다 음 시대 간 교통 및 물류 정거장을 세운다면, 그건 조물주가 우 주를 그렇게 설계했기 때문일 것이다. 조물주는 우리에게 눈과 양손과 두뇌를 주었다. 그것들을 사용해서 할 수 있는 일이라면 뭐가 됐든 인과모순이 발생할 리가 없다. 조물주는 자신이 세운 법칙을 '집행하기' 위해서 참견쟁이를 따로 만들 필요가 없다. 법 칙이 알아서 집행할 테니까. 기적이란 존재하지 않으므로 '시대 착오'란 말은 의미론적으로 무의미하다.

하지만 나는 이제 피트와 마찬가지로 철학적인 걱정을 하지 않는다. 이 세상의 참모습이 무엇이든지 간에 나는 이 세상이 좋 다. 나는 여름으로 가는 나의 문을 찾았고 문제가 있는 정거장 에서 위험을 무릅쓰고 출발하는 시간여행은 두 번 다시 하지 않 을 생각이다. 내 아들이라면 할지도 모르겠다. 하지만 그럴 경우 아들에게 과거로 돌아가기보다는 미래로 가라고 강력하게 권할 것이다. 돌아가는 건 비상시에나 할 일이다. 미래가 과거보다는 낫다. 비관론자, 낭만주의자, 반지성주의자들이 존재함에도 불구하고 세계는 조금씩 나아지고 있다. 인간의 정신이 환경에 적응하고, 환경을 더 좋게 바꾸기 때문이다. 양손과, 공구와, 상식과, 과학과, 기술을 통해서.

머리가 길고 남의 발목이나 잡는 사람들[*]은 대개 제힘으로 못하나도 박을 줄 모르고 T자를 사용할 줄도 모른다. 나는 그들을 트위첼 박사의 실험대로 초대해서 12세기로 보내면서 즐기라고 말해주고 싶다.

하지만 나는 누구에게도 화가 나지 않았다. 나는 지금이 좋다. 피트는 나이를 더 먹었고, 조금 더 뚱뚱해졌고, 나이 어린 적을 선택하는 일에 흥미를 잃어가고 있다. 그리 머지않아 아주 장기적인 수면에 들어갈 모양이다. 나는 그의 용감하고 작은 영혼이 여름으로 가는 문을 찾기를 진심으로 바란다. 그 문 너머에는 개박하가 그득한 들판이 펼쳐져 있고, 얼룩고양이들이 상냥하게 대해주고, 맹렬하게 싸우다가 반드시 패배하도록 프로그래밍된 로봇 적수들이 있고, 친절한 사람들이 마음대로 비빌 수 있도록 무릎과 다리를 내어주고, 절대 발에 걷어차이는 일이 없는 세계가 기다리고 있을 테니까.

리키도 몸이 점점 붇고 있다. 일시적이고 더 행복한 이유 때문이다. 그녀는 살이 찌면서 훨씬 더 아름다워졌고, 여전히 달

---

* 반기술주의자를 가리킨다.

콤하고 귓가에 남는 목소리로 "좋았어!"라고 소리친다. 하지만 본인은 힘든 모양이다. 나는 사람을 편하게 해주는 기계들을 만들고 있다. 여성으로 산다는 건 그리 편한 일이 아니다. 그 점은 어떻게 해서든 해결돼야 하고, 나는 그게 가능하다고 확신한다. 상체를 숙여야만 가능한 일이라든지, 허리통증이라든지… 나는 그런 문제를 해결하려고 노력하는 중이다. 그리고 리키가 사용할 수 있는 수압침대도 만들어주었다. 침대는 특허를 신청할 생각이다. 욕조에 들어가고 나오는 일도 지금보다 반드시 편해져야 하건만, 그 문제는 아직 해답을 찾지 못했다.

　나이 든 피트에게는 날씨가 궂어도 사용할 수 있는 '고양이 욕실'을 만들어주었다. 고양이 욕실은 자동이고, 소모품을 알아서 보충하고, 위생적이고, 냄새도 나지 않는다. 하지만 피트는 고양이답게 실외를 더 좋아했다. 그리고 모든 문을 열심히 열어보면 언젠가는 반드시 여름으로 가는 문이 나올 거라는 신념을 절대로 포기하지 않았다.

　나는 피트가 옳다고 생각한다.

〈끝〉

작품 해설

　《여름으로 가는 문》은 기업 사기, 저온 가사상태, 시간여행, 핵전쟁의 영향으로 형성된 서로 다른 두 개의 미래를 다룬 재기 넘치는 하드 SF다. 로버트 하인라인이 그 시기에 발표한 작품에서 찾아볼 수 있는 느긋한 태도, 유창한 언변, 서민적인 스타일이 주인공의 고양이와 관련된 일화와 결합한 결과 이처럼 매력적인 이야기가 완성되었다.

　하인라인은 알프레드 베스터와 나눈 인터뷰에서, 사실 이 작품에 첫 아이디어를 제공한 것은 본인의 고양이라고 밝혔다. 콜로라도에서 겨울을 보내는 동안 그의 고양이는 집 안의 여러 문을 전전하면서 침울한 얼굴로 바깥을 내다보았다. 하인라인의 아내는 고양이가 눈밭을 동경하는 게 아니라 '여름으로 가는 문'을 찾느라 그런다고 설명해주었다. 하인라인은 아내의 말에서 영감을 얻어 단 13일 만에 이 작품을 썼다. 그리고 바로 이 작품을 통해 여름으로 가는 문을 열었다.

물론 이 작품은 하인라인이 1939년에 첫 작품인 〈생명선〉을 발표한 뒤로 계속 탐구하던 관심사 및 주제와 연계되어 있다. 〈생명선〉은 SF라는 장르를 정립했던 존 W. 캠벨의 잡지 〈어스타운딩 사이언스 픽션〉에 처음으로 선을 보였다. 그 작품은 일찌감치 군에 복무한 경력이 있는 (그리고 건강상의 이유로 전역한) 30대가 새로 떠나는 여행의 시작이었다. 그리고 제2차 세계대전 기간 동안 하인라인은 다시 군대로 돌아갔다. 《여름으로 가는 문》은 그가 50세이던 1957년에 단행본으로 출간되었다. 작품의 내용으로 보아 짐작할 수 있듯 그의 스토리텔링 실력이 정점을 찍던 시기의 소설이었다.

여름으로 가는 문을 찾는 고양이 피트의 주인이기도 한 화자는 전형적인 하인라인 소설 속 주인공답게 '유능한' 사람이다. 대니얼 분 데이비스는 개인주의적이고 재능이 있는 기술자다. 그의 아버지는 아들의 이름에 '개인의 자유와 자립'(2장)이라는 관념을 불어넣으려 했다. 주인공 댄은 일명 '6주 전쟁'이라고 불리는 국지적인 핵전쟁 기간 동안 군에 복무한 뒤 1970년에 전역하고, 군대에서 파생된 기술을 이용해 가사용 로봇들을 발명한다. 댄은 하인라인 소설의 주인공답게 기업과 연관되기를 거부하고 홀로 일한다. 하지만 야심 있는 동업자와 불성실한 약혼자 때문에 자신이 일군 사업에서 쫓겨난다.

댄은 저온 가사상태, 즉 '장기수면'에 강제로 들어가면서 자신의 전문분야에서 말 그대로 축출된다. 장기수면이란 미래에 치료법이 개발될 것을 희망하는 말기 환자나, 모험심에 사로잡힌 탐험가나, 투자금의 복리계산을 통해 한몫을 크게 잡으려는 사람들이 요금을 지급하고 받는 서비스이다. 하인라인은 SF 장르를 잘 아는 작가였다. 그가 소설 1장에서 언급하듯이, 이런 이야기는 H. G. 웰스의 1899년작 《잠든 이들이 깨어날 때》를 통해 알려져 있었다. 후대 작가들은 1950년대에 이르기까지 그런 아이디어들을 다시 끄집어내고 깊이 탐구하면서, 일종의 긴 대화와 같은 형태로 발전시켰다. 〈요크셔 이브닝 포스트〉에 실린 당시의 서평에 따르면 '하인라인은 가사상태 이론의 말미를 수정한 다음 한 번 더 비튼' 셈이었다.

하인라인은 1970년의 미래상을 보여준 다음, 댄을 2000년에 깨우면서 큰 수고를 들이지 않고 같은 작업을 한 번 더 수행한다. 댄은 자신이 알고 있던 전문기술이 시대에 뒤떨어졌기 때문에 잠시 길을 잃는다. 하지만 하인라인 소설의 유능한 주인공은 오래 방황하는 법이 없다. 댄은 30년 전 자신이 힘을 더해 세웠던 기업의 이름을 이어받은 회사에서 일하다가 곧 사직한다. 그리고 자신이 저온 상태로 얼어붙은 '다음'에 출원했다는 특허의 증거를 찾아 나선다. 그는 추적 끝에 원시적이고 실험적인 시간여행장치를 찾아내고, 1970년으로 돌아가서 잘못된 일을 바로잡기로 결심한다…. 더 이상 밝히면 스포일러가 되므로 이쯤에서 줄이지만, 고양이를 구하는 것이 댄의 최우선 목표라는 점만은 꼭 말해두고 싶다.

본 소설은 하인라인의 중기 작품에 해당하며 그가 창작활동을 하는 내내 탐구했던 소재로 가득 차 있다. 유능한 인물상은 〈달을 판 사나이〉(1950)에 등장하는 악덕 우주사업가 델로스 D. 해리먼으로부터 시작해서 《므두셀라의 아이들》(1967)의 불멸자 라자러스 롱에 이르기까지 두루 찾아볼 수 있다. 라자러스 롱이 야말로 자신의 시간선에 직접 관여하기 위해 과거로 돌아간 또 하나의 주인공이다. 그 아이디어는 하인라인의 인상적인 고전 단편들, 즉 〈자신의 구두끈을 당겨서〉(1941)와 〈너희 모든 좀비는〉(1959)에서 다시 등장한다. 전쟁과 그 파생기술로 세상이 재편된다는 아이디어는 《스타십 트루퍼스》(1959) 같은 작품에서 자세히 다루어졌다. 《여름으로 가는 문》의 냉동수면 기술 역시 본래는 핵전쟁 발발 이후에 깨워서 활용하기 위해 예비 병력을 대피호에 보존하는 기술로 묘사된다.

하지만 한 가지 주목할 점이 있다. 본 작품은 아주 전형적인 하인라인 풍인 동시에 하인라인의 대표작으로 일컬어지는 여타 소설들보다 앞서 출간되었다. 그런 대표작으로는 《스타십 트루퍼스》, 자유연애와 신비주의를 다룬 대하 문제작 《낯선 땅의 이방인》(1961), 거칠고 인상적인 행성간 전쟁담 《달은 무자비한 밤의 여왕》(1966)이 있다. 하인라인은 해당 작품들 속에서 이른바 '이성적 무정부주의자'(《달은 무자비한 밤의 여왕》에 등장하는 표현이다)라는, 작가 개인의 정치적 입장을 대변하는 새로운 인물을 전면에 부각시킨다. 그 사상가는 대니얼 분 데이비스의 극단적인 형태이며, 원칙적으로 정부를 혐오하지만 실질적인 필요성 때문에 제한된 형태로 존재하는 행정부 정도는 인정하는 인물이다. 한편 하인라인의 유능한 주인공들은 입에 재갈이 물려 있어서 그와 같은 견해로부터 어느 정도는 뒤로 물러서 있는 편이다. 그런 유형의 주인공들이 등장하는 작품의 경우, 하인라인은 복잡하고 폭넓게 적용되는 가계 조직을 이야기의 중심 구조와 결부시켜버린다.

실제로 《여름으로 가는 문》에 그런 경향이 보인다. 댄은 사업 동료의 의붓딸인 리키와 독특한 '로맨스'를 이어간다. 작중 1970년 시점에서 리키는 열한 살이고 댄은 성인 남성이다. 그 연애 문제는 시간도약을 통해 두 사람이 적정한 연령대에서 재회한 후에야 해결되지만, 현대 독자가 읽기에는 분명 불편한 요소다. 하지만 리키라는 인물은 하인라인이 자신의 인생을 향해 건네는 다양한 애정 표현 가운데 하나다. '리키'는 하인라인의 아내인 버지니아의 미들네임이다.

《여름으로 가는 문》에는 단기간에 완성되었음을 추측할 수 있는 흔적들이 있다. 이 이야기에는 독자가 무비판적으로 수용할 것을 요구하는 기술적인 비약이 하나도 아니고 두 가지나 존재한다. 냉동수면과 시간여행이 그것이다. 시간여행의 경우 심지어 이야기 전개상 꼭 필요한 순간에 딱 맞춰 등장한다. 또한 하인라인은 '6주 전쟁'의 결과를 다소 두루뭉술하게 서술한다. 워싱턴 D.C.를 파괴한 전쟁이건만 그 피해는 지나치게 짧은 기간만 지속되고 사라지는 것이다. 하지만 그처럼 어물쩍 넘어간 지점이 있음에도 불구하고 본 작품은 처음 출간된 이래 엄청난 인기를 누려왔다.

하인라인은 여러 초기 작품을 통해 '미래사'를 구현했고 그 영향력은 상당히 컸다. 미래사에 속하는 이야기들은 다양한 전쟁과 혁명을 통해 작품이 쓰였던 시대를 진보적으로 확장해나가고, 희망찬 미래와 우주 진출로 이끈다. 그리고 그런 이야기들은 젊은 상상력을 크게 자극했다. 마찬가지로 《여름으로 가는 문》에 등장하는 하인라인 풍 주인공의 매력과 앞날의 가능성을 향한 작가의 활력 넘치는 시각에 푹 빠지지 않기란 불가능에 가깝다. 대니얼 분 데이비스는 "미래가 과거보다는 낫다"고 말한다(12장). "세계는 조금씩 나아지고 있다. 인간의 정신이 환경에 적응하고, 환경을 더 좋게 바꾸기 때문이다. 양손과, 공구와, 상식과, 과학과, 기술을 통해서."

로버트 하인라인은 1988년에 세상을 떠날 때까지, 그리고 그 뒤로도 한동안, 장르 형성에 크게 기여하고 장르 자체를 주도했다. 비록 마지막에는 SF에 모범 사례와 더불어 논쟁거리를 남긴 셈이 되었다 해도 그 사실은 달라지지 않는다. 《여름으로 가는 문》은 고전 장르 SF의 한 부분인 동시에, 중기에 접어든 하인라인의 작품 중에서 잘 숙성된 최고의 소설이다. 즐기시길.

— 스티븐 백스터, 소설가

옮긴이 **김창규**

SF 작가이자 번역가. 2004년 제2회 과학기술창작문예에 중편 〈별상〉으로 데뷔했다. SF 어워드에서는 중단편 소설 부문 4년 연속 본상을 수상했다. 수상작을 모은 첫 작품집 《우리가 추방된 세계》와 《삼사라》가 있다. 《떨리는 손》 외 다수의 공동 작품집에 참여했으며, 《뉴로맨서》《이중도시》《유리감옥》 등 많은 영미권 SF를 우리말로 옮겼다. 청강문화산업대학교에서 SF 장르 이론과 창작을 가르치고 있다.

여름으로 가는 문

초판 1쇄 인쇄	2020년 12월 1일
초판 1쇄 발행	2020년 12월 5일
지은이	로버트 A. 하인라인
옮긴이	김창규
펴낸이	박은주
기획	김아린
편집	최지혜
디자인	김선예
마케팅	박동준
발행처	(주)아작
등록	2015년 9월 9일(제2020-000038호)
주소	04389 서울특별시 용산구 한강대로 26 한강트럼프월드3차 102동 1801호
대표전화	02.324.3945 **팩스** 02.324.3947
이메일	decomma@gmail.com
홈페이지	www.arzak.co.kr
ISBN	979-11-6550-886-9 03840